CARLOS ALBERTO MONTANER

TIEMPO DE CANALLAS

EL AMOR Y LA MUERTE EN MEDIO DE LA GUERRA FRÍA

SUMA
de letras

© Carlos Alberto Montaner

© De esta edición:

2014, Santillana USA Publishing Company, Inc.

2023 N.W. 84th Ave

Doral, FL, 33122

Teléfono: (305) 591-9522

Fax: (305) 591-7473

www.prisaediciones.com

ISBN: 978-1-62263-896-3

Primera edición: Junio de 2014

Imágenes de cubierta: Canallas de Gilberto Marino

                    © Michael Maslan Historic Photographs/CORBIS

Fotografía del autor: Wenceslao Cruz Blanco

Diseño de interiores: Grafi(k)a LLC

Printed in USA by HCI Printing

A la memoria de Joaquín Maurín, fundador en España del Partido Obrero de Unificación Marxista (POUM), exterminado por los estalinistas durante la Guerra Civil, quien me dio la oportunidad de comenzar a escribir para la prensa internacional por medio de la American Literary Agency (ALA), hace ya muchos años.

A Marcos Aguinis, quien no cesa de defender la libertad y ha escrito una novela espléndida sobre el Trotsky joven, Liova corre hacia el poder.

AGRADECIMIENTOS

Dos palabras para agradecerles a varios familiares y amigos la lectura del manuscrito de *Tiempo de canallas* en busca de errores y gazapos, así como para formular el índice onomástico, seguramente necesario en una novela histórica como es ésta. A Linda, mi mujer, dotada con un fino instinto literario, a quien siempre someto a estas crueles tareas. A Plinio Apuleyo Mendoza, Armando Añel —dos excelentes escritores—, y a mi nieta Gabriela Aroca. A Cristina de la Torre, a Montse Espaillat, a Karen Hollihan, a Modesto Arocha, a Ileana Valmaña, a Lillian Moro, a Omar Amador y a Fernando Fagnani, quienes aportaron observaciones muy valiosas. A Olga Connor quien, sin proponérselo, pasa fugazmente por esta historia porque le tocó vivirla sin perder la inocencia. Va mi gratitud, también, por supuesto a Casandra Badillo y a Norman Duarte Sevilla, que hicieron una excelente labor de edición.

Es fácil esquivar la lanza, mas no el puñal oculto
Proverbio chino

Reconozco en ladrones, traidores y asesinos, en su despiadada astucia, una belleza profunda, una belleza hundida.
Jean Genet

ÍNDICE

1

¿FUSILAMIENTO AL AMANECER?

"Esta vez sí me fusilarán al amanecer", pensó Rafael Mallo mientras lo trasladaban, como cada mes, al despacho-celda de los interrogatorios. No sintió miedo. En el trayecto fijó la vista en el calendario polvoriento que colgaba de la pared. Lo hacía siempre. Bajo la foto aérea de Barcelona comparecía la fecha: 21 de noviembre de 1947. Llevaba siete años encerrado en esa prisión. El terror se le había agotado de tanto experimentarlo. Ya ni siquiera sudaba. Le vino a la memoria, eso sí, incontrolablemente, el estribillo de una canción muchas veces coreada entre batallas durante la Guerra Civil española: *Anda jaleo, jaleo/ ya se acabó el alboroto/ y vamos al tiroteo.* ¿Irían al tiroteo? ¿Moriría de inmediato tras la descarga del pelotón de fusilamiento o tendría que esperar a que el tiro de gracia le hiciera estallar el cerebro?

Es verdad que, desde hacía años, no lo torturaban ni lo insultaban. Lo amenazaban, sí, abundantemente, aunque cada vez menos, pero no lo golpeaban ni lo trataban de intimidar, aunque habitualmente le recordaban que cualquier día podían ejecutar la sentencia de muerte a la que había sido condenado, y a la que Francisco Franco, con total indiferencia, le había puesto el fatal "Enterado". Ni siquiera era necesario solicitar una renovación del documento. Técnicamente, estaba muerto y al pie de la sepultura desde hacía siete años.

Había llegado al castillo de Montjuich en Barcelona a fines de 1940, después del líder nacionalista catalán Lluís Companys, su inesperado compañero de infortunios. A los dos, que no se conocían, los habían apresado las tropas alemanas de ocupación situadas en Francia y los habían entregado a la policía española en la ciudad fronteriza de Irún. Con poco tiempo de diferencia, ambos habían pasado por los tenebrosos calabozos de la Dirección General de Seguridad en la madrileña Puerta del Sol, donde los habían torturado y vejado, y luego los remitieron en tren, esposados y vigilados, a Barcelona, al viejo cuartel-fortaleza de Montjuich, que tantos crímenes y tanta gloria había conocido a lo largo de su centenaria historia. Allí serían juzgados y fusilados.

Cuando mataron a Companys y a otros cientos de prisioneros, el hecho le generó una ambigua sensación de felicidad por mantenerse vivo y de vergüenza por no seguir el destino de tantos republicanos de izquierda. ¿Por qué no lo habían fusilado? Nunca se lo aclararon. Lo condenaron a muerte, pero no ejecutaron la sentencia. Probablemente aplazaron el cumplimiento de la orden judicial por una conjunción de razones: su pasaporte cubano, su condición de colaborador del POUM durante la guerra —un grupo político acusado de trotskista, muy perseguido y diezmado por los soviéticos, lo que convertía a sus miembros, lateralmente, en "enemigos del enemigo"—, el hecho de que en la década de los treinta había sido un notable poeta surrealista rodeado de amigos prestigiosos en el ámbito internacional (todavía reverberaba el asesinato de García Lorca), el fin de la Segunda Guerra Mundial dos años antes, en 1945, y, por qué no decirlo, la curiosidad.

En efecto, la curiosidad del importante comisario gallego Alberto Casteleiro. Casteleiro era un tipo gordo, calvo, sonriente, irónico, afectado por una paranoia crónica y por una vistosa "cojera bamboleante" (así la calificaba él mismo), producto de un balazo que recibió en la pierna izquierda durante la batalla del Ebro; la herida se saldó y soldó con cinco centímetros menos medidos desde la cadera al tobillo. Así, cojo y astuto, al comisario lo habían destacado en Montjuich para interrogar a los prisioneros condenados a muerte con el objeto de exprimirles hasta la última gota de información, y siempre había pensado que Rafael Mallo era una persona demasiado singular, que probablemente ocultaba algo. Esa arbitraria sospecha, cuyo origen no era capaz de precisar, había contribuido a salvarle la vida a Mallo.

Los interrogatorios estaban basados en una rutina burocrática que podía convertirse en un pesado ejercicio de memoria a medio camino entre la literatura y el sadismo. Todos los meses, el detenido debía entregar una minuciosa autobiografía con los detalles de su vida, las personas a las que había conocido, los estudios que había hecho, las mujeres a las que había amado, los pensamientos que entonces albergaba ("el contexto ideológico y emocional es clave", solía decirle el comisario), los episodios principales de su existencia y los más nimios. Nada debía dejarse fuera.

El compromiso era que escribiera todos los días (menos los domingos, día de oración decretado por Casteleiro, hombre muy religioso). El texto, escrito a mano y con buena letra (le proporcionaban pluma, tintero y secante), debía entregarse en unos amarillentos cuadernos rayados aportados por el comisario, de manera que, a fines de cada mes, el relato alcanzaba cierto volumen. La información, para que fluyera, debía estar ordenada cronológicamente y dividida en epígrafes porque todo, decía Casteleiro, podía ser importante (y porque el comisario era un neurótico que necesitaba conocer los pormenores de la vida de sus prisioneros). Las libretas se archivaban cuidadosamente en una de las bodegas del castillo junto a otros miles de expedientes y documentos.

La conversación mensual entre el preso y el policía seguía siempre el mismo patrón. Casteleiro le anunciaba que probablemente esa tarde sería la última en que se encontrarían, porque tal vez decidiera fusilarlo al amanecer del próximo día si no quedaba convencido de la veracidad de lo que iba a oír, invitaba a Mallo a sentarse, le ofrecía un cigarrillo, le pedía a un guardia que les trajera café, sacaba los últimos dos cuadernillos de la inmensa cartera negra que siempre portaba, y discutía meticulosamente con el recluso las diferencias y los datos que había encontrado en la nueva redacción. Incluso, si tenían tiempo jugaban una partida de ajedrez que con frecuencia ganaba el prisionero. De esos contactos, era posible que entre ambos hubiera surgido algo parecido a una relación amistosa o, al menos, cordial.

Casi siempre, e indefectiblemente cuando perdía, Casteleiro se despedía sin aclararle si había decidido o no que lo fusilaran al amanecer. Era el dueño de su vida y disfrutaba su papel dejando sin revelar cuál había sido su decisión. Pero esa vez comenzó la conversación de un modo muy extraño y en un tono inusual que Mallo no consiguió descifrar.

—Señor Mallo, creo que éste será mi último interrogatorio —dijo mirando fijamente a los ojos de su prisionero.

Rafael no sabía si era un juego intimidatorio o si, efectivamente, sería liquidado a la salida del sol. En realidad, ya estaba acostumbrado a la idea, tras siete años en el pabellón de la muerte, cerca del foso de Santa Eulalia, donde se oían las órdenes impartidas al pelotón de fusilamiento y los posteriores disparos, de manera que optó por encogerse de hombros.

—Comisario Casteleiro, haga lo que le ordenen. Si llegó la hora de llevarme al foso, no se preocupe por mí. Eso sí, le ruego que no envíe al capellán a consolarme. La idea del más allá, de una vida después de la muerte, me parece una fantasía pueril.

El comisario movió la cabeza con el gesto universal de "este personaje es incorregible", pero enseguida pensó que su ateísmo militante era más respetable, dadas las circunstancias, que adoptar una posición oportunista. Hubiera sido despreciable una conversión de última hora. Se puso de pie y se acercó al ventanuco de su despacho. Extrajo un cigarrillo Gitanes de la cajetilla (el tabaco francés era casi la única concesión al hedonismo que estaba dispuesto a permitirse) y comenzó a explicarle la más sorprendente de las historias:

—No, señor Mallo. No voy a ordenar su fusilamiento. Ayer recibí una orden, para mí, inexplicable.

—¿En qué consiste esa orden? —preguntó Mallo intrigado.

—Me han pedido que lo ayude a fugarse.

El prisionero, incrédulo, abrió sus ojos azules hasta el límite que le permitían las órbitas.

—¿No irá a aplicarme la ley de fuga? —preguntó con un gesto que, simultáneamente, descartaba esa posibilidad.

—¿Para qué matarlo ilegalmente si puedo hacerlo con todas las de la ley? Simplemente, alguien en el Gobierno, y tiene que ser una persona muy importante, está interesado en que usted quede en libertad. El propio generalísimo Franco debe estar al tanto. En España nadie se atreve a hacer algo así sin contar con El Pardo. Es la primera vez que me piden una cosa tan extraña.

Mallo advirtió, otra vez, que Casteleiro no podía pronunciar el nombre de Franco sin hacerlo preceder por su rango de *generalísimo*.

—¿Y por qué, en ese caso, no me indultan?

—Eso mismo pregunté yo —respondió Casteleiro—, pero me dijeron que no habría indulto ni explicación, sino fuga.

—¿Y cómo me voy a fugar de Montjuich? Todo el mundo sabe que esta es una prisión prácticamente inexpugnable.

—Es un plan de la Brigada Político-Social. Usted va a salir de la prisión en una furgoneta blindada, como si fuera a un trámite en los juzgados, pero en el trayecto unos hombres armados, vestidos de Guardia Civil, van a interceptar el vehículo y se lo llevarán.

Mallo se quedó callado por unos segundos y, antes de responder, involuntariamente se le asomó una sonrisa muy triste.

—¿A dónde me llevarán? La operación se parece mucho a la supuesta historia de cómo la Gestapo liberó a Andrés Nin de mano de sus captores comunistas.

—Usted sabe que eso es mentira. Se lo he leído muchas veces en los informes autobiográficos que nos ha escrito. A Nin lo mataron los soviéticos.

Mallo se quedó en silencio por un buen rato. Luego agregó:

—Sí. Era una mentira increíble. No sé por qué dijeron una cosa tan estúpida. Supongo que formaba parte de la batalla entre los estalinistas y los trotskistas. Nin era un trotskista. La Guerra Civil sacó lo peor y lo mejor de la conducta de los españoles.

—Así fue —sentenció Casteleiro—. Pero el enfrentamiento entre estalinistas y trotskistas no era una pelea entre buenos y malos, sino entre diversos grados de maldad.

Mallo cambió súbitamente el curso de la conversación. No quería, otra vez, enfrascarse en una discusión ideológica con Casteleiro, un tipo fanático que creía en los ángeles y estaba convencido de que Franco, el *generalísimo* Franco, era una especie de santo laico que había salvado a Occidente de la dominación rusa.

—Pero ¿para qué van a hacer una operación tan aparatosa? No entiendo la lógica.

—También hice esa pregunta y por toda respuesta me dijeron que el objetivo era muy simple: que la historia la recogiera la prensa. Hasta me dieron la nota de la agencia EFE que publicarán todos los diarios del Movimiento. No puedo dejarle copia, pero sí estoy autorizado a leérsela.

—Por favor, hágalo —casi imploró el prisionero.

—Con gusto: "En la mañana de ayer martes, el delincuente político Rafael Mallo, un bandido hispanocubano, autodenominado 'poeta surrealista', exmiembro del Partido Obrero de Unificación Marxista, el llamado POUM, fundado por los trotskistas Andrés Nin y Joaquín Maurín, protagonizó una espectacular fuga en un falso retén colocado por subversivos en el kilómetro 15 de la carretera a Barcelona. Tres supuestos guardias civiles se lo llevaron a punta de pistola. Mallo estaba condenado a muerte desde 1940 por los crímenes cometidos durante la Guerra Civil, y desde entonces guardaba prisión en el castillo de Montjuich, en la sección conocida como el 'Tubo de la Risa'. Se espera que la policía logre recapturarlo en las próximas horas, pero hasta el momento no hay ninguna pista concreta sobre su paradero".

—Muy bien. Muy imaginativo, ¿pero cómo saber que no voy a morir en medio de una confusa balacera?

—Ésa es mi responsabilidad. Ya le he dicho que si la idea era matarlo, bastaba con fusilarlo dentro de la más estricta legalidad. Alguien lo quiere vivo. Me han pedido que dirija la operación e, incluso, que pase el bochorno de explicarle a la prensa que fuimos sorprendidos por los subversivos.

—Pero, ¿por qué todo este enredo?

—No tengo la menor idea. Supongo que se lo dirán a usted los mismos que simularán rescatarlo. Tras el "rescate" debo trasladarme a la Seo de Urgel. Ahí lo esperaré en un coche civil y con una muda de ropa para llevarlo sano y salvo hasta Andorra, donde lo recogerá alguien, que no sé quién es, porque no me lo han dicho.

Mallo, como conocía a su carcelero, ya no tenía la menor duda de que Casteleiro le estaba diciendo todo lo que sabía.

—¿Cuándo se llevará a cabo la operación?

—Hoy mismo. Ahora. Comenzaremos en unos minutos. No quieren que se despida de sus amigos presos para que no cometa ninguna indiscreción. Ellos también van a ser sorprendidos con la noticia.

—De acuerdo.

—Magnífico. Manos a la obra.

2

Cita en Andorra

Tras pasear por un buen rato por los intrincados caminos del Pirineo catalán, seguramente para ganar tiempo, la furgoneta militar llegó a una casa solitaria en las afueras de la Seo de Urgel. Allí los esperaba, vestido de paisano, el comandante Alberto Casteleiro. Los tres guardias civiles le entregaron al prisionero Rafael Mallo, previa firma de un documento, saludaron militarmente, y se retiraron. Casteleiro lo invitó a pasar al *chalet*, le entregó una muda de ropa —traje oscuro de chaqueta, camisa y zapatos negros, más un abrigo de invierno—, esperó a que se diera una ducha, afeitara y cambiara, y de inmediato partieron rumbo a Andorra.

El propio Casteleiro conducía el coche, un pequeño y discreto Renault 4 CV de color azul oscuro. Parecían dos amables burgueses con aspecto de viajantes de comercio o unos tranquilos contrabandistas de algo, dado que Andorra era una especie de gran supermercado sin aranceles situado en los Pirineos. Durante un buen tramo del sinuoso y ascendente camino, ambos hicieron silencio, absortos en sus pensamientos. Mallo fue quien rompió a hablar:

—¿Vamos a Andorra la Vella, la vieja Andorra? —preguntó curioso.

—No exactamente. La cita es en Andorra, por supuesto, pero en una masía en el Collado de Montaner, en el pico de Enclar. Hace unos siglos el sitio era un paso de contrabandistas. Allí nos están esperando. Estudié el mapa antes de llegar. Tendremos que pasar el puesto fronterizo, pero eso ya está arreglado.

—No tengo papeles —dijo Mallo preocupado.

—Tiene papeles. Me dieron un pasaporte español y un *carnet* de identidad para usted. Como su padre era español, fue fácil inscribirlo en el Registro Civil.

Mallo se quedó sorprendido por la eficiente cortesía de quienes, pocos días antes, amenazaban con fusilarlo, pero guardó silencio. Casteleiro continuó hablando:

—O usted debe ser más importante de lo que parece, o quien ha intercedido en su favor es alguien de primer nivel.

Mallo se quedó intrigado por el comentario.

—¿Y qué es lo que yo parezco?

Casteleiro lo miró de reojo mientras conducía y pensó la respuesta. Extrajo una cajetilla del bolsillo de la camisa, le ofreció un cigarrillo a su pasajero, prendió el suyo y entonces contestó:

—Usted parece ser uno de esos aventureros románticos, medio idealistas y medio asesinos, que vinieron a nuestra guerra, donde nadie les había dado vela, a matar españoles como si fueran conejos, sólo para divertirse.

El tono de la frase y la forma jovial con que la dijo eran menos duros que el áspero contenido.

—Tal vez haya algo de eso —contestó Mallo con una sonrisa, decidido a no polemizar con su inesperado chófer.

—Pero me alegro que se haya salvado —dijo Casteleiro, agradecido por la actitud conciliadora de Mallo.

—¿Quiénes me han salvado? —preguntó Mallo.

—Le he dicho que no sé. Cuando lleguemos a nuestro destino lo averiguaremos. O lo sabrá usted, porque yo deberé regresar a Montjuich de inmediato.

Mallo observó el vuelo triunfal de un águila de regular tamaño. Antes había visto varios buitres leonados. El auto se movía en medio de la bella naturaleza pirenaica moteada por intermitentes pinares negros. Anochecía cuando llegaron a la caseta donde cabeceaban de sueño un par de funcionarios andorranos. Casteleiro entregó los dos pasaportes y los documentos de identidad; un guardia los examinó por unos segundos, miró al compañero y rutinariamente le ordenó levantar la talanquera.

Fue entonces cuando Rafael Mallo se sintió libre por primera vez. En ese momento confirmó que no era una retorcida estratagema para matarlo. Por su cabeza pasaron varias ideas alocadas: bajarse del coche y huir a pie, golpear a Casteleiro por lo que lo había hecho sufrir en el pasado o darle un abrazo porque lo estaba ayudando a recobrar la libertad. Era la confusión emocional absoluta mezclada con una sensación plena de felicidad.

No hizo ni dijo nada. La inmensa descarga de adrenalina que había experimentado lo dejó exhausto. Inclinó ligeramente el respaldo del asiento, cerró los ojos y se quedó profundamente dormido. Casteleiro decidió no interrumpir su sueño hasta que llegaron al *chalet* de montaña marcado en el mapa. Era una vieja e imponente masía de piedra, con techo de tejas, de dos plantas, que debió ser construida en los siglos XVI o XVII, pero la mantenían en perfecto estado de conservación. Estaba situada junto a un riachuelo que apenas se veía en medio de la noche, pero cuyo rumor, muy agradable, se escuchaba plenamente.

Casteleiro detuvo el auto frente al sólido portón de madera. Había aparcado otro coche junto a la casa. Era un suntuoso

Cadillac gris. Un enorme sedán de los que casi nunca se veían en España. Llamó a la puerta con tres golpes de la aldaba de bronce, una gran argolla sostenida por los dientes de un león. No tardaron en abrirle.

—Lo estábamos esperando —dijo la persona con una amable sonrisa de bienvenida. Hablaba español razonablemente bien, pero con una evidente pronunciación inglesa o norteamericana—. Soy Larry Wagner —agregó, sin dar más datos de su procedencia o afiliación.

—Gracias —respondió Casteleiro extendiéndole la mano—. Mi nombre es Alberto Casteleiro. Soy comisario de la Brigada Político-Social. Realmente, a quien usted esperaba es al señor Rafael Mallo. Yo sólo he venido a traerlo. Soy su humilde chófer —dijo con una sonrisa concebida para negar, simultáneamente, la fingida obsecuencia de la frase.

Rafael Mallo le dio la mano a Wagner. Tenía enfrente a un tipo alto, algo pasado de peso, medio calvo, con gafas redondas encajadas en un rostro agradable, bien vestido, que debía de rondar los cincuenta años de edad. Quizás menos, pero lo envejecían los kilos de más, el cabello en retirada y los lentes.

—Encantado, señor Wagner. Soy Rafael Mallo —dijo con la mezcla exacta de amabilidad y cautela con que suele hablarse en los momentos de incertidumbre.

Wagner le contestó el saludo; advirtió que el recién llegado estaba extremadamente delgado, aunque se veía saludable; sonrió y se dirigió a Casteleiro.

—Gracias por traernos al señor Mallo. Tenemos mucho que conversar con él. Aunque es tarde, señor Caseiro —dijo Wagner—, ¿quiere acompañarnos a cenar antes de regresar a Barcelona?

Era obvio, por la forma de hablar, que Wagner resultaba mucho más educado que sincero. Lo preferible era que no aceptara la invitación. El comisario español entendió la situación.

—Casteleiro, me llamo Casteleiro, no Caseiro —aclaró sin acritud—. Le agradezco mucho la invitación, pero debo regresar a Montjuich cuanto antes. Le ruego, por favor, que me firme este documento. Debo probarle a mis superiores que el señor Rafael Mallo llegó a su destino sano y salvo.

Larry Wagner leyó la simple hoja que Casteleiro traía impresa. La firmó y despidió al comisario con una amable palmada en el hombro y una frase protocolar.

—Muchas gracias, señor Casteleiro. Perdone la equivocación con su apellido. Me confunden los apellidos españoles. No hablo bien esta lengua.

—El apellido es gallego, no español. Pero usted habla muy bien nuestro idioma. Lo felicito.

—Excúseme. Pensé que el español y el gallego eran el mismo idioma.

—No se preocupe. Lo mismo les sucede a muchos españoles.

Casteleiro se despidió de Mallo con un apretón de manos —no se atrevieron a abrazarse— y le dijo, medio en broma y medio en serio, que no pensaba volver a verlo, pero antes de marcharse abrió su enorme maletín negro, sacó un voluminoso cuadernillo manuscrito y se lo entregó ceremoniosamente:

—Le devuelvo su último informe biográfico. Es nada menos que el número 70. Ya no lo necesitaré más. Es increíble la cantidad de veces que me ha contado su vida. Quiero que lo lleve de recuerdo. Es un relato interesante. Me parece que voy a extrañarlo.

A los pocos segundos Mallo oyó el motor del auto que comenzaba a alejarse e intuyó, de inmediato, que había iniciado una nueva, inesperada y extraña vida, o tal vez que había terminado otra etapa de la anterior.

Wagner lo invitó a sentarse en un mullido butacón de la amplia sala. Él ocupó otro, pero antes le ofreció una copa de vino tinto.

—Pronto vamos a cenar los tres —le dijo Wagner, pero relajémonos un poco antes de comenzar. Éste es un buen vino catalán. Le gustará.

—¿Los tres? —preguntó Mallo sorprendido—. ¿Quién es el tercero?

Desde la escalera, todavía en penumbra, le respondió una agradable voz femenina.

—El tercer invitado soy yo, Rafael.

Mallo, estremecido, giró la cabeza hacia el sitio. Había reconocido la voz. Era Sarah. Su corazón se aceleró. Se puso de pie. Ella llegó al final de la escalera. Él corrió a abrazarla. Sarah, defensivamente, le tendió el brazo para darle la mano, colocando una barrera infranqueable, indicándole, sin decirlo, que algo se había roto entre ellos. Rafael se dio cuenta del gesto y le dijo una frase amable para salvar la situación.

—¡Qué bueno verte otra vez! Te he extrañado muchísimo.

—A mí me ocurrió lo mismo… durante algún tiempo —dijo Sarah, lanzando, educadamente, un primer dardo disfrazado de pausa. Luego agregó un comentario más amable:

—Tienes buena apariencia, aunque estás muy delgado. ¿Cuánto hace que no nos vemos?

—La comida en la cárcel no era muy abundante —apostilló Rafael con una sonrisa irónica—. Creo que hace unos diez años.

—Exacto —dijo Sarah con una expresión melancólica—. Nos detuvieron en Barcelona el 16 de junio de 1937. El 17 llegamos a Madrid y nunca más supe de ti.

Había algo de reproche en el tono de Sarah. Larry Wagner tomó la iniciativa:

—Bien, señor Mallo, comencemos por presentarnos con un poco más de detalles. Soy funcionario del gobierno norteamericano.

—Somos —le interrumpió Sarah.

—Cierto. *Somos* —aclaró Wagner.

Rafael Mallo reaccionó sorprendido.

—¿De qué departamento? —preguntó Rafael con cierta prevención.

Wagner calló y miró a Sarah. Sarah siguió con la explicación.

—No voy a dar rodeos ni a tratar de engañarte. Ése no es mi estilo. El gobierno del presidente Harry Truman acaba de promulgar el *National Security Act* y eso generará un cuerpo de funcionarios. Probablemente acabará llamándose *Central Intelligence Agency*, o la CIA. Ya sabes que los norteamericanos aman los acrónimos. Todo eso está basado en lo que llaman Doctrina Truman.

—Algo he escuchado —dijo Mallo—, pero recuerden que llevo varios años encerrado por los franquistas. Trataban de escamotearnos informaciones valiosas. Uno de los propósitos de los carceleros era privarnos de cualquier noticia que pudiera convertirse en una esperanza.

Siguió Wagner, en un tono excesivamente aleccionador:

—Es algo muy reciente. En marzo de este año, 1947, Truman declaró ante el Congreso que era vital para la seguridad norteamericana impedir que continuaran instalándose regímenes prosoviéticos por la fuerza o el engaño. Su tesis, compartida por muchas personas, especialmente dentro del partido Demócrata, ya que los republicanos continúan siendo más aislacionistas, es que la sociedad norteamericana no puede sobrevivir como una isla libre dotada de una vibrante economía privada si Estados Unidos acababa rodeado por un mundo colectivista orientado o controlado por Moscú.

—No es ninguna locura —dijo Mallo—. ¿Y qué motivó esa reacción de Truman? ¿No eran aliados de la URSS durante la guerra? Hace sólo un par de años los dos ejércitos entraban codo a codo en Berlín —había cierta ironía en sus palabras.

—El detonante ha sido la guerra civil en Grecia, con los comunistas a punto de tomar el poder, y la situación económica y social de Turquía. El Congreso aprobó un paquete de cuatrocientos millones de dólares para impedir el colapso de esos dos países y mantenerlos en el bando occidental. El general Marshall va a dirigir un plan de ayuda económica para fortalecer a los aliados de Estados Unidos.

Mallo pensó su comentario unos segundos antes de manifestarlo:

—Es curioso que Estados Unidos no haya reaccionado antes —dijo con un gesto extraño.

Sarah intervino:

—Truman, por medio del Departamento de Estado, le pidió al cuerpo diplomático que hiciera una evaluación de la conducta de Moscú. Un joven funcionario situado en la URSS escribió un largo telegrama que impresionó al presidente, unas ocho mil palabras. Se llama George F. Kennan.

—Las ideas de Kennan están tras la Doctrina Truman —agregó Wagner.

—¿Y cuáles son esas ideas? —preguntó Mallo con un dejo en el que no pudo evitar un tono sarcástico.

Fue Sarah la que respondió.

—En esencia, frenar, contener el espasmo imperial de la URSS hasta que el sistema comunista se agote en el esfuerzo, sin necesidad de acudir a la guerra.

—O sea, crear una suerte de anticomunismo activo y militante, pero sin recurrir al uso del ejército —acotó Rafael Mallo tratando de precisar la idea.

—Exacto —contestó Sarah—. Hay que contestarles a los soviéticos en el terreno de las ideas y de la ética.

—¿Y desde cuándo eres una anticomunista activa y militante? —dijo Mallo mirando fijamente a Sarah de una forma en la que sólo ella podía descubrir cierto reproche.

Sarah lo observó con fiereza antes de responder:

—Desde que me golpearon y torturaron en Alcalá de Henares los esbirros de Stalin —agregó con odio.

De pronto, un denso silencio los envolvió a los tres por un buen rato. Sarah se desplomó en una silla.

Mallo respondió:

—No lo sabía. Supuse que te habían soltado sin tocarte. Pensé que sólo a mí me habían torturado —dijo con una expresión compasiva.

—Pero no sólo eso, Rafael. Desde que Stalin pactó con Hitler el desguace de Polonia, se me hizo imposible seguir admirando a Moscú. En la URSS no existe una gota de idealismo. Eso fue lo que me hizo anticomunista. Había que ser anticomunista por las mismas razones que había que ser antifascista. La vida me enseñó que el comunismo y el fascismo no eran sistemas adversarios, sino primos hermanos.

Wagner medió para evitar que la conversación derivara en una discusión teórica. Él era un hombre práctico. Un operador político:

—Mussolini y Lenin se admiraban mutuamente. No vale la pena discutir esa realidad. El mundo está lleno de anticomunistas que provienen del campo marxista. Son gentes que se ilusionaron con esa ideología y hoy están de regreso de cualquier esperanza.

Rafael Mallo volvió sobre las palabras de Sarah. Se dirigió a ella en un tono conciliatorio.

—Es verdad lo que dices. Sentí ese pacto como una traición, pero también como un esfuerzo para evitarle a la URSS una invasión alemana. Yo estaba en Francia cuando ocurrió. Fue una canallada, pero tal vez Stalin pactó con Hitler porque creía que la guerra era inevitable y trataba de proteger a la URSS. En aquel momento supuse que era una canallada necesaria.

Mallo parecía sincero. Wagner reorientó la conversación:

—Como supondrá, señor Mallo, fuimos nosotros quienes intercedimos ante el gobierno de Franco para que lo soltaran y nos lo entregaran. Fue Sarah quien insistió en que lo rescatáramos. Sugerimos que simularan una fuga para contar con una coartada plausible. La petición de Sarah llegó hasta la Casa Blanca. Ella nos dio todos los detalles de su vida. Afortunadamente para usted, quien fuera marido de Sarah, Robert Blauberg, tuvo un gran prestigio en Washington y creo que ese factor inclinó la balanza.

Rafael Mallo se quedó en silencio. No sabía que Sarah se había casado durante el periodo en que dejaron de verse. Ella lo sacó de dudas:

—En 1942 me casé con Bob Blauberg, pero murió a los pocos años. Era diplomático en España. Fue una bonita historia de amor. Él me protegió cuando más lo necesitaba. Ya tendré tiempo de contártela. Tuvimos una niña, Laura. Está en París, muy bien cuidada por su nana y por su abuela, Brigitte, la madre de Bob, hasta que yo regrese. Mi suegra vive conmigo desde la muerte de Bob. Es viuda, dos veces viuda, y francesa de origen. Primero se casó con un francés, el padre biológico de Bob, pero éste murió al poco tiempo. Luego se casó con el padrastro de Bob, quien le dio su apellido, y se fueron a vivir a Estados Unidos. Bob era miembro de la OSS, la oficina americana de inteligencia y murió en una operación en Atenas, tratando de ayudar a los ingleses, pocos años después de casarse conmigo.

En el semblante de Rafael Mallo cualquiera habría adivinado una genuina consternación mientras trataba de entender el intrincado cuadro familiar de Sarah. Tímidamente, hizo una pregunta cuya respuesta parecía obvia:

—Lo mataron los nazis en la retirada de Grecia, ¿no?

—No —respondió Sarah—. Lo mataron los comunistas. El episodio final de la ocupación griega fue una guerra a tres bandas. Los ingleses tuvieron que enfrentarse a los nazis y a los comunistas al mismo tiempo. Bob cayó en ese fuego cruzado.

Había una quieta indignación en las palabras de Sarah. Rafael Mallo cambió el tema de la conversación:

—Les agradezco infinitamente lo que han hecho —Mallo miró a Sarah y acompañó sus palabras poniéndose la mano derecha sobre el corazón e inclinando levemente la cabeza—. Y lamento mucho que tu esposo haya muerto en la guerra —terminó diciendo, quizás sin demasiada convicción.

—Nada que agradecer, señor Mallo. Según Sarah usted puede ser extremadamente útil en la lucha que se avecina. No fue difícil convencer a los españoles de que lo liberaran. Ellos están deseosos de estrechar lazos con Washington. Creo que vieron una oportunidad de mejorar las relaciones con nosotros.

—Es natural que los españoles no ofrecieran resistencia. Yo no significaba nada para ellos.

—Parece que sospechaban que usted era un pez gordo. No sabían muy bien qué hacer con usted.

Mallo pensó en el paranoico comisario Alberto Casteleiro y esbozó una sonrisa.

—Tal vez eso es lo que creía Casteleiro.

—¿El comisario que lo trajo?

—Sí. Ese mismo. Es un tipo muy peculiar. ¿Y en qué puedo serles útil? —la pregunta fue acompañada con un ligero golpe en sus rodillas, en demanda de una respuesta real.

Wagner y Sarah intercambiaron una mirada cómplice. Respondió Sarah:

—Tú eres el mayor experto que conozco en el pensamiento y el modus operandi del alemán Willi Münzenberg, el gran publicitario del comunismo. Lo que necesitamos de ti es que analices los pasos del enemigo y nos ayudes a montar una operación semejante a las que ellos saben organizar.

Rafael Mallo se mantuvo en silencio unos segundos exhibiendo una rara expresión de melancolía. Rompió a hablar:

—Primero, ¿por qué lo haría? ¿Por qué me pondría al servicio de Estados Unidos? Toda la vida he estado en la acera de enfrente.

—Yo también —dijo Sarah—, aunque soy norteamericana, estaba contra mi gobierno. Hasta que comprendí el horror del comunismo en carne propia. Mi gobierno está lleno de miserias e imperfecciones, pero es mucho mejor que la sordidez del mundo político soviético. ¿No te basta la experiencia de la Guerra Civil española, el exterminio del POUM y la persecución a los anarquistas para enfrentarte a estos hijos de puta de la URSS?

Rafael Mallo se quedó un momento meditabundo y asintió con la cabeza sin decir nada. Wagner intervino:

—Necesitamos expertos en la lucha ideológica. Los norteamericanos carecemos de la menor experiencia en ese terreno. Ni siquiera tuvimos un verdadero servicio secreto hasta que comenzó la Segunda Guerra. Nuestros publicitarios son buenos vendiendo Coca-Cola, pero no ideas políticas. No hay en nuestras filas nadie remotamente semejante a Willi Münzenberg.

Mallo movió la cabeza extrañamente y le respondió:

—Hace años escuché en la cárcel, de boca de un viejo comunista, que Willi Münzenberg estaba muerto. Me dijeron que era uno de los que había roto con Moscú. Parece que se suicidó en Francia. Escuché que huyó de un campo de refugiados alemanes cerca de Lyon cuando los nazis avanzaban en esa dirección. Trataba de llegar a Marsella, me contaron. Encontraron su cadáver con una cuerda atada al cuello. Fue lo que me contaron.

Sarah intervino:

—No se sabe si se suicidó. Todo eso es muy sospechoso. Escaparon dos, pero sólo apareció su cadáver. Sin embargo, su herencia política está absolutamente viva. Moscú y sus aliados no hacen otra cosa que repetir la estrategia de Münzenberg. Como tú me asegurabas, era el propagandista y agitador más grande de todos los tiempos.

—Eso es cierto —dijo Mallo—. Yo lo admiraba mucho. Pero es posible que se suicidara. Su padre se voló la cabeza con una escopeta de caza cuando Willi tenía trece años. Publicaron que era un accidente, pero él pensaba que su padre se había matado. Perdió a la madre a los cinco. Definitivamente, era un tipo familiarmente desdichado. Se tenía un poco de pena. Él mismo me lo contó. Fue un niño pobre. Quizás por eso, cuando tuvo acceso al dinero, se convirtió en un gastador extravagante. Verse con cierta edad, acosado por los nazis y rechazado por los comunistas, puede haberlo afectado emocionalmente. Tal vez él hizo lo mismo que su padre.

—Según lo que sabemos —dijo Wagner—, no era propenso a las depresiones.

Rafael Mallo vaciló antes de comentar la observación.

—Es cierto. Tenía una personalidad extrovertida, alegre. No se dejaba arredrar por las derrotas. Era algo cínico y los cínicos no suelen suicidarse porque están blindados contra las desilusiones. Claro, eso puede cambiar a cierta edad.

—Bueno —concluyó Wagner—. Ya usted sabe por qué y para qué está aquí. El gobierno de Estados Unidos necesita su ayuda, pero no podemos forzarlo. Piénselo esta noche. Mañana saldremos rumbo a París por carretera. Ahora vamos a cenar. Yo mismo he cocinado, con la ayuda de Sarah —dijo riendo—. En el segundo piso hay tres habitaciones. La suya es la del medio. Está preparada para que pueda dormir cómodamente.

—Sin duda será mucho más confortable que la celda de Montjuich —dijo Mallo en un tono más bien jocoso.

***

Rafael Mallo examinó la habitación con una rápida mirada. Efectivamente, era confortable, dentro de la estética limpia y rústica del interior de las masías, desiguales pero semejantes en todo el paisaje catalán. Un grueso radiador de hierro calentaba perfectamente el cuarto de paredes blancas. Había muebles sólidos de madera antigua, incluido un espejo grande en una pared enmarcado por unas tablas de pino. Sábanas impolutas de hilo, una manta gruesa con dibujos geométricos y una alfombrilla gastada al pie de la cama. Todo lo permeaba un grato olor a lavanda (sensación olfativa que Rafael no sabía que guardaba en su memoria). Le esperaba, incluso, una elegante bata blanca de algodón turco colgada en el armario. Todo lo habían previsto. Se desnudó y se la puso.

Cuando calculó que Wagner ya estaba dormido —unos suaves ronquidos se oían en su habitación—, salió de su cuarto y llamó a la puerta de Sarah.

—Pasa —dijo ella con voz queda—. Está abierta.

El dormitorio que Sarah ocupaba era de mayor tamaño (sin duda se trataba del principal), y tenía, además de la cama amplia de matrimonio, un tresillo de madera y mimbre con aspecto de ser cómodo. Sarah leía en una mecedora bajo la luz de una lámpara de pie. O, si no leía, al menos había un breve libro abierto sobre la mesilla central. Era una obra de Arthur Koestler: *Darkness at Noon*.

Rafael Mallo la obedeció. Se sentía intranquilo. No sabía exactamente cuál sería la reacción de Sarah en la intimidad, sin testigos.

—Siéntate —le dijo Sarah en un tono neutro indicándole el butacón al otro lado de la mesilla—. Sabía que vendrías.

Rafael la observó de soslayo. Habían pasado diez años, pero seguía siendo una mujer muy atractiva. En sus cuarenta y pocos, conservaba la belleza de la juventud, tal vez con las líneas de la cara más acentuadas y las caderas y los pechos pequeños algo más voluminosos y, seguramente, menos firmes, pero seguía siendo lo que los españoles llamaban una "mujer de bandera".

—¿Por qué estás tan hostil? —le preguntó Mallo a bocajarro, mirándola a los ojos, tan pronto como se sentó.

Sarah se quedó callada por un buen rato antes de contestarle. No hubo paliativos ni anestesia en la respuesta:

—Porque la imagen que tenía de ti, la forma en que te percibía, se destruyó para siempre en Alcalá de Henares.

Rafael Mallo sintió que se tensaba como una cuerda a punto de romperse.

—Eran unas circunstancias terribles. Nos estaban torturando.

—Eran terribles para todos —le contestó Sarah con firmeza—, pero peores para Andrés Nin que para nosotros dos. ¿Qué fue exactamente lo que dijiste de Nin?

Mallo cruzó los brazos sobre el pecho en una actitud defensiva.

—Me detuvieron porque yo era la persona que había estado con Nin durante sus años en Moscú. Dije lo que tenía que decir porque había una razón muy poderosa para ello. Mi testimonio, pensaron, tendría credibilidad.

—Antes de soltarme, me dijeron que tú habías confirmado que Andrés Nin era un agente de la Gestapo en contacto con las fuerzas de Franco.

A Mallo se le nublaron los ojos, súbitamente entristecido.

—Es verdad. Lo dije. Fue por salvarte. Era lo que me pidieron que dijera si quería que no te violaran y mataran. Te usaron para chantajearme.

—¿Te dijeron eso? Pues te engañaron, Rafael.

Sarah comenzó a llorar de una manera contenida. Las lágrimas le fluían por el rostro.

—¿Por qué me engañaron? —preguntó Rafael subiendo la voz.

—Porque, después de golpearme, antes de llevarme a Madrid, los tres hombres que se ocuparon de mí, me violaron y me humillaron de mil maneras terribles.

—¿Qué te hicieron, Sarah, qué te hicieron? —preguntó Rafael dos veces con el rostro descompuesto.

Sarah sollozó antes de responder. Se secó las lágrimas con la manga de la bata. Cuando se calmó se lo contó rápido, como quien se arranca un clavo hundido en el pecho.

—Me introdujeron un palo en la vagina y en el ano, mientras me gritaban que de Moscú no se burla nadie. Querían darme una lección que nunca olvidara. Cuando me soltaron en Madrid, en plena calle, yo era un guiñapo. Y es cierto: nunca he olvidado la lección.

Rafael se quedó consternado, sin saber exactamente qué decir. Pidió algunas precisiones:

—¿Cuánto duró ese martirio? ¿Quiénes fueron?

—Toda una tarde y parte de la noche. Se reían de mis ruegos. No sé cómo se llamaban. Todos usaban seudónimos cortos: "Mario", "Iván", "Lucas". Iván era ruso; Mario, probablemente mexicano; Lucas, que era el peor, era un español que odiaba al POUM.

—¿Por qué era el peor?

—Porque era un sádico. Cuando le rogué que no me golpeara más con la vara de madera que usaba, fue cuando me la introdujo en el ano y en la vagina mientras los otros dos hijos de puta me sujetaban. Yo lloraba de rabia y dolor e hizo algo que jamás olvidaré. Me dijo, "puta trotskista, ¿quieres que te alivie?". Y entonces me orinó. Jamás me he podido quitar de la piel el contacto asqueroso de ese chorro caliente.

—Ellos me aseguraron que nada te harían si yo declaraba contra Nin. Me dijeron que, de todas maneras, iban a matarlo. No utilizaron mi declaración para ejecutar a Nin, sino para documentar las causas, porque lo iban a matar de todas formas. Me lo explicaron. Lo matarían con mi declaración o sin ella. Yo tenía que hacer lo que querían para salvarte.

—Tal vez me salvaste de la muerte, Rafael, pero no del desprecio que comencé a sentir hacia ti. Tú eras mi héroe y te convertiste en un traidor.

—Para salvarte, Sarah. Fue por eso.

—No lo discuto, Rafael, y quizás debo agradecértelo, pero no pude evitar cierta sensación de asco. La sentí desde el momento mismo en que me dejaron en una plazoleta de Madrid.

—¿Qué te hicieron, Sarah, por Dios?

—Me ordenaron que abandonara el auto en el Madrid de los Austrias, en la Plaza de Santiago, frente a una pequeña iglesia. Estaba mugrienta y llena de moratones. También me sentía sucia por dentro. Era de noche. Llamé a una puerta lateral de la Iglesia y me abrió un sacerdote muy asustado. Entré en el templo y casi me desmayo sobre un banco. El cura me trató bien, lo reconozco.

—¿Cómo saliste de esa pesadilla?

—Tenía pavor a que volvieran a detenerme. Las checas en Madrid estaban muy activas y podían darme un "paseo". El mismo cura me lo dijo preocupado. Me habló horrorizado de una que funcionaba en la calle Fomento. A ellos los tenían bajo la mirilla. Le conté que había decidido matarme si me detenían de nuevo. Pero recordé que en Buenos Aires, cuando William, mi primer marido, estaba allí destacado, y yo con él, habíamos conocido a un joven diplomático americano muy agradable llamado algo así como

Blauberg o Bloonberg, situado en Madrid. Le pedí al sacerdote que me ayudara a encontrarlo. Me dijo que todos los curas estaban vigilados, pero que trataría de echarme una mano.

—¿Fue él quien lo localizó?

—Sí, tuvo el coraje de visitar la legación americana. En efecto, Bob Blauberg estaba allí como agregado político. Se acordaba de mí y de mi exesposo británico, William Vandor. Ignoraba que nos habíamos divorciado y que yo me había unido a ti. Esa misma noche fue a la iglesia a recogerme y me llevó a su casa, en el barrio de El Viso. Allí me cuidó y me protegió hasta que consiguió sacarme rumbo a Estados Unidos. Poco a poco fue surgiendo entre nosotros un sentimiento de atracción. Él mismo me acompañó al aeropuerto. Como mis padres habían muerto y no tenía familia en mi país, me encomendó a su madre. Viví con ella cierto tiempo en Washington. Su madre era una mujer encantadora. Se llama Brigitte Grossman y es de origen francés, judía francesa, para ser más exacta.

—¿Cuándo fue que se enamoraron? —había cierta indescifrable curiosidad en la pregunta de Mallo.

Sarah le respondió sin vacilaciones:

—No sé exactamente, pero Bob era un hombre extraordinariamente cálido y bueno. Supongo que sentirme protegida por él, que era un diplomático, y su casa un santuario en medio del peligro, contribuyeron a que instintivamente me atrajera. Pero, al margen de todo eso, era una persona admirable.

—Ésa es la palabra: instinto. Los hombres tenemos el de proteger y las mujeres el de ser protegidas. Yo trataba de protegerte cuando declaré contra Nin.

Mallo volvía sobre un asunto que parecía agotado.

—No hablemos más de eso, por favor —le dijo Sarah.

—Y ahora eres agente de los servicios secretos americanos —agregó Rafael con sorna.

Sarah le contestó en un tono de recriminación.

—Yo no elegí esta vida, Rafael. En cierta forma fuiste tú quien me metió en ella. Yo solo era una mujer con ínfulas de poeta, la frívola y joven esposa de William Vandor, un respetable diplomático inglés, cuando tú te cruzaste en mi camino. Fue de tu brazo que acabé en la Guerra Civil española y en la checa de Alcalá de Henares. Mi actual dedicación es la consecuencia de todo eso.

Rafael Mallo cambió de conversación. Tal vez Sarah tenía razón:

—¿Cuándo te casaste con Robert Blauberg?

—Nos casamos en 1942. Él volvió a Washington por un tiempo y acabamos enamorándonos. Quedé embarazada y Laura nació en el 43.

—¿Te enamoraste realmente?

La pregunta le pareció una impertinencia, pero la respondió resueltamente.

—Claro que me enamoré. Me enamoré profundamente. Lo quise mucho. Todavía lo quiero, lo recuerdo todos los días.

—¿No sería gratitud?

—No seas mezquino. Tal vez había gratitud, pero eso no estaba reñido con el amor. Lo admiraba, era un hombre guapo, valiente, decente, muy atento y generoso conmigo. Me enamoré de él de una manera absolutamente natural, casi inevitable.

—¿Cómo acabó en el servicio de inteligencia? ¿No era diplomático?

—Me lo contó. Cuando la guerra con Alemania parecía inevitable, invitaron a algunos diplomáticos a que formaran parte de la OSS. Robert fue como voluntario. Sabía varios idiomas, en su juventud había formado parte de los marines. Se sentía patriota. Era perfecto.

—O sea, un tipo de acción —lo definió Rafael.

Sarah matizó la frase:

—No exactamente. Un tipo sensible, con una gran vocación por la música, que era capaz de convertirse en un hombre de acción. Su madre, antes de casarse con su padre, había sido soprano en la ópera de París. Bob heredó su oído musical. Siempre me decía que si pudiera haber elegido su vida, se habría dedicado a tocar el clarinete o el saxofón en una banda de *jazz*. Era un virtuoso en ambos instrumentos.

—Casi nadie puede elegir su vida —afirmó Rafael con amargura—. ¿Y cómo es Laura? —preguntó Rafael, tal vez secretamente molesto por la descripción de Robert. Debió ser, pensó, un tipo con una gran personalidad.

—Laura es una maravilla —dijo Sarah con orgullo—. Es una niña preciosa y muy inteligente.

—¿Qué vas a hacer con tu vida? —la pregunta de Rafael y la entonación íntima con que la formuló merodeaban la seducción. Quería llevar la conversación a otro plano.

Sarah lo observó con cuidado. Estaba muy delgado, lo que acentuaba los rasgos de la nariz, y sus ojos azules, que en el pasado le habían parecido bellos, se le habían hundido en el rostro. Pero seguía siendo un hombre apuesto y elegante, pese a los siete años que había pasado en la cárcel.

—Voy a luchar, Rafael, por las causas en las que creo, y por educar a mi hija Laura para que sea una mujer entera, sin miedo, libre. Creo que le debo esas dos cosas a Bob.

—¿Y la literatura? —preguntó, tal vez realmente interesado.

—Creo que ya no tengo vocación literaria. Se me agotó o está dormida. Casi me parece una frivolidad escribir versos en medio de tantos conflictos.

—¿Piensas seguir sola?

Sarah lo miró divertida.

—¿Quieres saber si voy a enamorarme de nuevo?

Rafael se envalentonó, se puso de pie y se acercó a la mecedora en la que estaba Sarah sentada. La tomó de las manos y la invitó a incorporarse. Súbitamente, la atmósfera se cargó de tensión.

—Quiero saber si tienes planes de volver a acostarte con un hombre —le dijo mirándola intensamente a los ojos mientras la atraía contra su pecho.

Sarah sonrió. Lo rechazó levemente y le dijo:

—No sé. Ahora no está entre mis planes.

Rafael la besó suavemente en los labios. Sarah lo apartó tras permitirle el beso por unos segundos.

—Ahora no está en tus planes volver a amar. ¿Lo estará en el futuro? ¿Tengo alguna esperanza?

Rafael le hizo las preguntas mientras le apretaba las manos.

—La joven y alocada Sarah es otra persona, Rafael. Yo he aprendido con los golpes que me ha dado la vida. Tal vez vuelva a amar. No lo sé. Me gustaría, pero estoy demasiado adolorida.

—Este es el momento de intentarlo —dijo Rafael, y la atrajo por la cintura y comenzó de nuevo a besarla.

Sarah lo rechazó sin violencia, implorándole con la mirada que respetara su decisión, pero recurriendo a un ademán ambiguo que revelaba sus dudas y contradicciones, dejando la puerta abierta a la esperanza.

***

Cuando se quedó sola, antes de dormirse, Sarah recordó sus relaciones con Rafael. Diez años era un tiempo largo. Ya no era el tipo de galán de cine que ella había conocido. Estaba muy delgado y demacrado. Peinaba canas y había perdido pelo. Seguía siendo, sin embargo, atractivo. Mantenía la gesticulación varonil, la voz armónica, la sonrisa, las manos. Siempre le gustaron sus manos. Lo recordó joven y amable en la presentación de su libro, seductor la tarde en que se besaron por primera vez a pocos pasos de la oficina de su esposo de entonces, William Vandor, una transgresión que le disparó la adrenalina y aumentó sus deseos. A su memoria vinieron la emoción que le causaba escribirle aquellas encendidas cartas de amor desde Buenos Aires, salpicadas de alusiones sexuales, los deliciosos años de París, la dolorosa aventura española. Recordó, en definitiva, muchos pasajes agradables que habían vivido juntos.

Indudablemente, Rafael había sido el hombre de su vida hasta que apareció Bob, una persona absolutamente diferente. Bob era la decencia personificada. También era, a su manera, un hombre hermoso. No tan alto, con ojos claros afectados por la miopía, atlético, dotado de un gran sentido del humor. Bob la hacía reír, la halagaba, era muy cariñoso con ella, la admiraba. Adoraba a la pequeña Laura, la hija de ambos. La disfrutó muy poco porque murió, pero era extremadamente cariñoso y jugaba con ella durante horas. Sarah se preguntó, sin embargo, si era tan buen amante como Rafael, cálculo que inmediatamente le pareció injustificable. Hicieron el amor con frecuencia, a veces con la intensidad de enamorados recientes, pero acaso le faltaba ese elemento canalla que Rafael ponía en sus encuentros íntimos. ¿Qué era? Tal vez el lenguaje obsceno en el momento exacto de las relaciones, la imaginación retorcida, las prácticas transgresoras que prolongaban los vínculos oscuros establecidos con William. Ella nunca se había atrevido a contarle a Bob sus experiencias sadomasoquistas con William, continuadas luego con Rafael Mallo. La rectitud de su carácter, que tanto admiraba, sin embargo, se convertía en un secreto obstáculo en la cama.

No obstante, Bob le había servido para enderezar su vida, para tener a Laura y, por qué no, para quitarse totalmente de la cabeza a Rafael Mallo. ¿Totalmente? Cuando Larry Wagner, el viejo y querido amigo de Bob, y ahora su jefe, la invitó a incorporarse al nuevo servicio de inteligencia, enseguida pensó en Rafael Mallo. ¿Estaría vivo? La sacó de la duda el propio Larry. El nombre de Rafael estaba en una lista de comunistas confeccionada por el FBI, circulada por todas las delegaciones americanas. Decía: "Excombatiente de la Brigada Lincoln, probablemente preso en las cárceles españolas desde el fin de la Guerra Civil". El informe se equivocaba en la filiación militar, porque Rafael nunca estuvo en la Lincoln, y también erraba el dato de que estaba preso desde el fin de la Guerra Civil, pero no en el hecho de que estuviera internado en una prisión franquista. Eso era lo importante.

Ella le explicó con detalles a Larry Wagner quién era Rafael, su *expertise* en el trabajo de Münzenberg, y la extraordinaria ventaja de que hablara varios idiomas, y entre ellos el ruso. Pensaba, con bastante lógica, que la experiencia de Alcalá de Henares, como le había sucedido a ella misma, le habría hecho comprender que el estalinismo era tan abominable como el nazismo, su pariente cercano. Sabía, además, que Rafael era un verdadero experto en la lucha ideológica.

A Larry Wagner le bastó una sencilla gestión ante el Departamento de Estado para conseguir que las autoridades españolas le entregaran a Rafael Mallo. España estaba aislada del mundo tras el fin de la Segunda Guerra por el cerco diplomático tendido por casi todos los países. Para el gobierno de Franco, entregarle discretamente un prisionero trotskista a Estados Unidos era una manera sencilla y económica de acercarse a Washington unos milímetros. Ni siquiera preguntaron para qué lo querían. Les resultaba indiferente. Para el franquismo era mejor utilizarlo como moneda de cambio que mantenerlo en la cárcel interrogándolo incesantemente sobre una guerra que, finalmente, habían ganado.

Sarah, antes de caer rendida, se sintió satisfecha de haber sacado a Rafael del infierno de Montjuich. El destino, o tal vez ella, había vuelto a unirlos.

3

Un muchacho difícil. El cuadernillo 70

Larry Wagner encendió la luz de la mesa de noche, se acomodó en la cama y abrió con curiosidad el cuadernillo 70 que Rafael Mallo había escrito para el comisario Alberto Casteleiro. Tenía una considerable extensión, de manera que tendría trabajo para unas cuantas sesiones de lectura. Durante la cena, cuando le solicitó un breve currículo para acompañarlo al informe que debía enviar a Washington, Rafael, sonriendo, se lo había entregado con cierto orgullo, arrancándole después, discretamente, la promesa de que no se lo mostraría a Sarah, dado que contenía algunos detalles escabrosos de la convivencia íntima entre ambos.

Larry, antes de iniciar la lectura, acaso por deformación profesional, comenzó por hacer una rápida evaluación grafológica. No creía mucho (realmente no creía casi nada) en la relación entre los rasgos caligráficos y la supuesta psicología profunda del sujeto que escribía, pero cuando lo formaron como agente de inteligencia dentro de la OSS, una parte de su instrucción fue la obra del grafólogo francés Solange Pellat y sus siete leyes del grafismo. Al fin y al cabo, su premisa básica parecía ser cierta: la caligrafía también era una expresión del yo, como la ropa que se escoge o las palabras que se utilizan. Los rasgos caligráficos, en efecto, son absolutamente personales e intransferibles, como las huellas digitales, y algo dicen del sujeto que los traza, aunque nunca había creído, por ejemplo, que colocar la tilde de la t en la parte superior de la letra, como hacía Mallo, revelara una personalidad autoritaria, y le parecía ridículo que la abertura en la base de los óvalos en letras como la a o la g tuviera algo que ver con una persona golpeada por la vida, probablemente resentida, que buscaba alguna forma de revancha. Eso era una superstición absurda disfrazada de ciencia empírica.

Señor Comisario:

Como he escrito tantas veces, abrí los ojos por primera vez en La Habana el 22 de junio de 1900. Mi madre se llamaba Mary Welch y era de origen irlandés. Mi padre, Antonio Mallo i Botet, fue un médico catalán nacido en Lloret del Mar. Mi abuelo paterno era un comerciante francés, Jean-Claude Mallo, que huyó de la guerra franco-alemana de 1870 y se instaló en Lloret del Mar. Allí conoció a mi abuela, Margarita Botet i Sarría, pero nunca olvidó sus orígenes. Educó a mi padre en el culto a la lengua y las tradiciones francesas, rasgos que, a su vez, mi padre se ocupó de transmitirme. Aprendí a hablar francés, español e inglés en la infancia y al unísono.

Mi padre comenzó a viajar a Cuba en 1899 en su condición de médico de la Compañía Trasatlántica, empresa comisionada por el gobierno de Madrid para repatriar a unos 150.000 soldados españoles radicados en Cuba por la guerra desatada en la Isla entre 1895 y 1898, conflicto que se decidió por la intervención norteamericana, el hundimiento de las escuadras españolas en Filipinas y Santiago de Cuba y la inevitable rendición de la Corona.

Como en cada trayecto morían decenas de soldados a consecuencia del paludismo, la desnutrición y la fiebre amarilla, la naviera decidió habilitar una enfermería en todos los buques. Sin embargo, según me relatara mi padre, era muy poco lo que podía hacer porque apenas contaba con medicinas, y ni siquiera le asignaban morfina con la cual aliviar los dolores preagónicos de los militares derrotados, aunque a veces utilizaba cloroformo para anestesiarlos. En uno de los viajes a Vigo, en Galicia, iniciado en el puerto de Nuevitas, Camagüey, llegó con 78 cadáveres y más de un centenar de enfermos graves. Los pasajeros, me contó, viajaban apiñados, con poca ventilación y sin alimentos adecuados. Eran frecuentes las epidemias de disentería a bordo de las naves.

En la última de sus misiones (así les llamaba) decidió quedarse en La Habana. Había conocido a una joven irlandesa vinculada a la embajada británica llamada Mary Welch. Se habían enamorado, y ambos prefirieron permanecer en Cuba antes que regresar a Europa, dado que el país experimentaba un rápido crecimiento como consecuencia de la revitalización de su industria azucarera y las crecientes inversiones norteamericanas. En aquellos años, un buen doctor europeo, ayudado por su mujer, una extraordinaria secretaria bilingüe, podía lograr un notable éxito económico, entre otras razones, porque mi padre se convirtió, rápidamente, en el médico de casi todo el cuerpo diplomático acreditado en la Isla.

A los pocos meses de haberse casado —menos de nueve, como descubrí tan pronto supe contar—, nací yo y me pusieron por nombre Rafael Mallo Welch. En realidad, la dotación genética de los Welch era más evidente en mí que la de los Mallo. A mi madre le debo la alta estatura, la complexión delgada y fibrosa, el cabello castaño, los ojos azules y las pecas del rostro y la espalda. Según ella, su padre medía 190 y yo me le parecía notablemente.

Formación

Desde el principio, mi padre me hablaba en francés, mi madre en inglés y el resto de la casa —dos sirvientas mulatas, una cocinera negra y un cochero canario— lo hacían en español. Crecí, pues, sospechando que cada persona tenía una manera diferente de hablar, babélica confusión que me hizo trilingüe sin esfuerzo y sin siquiera sospechar que poder comunicarme en tres idiomas (a los que luego agregaría el ruso) iba significar para mí una enorme ventaja que acabaría por encauzar mi vida.

Esa preocupación por mi educación no se reflejaba en el trato que me daban mis padres. Ninguno de los dos era muy afectuoso conmigo, nunca entendí muy bien por qué, pese a que yo me esforzaba por conseguir el cariño de ambos. Aunque en el terreno material eran generosos y me crié como un niño rico, mi madre me ignoraba, como si le molestara. Mi padre, las pocas veces que me hablaba, era para reñirme. (De niño pensaba que el francés era la lengua del maltrato). Mi padre, en fin, era un hombre sabio y seco. Alguna vez me golpeó con la correa por alguna travesura menor que había hecho relacionada con mi perro. Me sacó sangre y no pareció importarle, aunque luego me aplicó un poco de yodo en la herida producida por la hebilla.

Siempre tuve la sensación de que estorbaba en casa o sobraba en sus vidas. Algo realmente sorprendente porque fui hijo único. Tampoco creo que ellos estuvieran conscientes de sus carencias emocionales o de mis necesidades afectivas. Se comportaban de esa manera, acaso porque pensaban que esa era la mejor forma de educar a un hijo. Nunca lo supe. Nunca lo discutí con ellos, porque ni yo mismo entendía mi malestar psicológico. En la pubertad pude encararme con la dolorosa verdad: ni ellos me amaban ni, a esas alturas, yo los amaba. Probablemente ya me había habituado a ese tipo de relación gélida.

Estudié con los jesuitas en el gran caserón del colegio Belén de la calle Compostela y Picota, en el centro de La Habana Vieja. El edificio, que antes había sido hospital y albergue de convalecientes, era una estructura acogedora que tenía su encanto y una gran fortaleza con ventanales altos por donde corría la brisa. Por ahí habían pasado una docena de fuertes ciclones tropicales sin afectar sus muros de cantería construidos en torno a vigas ocultas de madera dura atadas con sogas de esparto.

Mi padre no era creyente, pero no le importaba que yo lo fuera (en realidad, le resultaba indiferente lo que yo fuera o creyera). Estaba convencido de que los jesuitas podían ser unos canallas, mas eran grandes educadores. Mi madre, en cambio, quería que yo tuviera una buena formación católica, aunque sucedió lo contrario. La obligación de acudir a misa todos los días y el carácter increíble de las leyendas judeocristianas me convirtieron prematuramente en agnóstico. A los doce años ya pensaba que las historias de la Biblia y las vidas de los santos eran unas curiosas leyendas de violencia y lascivia que no podían ser tomadas en cuenta. Mi padre me felicitaba por tener esas opiniones, pero mi madre solía reñirme.

Precisamente, a esa edad, a los doce, tuve mi primer encuentro con la violencia. En 1912 (recuerde, comisario, que yo voy con el siglo), el cochero Juan Miguel, un canario pequeño y malhablado, al que comencé a acercarme (hoy creo que lo veía como una figura paterna o un hermano mucho mayor), experto guitarrista tresero (tocaba el tres como nadie), amante de la literatura y de la política, con el que había desarrollado una relación estrecha (porque me enseñaba todo lo que era malo y pecaminoso), me llevó al pueblo cercano de La Ceiba para que viera un espectáculo macabro: un árbol frondoso del que colgaban los cadáveres de tres negros semidesnudos como si fueran adornos navideños. Dos, recuerdo perfectamente, eran muy jóvenes y tenían los rostros deformados por los golpes, mientras el otro debía rondar los ochenta años porque tenía la cabeza totalmente blanca. A ése no lo tocaron antes de ahorcarlo. Parece que eran el abuelo y dos de sus nietos.

Ese año había estallado en Cuba la llamada "guerrita de los negros" y el general Monteagudo, asistido por el coronel Lezama, había sacado al ejército a matar negros para darles un escarmiento. Sus víctimas querían formar un partido de gentes de color y esa división, según decía con vehemencia, no se podía tolerar en una nación civilizada. Nunca supe exactamente a cuántos negros liquidaron, pero debieron de ser miles, demasiados para ser una nación civilizada, entre ellos algunos que nacieron esclavos y en 1886 los habían emancipado. En todo caso, me impresionó mucho ver los cuerpos pendiendo de las sogas. Los tres se habían orinado o, al menos, tenían una gran mancha de humedad en el bajo vientre. Nunca he podido olvidar la expresión de sus rostros y las lenguas fuera de la boca. Tampoco, la indiferencia de las personas que pasaban junto a los cadáveres sin mostrar el menor síntoma de sorpresa o inconformidad. (En realidad, yo tampoco dije o hice nada especial. Me limité, morbosamente, a ver aquel desagradable espectáculo en medio de una extraña mezcla de repulsión y curiosidad. Creo que repetí una dura frase que le escuché a Juan Miguel: "Algo habrán hecho").

En el colegio Belén ponían especial interés en la literatura y en la expresión oral, así que me asocié a grupos que discutían libros y se ejercitaban en debates. Nos dirigía un jesuita joven, el padre Abelardo, un navarro que no rechazaba a priori ningún autor, tema o libro, siempre que fuera español. Primero nos hizo leer y analizar Meditaciones del Quijote de José Ortega y Gasset. Al año siguiente, en 1915, poco después de que apareciera en Barcelona, leímos El sentimiento trágico de la vida de don Miguel de Unamuno. Lo discutimos apasionadamente en nuestra tertulia, que era tanto como poner en tela de juicio la posibilidad de que existiera algo más allá de la muerte. Yo traté de probar que Unamuno mostraba unos temores infantiles, dado que, al morir, terminaba cualquier expresión de la conciencia, como cuando dormíamos, de manera que era indiferente si existía o no un "más allá", porque nunca lo sabríamos, pero otro compañero defendió la tesis de que la criatura humana había sido concebida para prevalecer después de esta vida. El padre Abelardo le dio la razón, aunque tuvo la cortesía de aclarar que mis argumentos también eran relevantes y admitió que, en efecto, una persona que se quedara dormida para siempre o en un coma profundo, no sufriría nada, de manera que era absurdo preocuparse por la muerte.

Por aquellos años se desató la Primera Guerra, episodio que constituyó mi bautismo en temas políticos. Los cubanos, casi todos, éramos francófilos, mientras algunos españoles se decantaban por los alemanes. Como yo hablaba francés y Juan Miguel me había adiestrado en la guitarra y en el canto, enseñé a varios de mis compañeros de Belén a entonar La Marsellesa, ceremonia que abordábamos por las tardes henchidos de una gran emoción patriótica y cierto desprecio por la fonética gala.

En 1917, poco después de recibirme como bachiller, Cuba, siempre perrunamente aliada a Estados Unidos, le declaró la guerra a Alemania y comenzó a preparar un grupo de pilotos para acudir en defensa de los franceses. Le llamaron La Escuadrille Cubaine. Quise participar como voluntario, pero mis padres se negaron a darme el permiso y yo tenía menos de veintiún años, así que debí aceptar la decisión que me impusieron.

Ya había comenzado un periodo de concientización política en el que Juan Miguel había tenido mucha participación. A esas alturas, no era un cochero metido en establos de caballos, sino el hábil chófer de un flamante Ford T comprado por mi padre (un "tres patadas" o "fotingo" lo llamábamos). Se había relacionado con tabaqueros anarquistas, canarios como él, que me invitaban a sus reuniones para discutir las ideas de Bakunin y los sucesos de Rusia, donde había comenzado la revolución bolchevique que un día, pensaban Juan Miguel y sus amigos, acaso liberaría a los trabajadores de todo el mundo y acabaría con las clases, las jerarquías y el atraco de la propiedad privada. Fue en esa época cuando colgué en mi habitación, por primera vez, una litografía a colores en la que se veía a Lenin hablándole al pueblo moscovita desde una tribuna.

Estos primeros escarceos políticos coincidieron con mis estudios en la Facultad de Derecho y Filosofía y Letras de la Universidad de La Habana y con las francachelas típicas de los jóvenes burgueses de la época. Acudía con mucha frecuencia al teatro Alhambra de las calles Consulado y Virtudes, para escuchar música y ver obras picarescas, y solíamos terminar la fiesta en alguno de los múltiples prostíbulos del Barrio de Colón. En aquellos años, las prostitutas más hermosas y apetecibles procedían de Marsella, importadas por sus chulos, quienes las anunciaban como "carne franchute fresca". A ellas les encantaba que les hablara en su idioma y me recibían con mucha alegría gritando "ahí viene el francesito". Alguna insistió en no cobrarme los servicios prestados, pero nunca acepté esa amable cortesía.

Antes de apagar la luz —ya seguiría más adelante— Larry Wagner anotó con su puño y letra un par de rápidos comentarios: "Niño aborrecido o no querido por sus padres, obsesión con los muertos, clara inclinación a intelectualizar. Curiosa la utilización del adjetivo "perruno" para referirse a los sentimientos pronorteamericanos de los cubanos".

Paris ha cambiado mucho

penas le concedieron una semana completa de descanso, "para que se repusiera de siete años de cárcel", con el objeto de comenzar a trabajar intensamente, según ellos, en la batalla de ideas que se avecinaba. Rafael Mallo prefirió ir andando hasta el restaurante donde se encontraron, cerca de la Plaza de la Concordia, nombre que siempre le había sorprendido, dado que era el lugar preferido para las ejecuciones durante la Revolución Francesa. Después de tanto tiempo de encierro, caminar al aire libre le parecía un lujo espectacular y le daba un enorme placer. La vivienda que Larry y Sarah le habían alquilado —un pequeño apartamento soleado y cómodo— en Montparnasse, en la calle Daguerre, apenas quedaba a un kilómetro de distancia del restaurante al que lo habían citado, no lejos de donde radicaba un club de ajedrez en el que ya se había matriculado, jugado algunas partidas y comenzado a hacer nuevos amigos, ejercitando su oxidado instinto gregario.

Esa semana la había consagrado a reencontrarse con París, que era una forma de recuperarse él mismo. Se dedicó a pasear, a meditar y a leer furiosamente para tratar de ponerse al día. El París de la posguerra era muy diferente al que había conocido en los años treinta. Tal vez más pesimista, incómodo con los mil inconvenientes materiales que debía afrontar. Lo recorrían miles de ciclistas y la pobreza se evidenciaba en las ropas desgastadas por el uso y en los edificios todavía golpeados por la falta de pintura y los trastornos de la guerra. La gente, sin embargo, especialmente las mujeres, conservaban la natural elegancia de los franceses, siempre tan cuidadosos de las formas. En la ciudad, sin embargo, habían resistido algunos cafés en los que las tertulias literarias y filosóficas animaban la vida intelectual de esa inquieta capital que tanto amaba.

Primero visitó el Café de Flore. Fue a retomar, precisamente, el olor del café y de los *croissants,* a contemplar de nuevo la armónica tapicería roja, los muebles de madera oscura. Acudió, de alguna manera, a recuperar un poco del joven poeta que él mismo había sido. No quedaba ninguno de los antiguos camareros que le sirvieron hasta 1936, cuando marchó a España. Mucha más suerte tuvo, sin embargo, en Les Deux Magots, también, como el Flore, en Saint-Germain-des-Prés. Pero allí, para su dicha, permanecía Mikel Ventas, el repostero hispanofrancés, escritor y lector cultísimo, anarquista recalcitrante, que era feliz haciendo dulces o sirviendo las mesas de los intelectuales que admiraba, conformándose con escribir cuentos y novelas excepcionales que nunca intentaba publicar porque el placer, decía, "estaba en escribirlas, no en que otros las leyeran".

Fue un rápido intercambio de información. Rafael le contó, telegráficamente, que, tras la Guerra Civil española y la deportación desde Francia, había pasado siete años en los calabozos de Franco, de donde acababa de evadirse (naturalmente, no le contó la mediación de Estados Unidos ni el resto de la complicada trama). Mikel, a cambio, le reveló que durante la invasión alemana él se había incorporado a uno de los grupos de la Resistencia, *Combat,* de la mano de Albert Camus, pero que tras la liberación de París, en agosto de 1944, y en la que participó activamente disparando la única ametralladora que había tenido en sus manos, había vuelto a trabajar en Les Deux Magots porque, de alguna manera, era en ese pequeño mundillo donde siempre había encontrado cierta felicidad y una cálida sensación de afecto.

Mikel, cuando terminó de contarle sus aventuras políticas, le dijo, además, que ya Breton no era la estrella en los medios intelectuales franceses. El surrealismo, aunque no olvidado del todo, había quedado muy devaluado, acaso porque se asociaba a un tono de frivolidad y de falta de gravedad que desapareció con los horrores de la guerra. ("Después de Auschwitz quién coño puede tomar en serio el dadaísmo", afirmó Mikel con sorna). Ahora reinaba Jean-Paul Sartre, acompañado por su amante Simone de Beauvoir, y el trono y los acólitos y sicofantes estaban, precisamente, en Les Deux Magots. En 1943 Sartre había publicado *El ser y la nada,* una especie de denso manifiesto existencialista en el que aceptaba, fatalmente, la inutilidad de la vida y su esencial falta de sentido (elementos que, como le recordó el propio Rafael Mallo, ya estaban presentes en su novela *La náusea* y en el atormentado personaje Antoine de Roquentin, obra que había podido leer antes de que los barrotes lo alejaran de los libros). Sartre, por otra parte, pontificaba desde una revista de pensamiento que había fundado en 1945, *Les Temps Modernes,* en la que también escribía Maurice Merleau-Ponty, el ilustre profesor de filosofía.

La otra cabeza de la intelectualidad era Albert Camus, a quien Mikel respetaba tremendamente después de leer *El extranjero.* Mientras Sartre, decía, era un farsante que consiguió que los nazis y los *colaboracionistas* franceses le permitieran estrenar sus obras de teatro, como ocurrió con *Las moscas,* aunque defendía la necesidad de que el intelectual se comprometiera con las causas morales, Camus era el que realmente se había jugado la vida en la Resistencia. Sartre hablaba de la necesidad del compromiso. Camus, en cambio lo vivía. Daba el ejemplo. Su vida y su obra se trenzaban coherentemente.

Según Mikel, por lo que había observado, y por lo que había oído, aunque las relaciones entre ambos jóvenes popes de la *intelligentsia* francesa eran cordiales, los vínculos entre ellos comenzaban a envenenarse por las intrigas de Simone de Beauvoir. "Mi teoría —afirmaba Mikel con bastante maledicencia en tono jocoso— es que Simone ha tratado de tirarse a Camus y éste no le ha correspondido. Ella y Sartre tienen una relación abierta en la que cada uno explora la sexualidad a su manera y tienen sus aventuras". Y luego agregaba con un dejo de admiración: "Dicen que Albert Camus, pese a estar tuberculoso, es un amante infatigable, lo que le añade sal a la herida de Simone".

***

La víspera de marchar a la primera reunión de trabajo con Rafael Mallo, Larry Wagner repasó algunas notas de la autobiografía de su nuevo colaborador. Le interesaba saber cómo se había convertido en un marxista-leninista. Intentaba conocerlo a fondo.

En 1921 gobernaba en Cuba D. Alfredo Zayas, un político culto, cínico y corrupto, electo democráticamente, pero con baja popularidad, a quien le tocó maniobrar en medio de una profunda crisis económica producida por la caída de los precios del azúcar, crisis que demolió el sistema financiero de la Isla en pocos meses y dejó al Estado con la mitad de los ingresos previstos. Creo que la única noticia positiva de aquel año fue la victoria del cubano José Raúl Capablanca sobre Emanuel Lasker por el campeonato del mundo de ajedrez. Supongo que fue este evento el que me aficionó a ese juego para toda la vida. Corrí a inscribirme en el Club de Ajedrez de La Habana y, desde entonces, en cada ciudad en la que he vivido he frecuentado ese mundo con gran entusiasmo.

Pero el ajedrez, esa guerra de mentira, no era la nota predominante en la época, sino la discordante. Lo notable era la guerra cierta que se preparaba en el país. En aquel caldeado ambiente político y económico cubano, y en aquella universidad, conocí al carismático líder estudiantil comunista Julio Antonio Mella, con quien desarrollé cierta amistad no exenta de tensiones, dado su carácter dominante y algo individualista.

Mejor me llevaba con un poeta, también comunista, Rubén Martínez Villena, un tipo intenso y sacrificado, muy inteligente, mi compañero en la facultad de Derecho, con quien solía conversar de temas literarios y políticos, especialmente sobre la poesía de los parnasianos franceses, a la que era adicto, y a quienes consideraba una gran influencia en la obra de José Martí y de Rubén Darío.

En el año 23, tras encabezar un manifiesto al que llamaron la Protesta de los Trece por el número de estudiantes que lo firmaban (estaba fuera de La Habana en esos días y por eso mi nombre no figuró entre ellos), unido al llamado Movimiento de Veteranos y Patriotas, que estaba enfrentado al gobierno porque éste le había negado ciertos subsidios, Rubén forjó un plan para bombardear desde el aire las instalaciones militares de La Habana. Yo formaba parte de ese plan, pero antes debía aprender a volar. Tomaríamos un curso de piloto en Estados Unidos que duraría dos semanas y luego atacaríamos las bases cubanas con unas avionetas desde las que tiraríamos unas bombas caseras. Naturalmente, el descabellado proyecto (que entonces no me lo parecía) fue descubierto por la policía y hubo que abandonarlo. (Era una locura juvenil, señor comisario).

Al año siguiente, en 1924, ocurrieron varias cosas importantes en mi vida. Mis padres murieron con pocos meses de diferencia como consecuencia de la tuberculosis, una terrible enfermedad que entonces asolaba La Habana como una especie de incontrolable epidemia. Fue, también, el año de la muerte de Lenin, hecho que sentí como un zarpazo, seguramente más que la de mis padres (comparación que entonces no hice), tal vez porque en el sindicato de torcedores de tabaco le dedicaron una emotiva velada en la que un declamador (no recuerdo su nombre) leyó un texto en el que lo llamaba "Rojo e inmenso capitán de la alborada". Recuerdo que esa noche, emocionado, coloqué una vela bajo la litografía de Lenin, que todavía conservaba, y le recé una oración laica, cuyo autor desconozco, que me había enseñado Martínez Villena, y comenzaba diciendo (con perdón): "Dios te salve Lenin, lleno eres de furia".

Ese año terminé simultáneamente dos carreras universitarias —Derecho y Filosofía y Letras— con buenas calificaciones, aunque estaba decidido a no ejercer como abogado ni como docente. Había fracasado, como ya señalé, el loco plan de Martínez Villena de atacar por aire a los soldados cubanos porque la policía lo había hecho abortar, pero, a partir de ese momento, me acerqué con mucho entusiasmo a los grupos comunistas y supe que mi vida giraría para siempre en torno a esas ideas y junto a estos abnegados compañeros de lucha. (En ese momento no podía prever que algún día, señor comisario, se produciría una ruptura).

Afortunadamente, no tendría problemas económicos para dedicarme a la literatura y a la revolución. Mi padre había invertido en múltiples casas casi todos sus ahorros (que eran muchos), yo era el único heredero, y, como me conocía, había dejado de albacea y administrador a un buen hombre, Pedro Santander, quien se ocuparía todos los meses de cobrar los alquileres y depositar en mi cuenta ese dinero, reservándose el diez por ciento para sus gastos personales. Podía, en fin, dedicarme al activismo político o a la poesía sin limitaciones.

Al año siguiente, en 1925, los dirigentes de casi todas las agrupaciones marxistas que había en La Habana (unas veinticinco personas) se congregaron en un caserón de la calle Calzada y creamos el primer Partido Comunista de Cuba. Abrió la sesión Carlos Baliño, puesto que era el más viejo, aunque no el más brillante (tenía cierta fama de ocioso). Yo no quise figurar en el Ejecutivo, porque detestaba las obligaciones burocráticas, pero, aunque todos estábamos de acuerdo en que Julio Antonio Mella era la figura clave, apoyé la candidatura de José Miguel Pérez para Secretario General, un español de la clase obrera a quien no tardaron en expulsar del país.

Sin embargo, con quien establecí las mejores relaciones fue con Yunger Semiovich, quien en Cuba se hacía llamar Fabio Grobart, un joven polaco de apenas veinte años, endiabladamente astuto y reservado, que había sido enviado a la Isla por la Comintern de la URSS a organizar el Partido y, tal vez, a controlarlo desde sus orígenes. (Desde México, también había venido a Cuba el mexicano Enrique Flores Magón, pero Fabio me advirtió que tuviera cuidado con él porque, en realidad, se trataba de un anarquista poco fiable de la cuerda de Kropotkin).

Fue él, Fabio quien me facilitó viajar poco después a Moscú por medio de una invitación directa de otro polaco, el aristócrata Félix Dzerzhinski, a la sazón jefe de la GPU en la Unión Soviética, la poderosa policía política originalmente denominada Checa, institución que debía enfrentarse resueltamente a todos los enemigos del socialismo, por lo que la llamábamos, con cierta admiración, "el escudo".

Debido a Dzerzhinski, los polacos tenían vara alta en el Kremlin, lo que explicaba que una persona extremadamente joven como Grobart (aunque era muy competente), tuviera una desproporcionada importancia en el aparato comunista internacional. Convinimos en que yo viajaría a Moscú, pero antes debía pasar por París, una ciudad que veneraba sin haberla conocido, para trabar relaciones con André Breton y los poetas surrealistas que tanta publicidad habían alcanzado en la prensa. Fabio Grobart me explicó los pormenores y me aseguró que al llegar a Rusia me devolverían el dinero gastado por mí en el viaje. Cuando le dije que sería muy cuidadoso, me respondió que no me preocupara por el dinero sino por el resultado de la gestión.

Larry Wagner, antes de apagar la luz y colocar el informe sobre la mesa de noche, escribió al margen: "Mallo tiene una notable voluntad de no destacarse. No firma la Protesta de los Trece y decide no figurar en el organigrama de la creación del Partido Comunista de Cuba. ¿Será tímido? ¿Le gusta actuar en la sombra? Me parece lo primero: timidez, pero también puede ser alguien con vocación de monje gris que todo lo controla desde la trastienda. He conocido gentes así. Me resulta curioso su entusiasmo juvenil con el comunismo. Totalmente acrítico. Tendencia a la acción irreflexiva. ¿Idealista? Difícil saberlo".

5

Tú serás Alfil y ella será Reina

Rafael llegó ligeramente retrasado a su cita con Sarah y Larry. El almuerzo fue en el reservado de un discreto restaurante italiano. Larry Wagner explicó la selección con una frase muy clara:

—Estoy harto de las salsas francesas.

—Ahora prefiere las italianas —agregó Sarah con el gesto de quién-lo-entiende.

—Después de siete años de sazón carcelaria me da igual cualquier salsa —respondió Rafael con una sonrisa.

Se acercó el camarero y los tres seleccionaron sus platos. Cuando se quedaron solos, Larry Wagner comenzó a hablar en un tono de total seriedad. Sacó una pequeña libreta de apuntes y una pluma estilográfica de la que se quejó antes de comenzar a escribir:

—Esta maldita Esterbrook me ha jodido tres o cuatro camisas. La tinta a veces se le sale. En fin, ya tengo el visto bueno de Washington para incorporarte al equipo. Tu enlace y compañera de trabajo será Sarah. Oficialmente le reportarás a ella, aunque tendrás acceso total a mí. Al fin y al cabo, si hoy estás aquí es gracias a ella. El nombre que te hemos elegido, dada tu afición al ajedrez, será Alfil. Así te dirigirás a Sarah, que para ti, en las comunicaciones internas, se llamará Reina.

—No está mal —dijo Rafael, sonriendo ante esos matices pueriles de las relaciones entre agentes—. Los alfiles pueden ser muy eficaces y atacan diagonalmente, no de frente. Supongo que tú serás Rey.

Sarah intervino.

—No. El Rey está en Washington. No vale la pena mencionarlo. Por cierto, ya está resuelto el tema del dinero.

—En efecto —confirmó Larry—. Si aceptas, te pagaremos todos los gastos y mil dólares mensuales. Es mucho dinero para estos tiempos. Es el salario de los senadores en Estados Unidos. Ése fue el límite que me pusieron. No podemos pagarte más. Mi hermano, que es profesor en la Universidad de Columbia, gana quinientos.

—Es un magnífico salario. Seguramente tienen un gran presupuesto —dijo Rafael demandando la cifra con la afirmación que acababa de hacer—. Yo trataré de rescatar los ingresos que debo recibir por las propiedades cubanas, si es que no se han perdido.

—No, todavía no tenemos un presupuesto propio. Algunos, como Sarah y yo, cobramos del Departamento de Estado, pero tu sueldo, al menos provisionalmente, saldrá del Plan Marshall. Ahí hay fondos disponibles.

—¿Cuál es la finalidad del Plan? —preguntó Rafael.

Sarah respondió:

—Reconstruir Europa para evitar que la URSS se la trague. No es altruismo. Es un mecanismo de defensa. Washington algo aprendió del desastre de la primera posguerra.

—Ya leí en *Le Monde* que Moscú se opone a esa ayuda y les ha dado instrucciones a todos los países de su esfera de influencia para que no acepten plata americana. ¿A cuánto va a ascender la ayuda? —indagó Rafael.

—Serán trece mil millones de dólares desembolsados a lo largo de varios años —aclaró Larry.

Rafael se sorprendió por el monto.

—¡Es muchísimo dinero!

—Depende cómo se mire —respondió Larry—. Es el cinco por ciento del Producto Interno Bruto anual de Estados Unidos. En estos momentos estamos produciendo unos 258 mil millones de dólares. Más caro es ir a una guerra con la URSS. La Segunda Guerra nos costó en dinero, no en vidas humanas, nada menos que ochenta y cinco mil millones de dólares. Si el Plan Marshall contribuye a frenar o derrotar a la URSS sin disparar un tiro, será una gran inversión. Además la visión de Truman, que es un tipo muy práctico, es que Estados Unidos necesita un mundo próspero para poder realizar transacciones comerciales y que los americanos ganen dinero.

—¿Y cómo van a pagar mi sueldo? ¿Mediante un cheque? Tal vez no es inteligente dejar rastros.

—Exacto. Cobrarás en efectivo. Celebro que seas cuidadoso. Tendrás que firmar un recibo. No tiene que ser con tu nombre. Puedes usar tu seudónimo, Alfil. Sarah te entregará el dinero todos los meses.

—¿Cuál será mi primer trabajo? —preguntó Rafael mostrando un clarísimo interés.

—Tendrás que viajar. Primero deberás ir a Polonia, a Breslau. Allí celebrarán un Congreso por la Paz y sabemos que irá un número grande de norteamericanos. Es una mezcla de comunistas, compañeros de viaje y tontos útiles. Luego irás a Nueva York. Hemos sabido que en marzo de 1949 se celebrará un congreso por la paz en el Waldorf Astoria que también es una iniciativa del Cominform. Mientras tú estabas preso, en 1943, se disolvió la Internacional Comunista, la famosa Comintern, pero crearon el Cominform, el Buró de Información Comunista. De alguna manera, es el mismo perro con distinto collar. Es un brazo del Comité Popular de

Asuntos Internos, la NKVD según las siglas soviéticas, como ahora se llama la GPU, la temida policía política. El director del Cominform es Zhdanov.

—¡Andrei Zhdanov! Lo conocí en Moscú. Era un estalinista muy inteligente, aunque extremadamente dogmático. Tal vez ésa era la única forma de sobrevivir. Creo que se ha convertido en consuegro de Stalin. Su hija se casó con un hijo de Stalin. También fue discípulo de Münzenberg. Era un alcohólico crónico, pero talentoso. Ascendió tras el asesinato de Serguei Kirov, la gran figura del Partido Comunista de la URSS. No quería mucho a Kirov, pero aprovechó su muerte para pedir la cabeza de muchos de sus enemigos dentro del Partido. Durante los procesos contra los trotskistas fue implacable. Lo recuerdo como si lo estuviera viendo.

En la expresión de Rafael Mallo había una extraña mezcla de rechazo y admiración hacia Zhdanov.

—La muerte de Kirov fue el pretexto de Stalin para liquidar a todos los enemigos o los que le hacían sombra dentro del Partido —apuntó Larry—. Esos procesos de Moscú meten miedo.

—De eso se trataba —agregó Mallo con una expresión de maldad—, de meter miedo.

—Zhdanov ha formulado una estrategia muy simple de comunicación. La ha llamado la "doctrina de los dos campos". El campo socialista, representa la búsqueda natural de la paz y la justicia, y el campo imperialista, encabezado por Estados Unidos, seguido de cerca por Inglaterra y Francia, busca la guerra y la explotación de los pobres. El campo imperialista es, según él, depredador por naturaleza.

Mallo sonrió.

—Ahí está encapsulado el pensamiento de Willi Münzenberg —comentó divertido—. Zhdanov ha resultado un buen discípulo. La clave está en mensajes muy simples basados en dicotomías. Buenos contra malos, cielo contra infierno, diablos contra ángeles. La gente entiende mejor los planteamientos binarios.

—Pero en tiempos de Münzenberg —agregó Wagner— no había un campo socialista. Ahora el peligro es mucho más serio. Entonces sólo existía la URSS. Era un experimento aislado. Ahora, tras la guerra, hay media docena de países que se proclaman o están al proclamarse socialistas. China está a punto de caer en el campo rojo, a juzgar por las noticias de la guerra. Ya hay un universo comunista que puede contrastarse con el nuestro y proponer su modelo como sustituto. El objetivo de Stalin y Zhdanov es transmitir la idea de que la felicidad se encuentra en ese mundo. La URSS vive una etapa imperial y tiene la voluntad de conquistar el planeta.

Había cierta molesta exaltación retórica en las palabras de Larry Wagner.

—Pero se enredan en batallas laterales que los debilitan inútilmente —terció Sarah para disminuir la tensión—. El mismo Zhdanov, que plantea la doctrina de los dos campos, donde ellos son los demócratas y nosotros, los americanos, los malvados imperialistas, trata de imponer una sola estética, el realismo socialista. Esto los aleja de muchos intelectuales y artistas. La condena a los compositores Shostakovich y Prokófiev, acusados de "formalismo", es una estupidez.

Rafael movió la cabeza con un gesto de incredulidad y agregó un comentario.

—Shostakovich escribió su *Séptima sinfonía, "Leningrado",* según los dictados del realismo socialista. Ha hecho de todo. No hay que tomarlo muy en serio. No es un tipo de fiar. El modelo estético que Stalin, Münzenberg y todos nosotros teníamos en la cabeza era Máximo Gorki. Queríamos libros y arte que encajaran en la tradición realista rusa. Obreros y campesinos luchadores y bondadosos. Gorki era el modelo que Stalin amaba. Su libro de cabecera era *La madre.*

—¡Gorki! —exclamó Larry Wagner—. Ahora, tras la concesión del Nobel de Literatura a André Gide, se ha sabido una historia siniestra sobre la muerte de Gorki.

—¿Qué se ha sabido? —cuestionó Rafael Mallo en un tono escéptico.

Larry Wagner abordó el relato:

—Gide, que era y es el patriarca de las letras francesas, había acelerado su viaje a la URSS porque Gorki estaba muy enfermo y el ruso quería decirle algo antes de morir. Pero la NKVD sabía y temía que esto ocurriera, así que sus agentes aceleraron la muerte de Gorki. El mismo día que Gide puso pie en territorio soviético envenenaron a Gorki, quien estaba bastante disgustado con la política de Stalin. Gide no pudo entrevistarse con Gorki. Tal vez no fue un veneno y sí una piadosa almohada. De esta gente puede esperarse todo

Rafael puso en duda con la mirada lo que acababa de oír.

—Sí, he escuchado esa teoría, pero Gorki era un hombre viejo. Tenía 68 años y el corazón muy débil cuando murió. Se decía que Yagoda, el jefe de la NKVD, había ordenado su asesinato, como el año anterior había matado a un hijo de Gorki por sus posiciones críticas, aunque luego, como siempre, acusaron a los trotskistas, pero es difícil de saber la verdad. Lo cierto es que en el entierro de Gorki uno de los que cargaron el ataúd fue Stalin. La foto que publicó L'Humanité mostraba a Stalin lloroso y consternado. Parecía sincero, aunque tal vez trataba de disipar las sospechas. Yagoda hizo fusilar a Kamenev y a Zinoviev acusándolos de trotskistas, y poco después él cayó fusilado por lo mismo, mas no creo que haya ordenado la muerte de Gorki.

Larry Wagner movió la cabeza subrayando cierta indiferencia:

—No sé si es verdad o mentira, pero Gide probablemente lo creía. Cuando publicó, en 1936, *Regreso de la URSS*, estaba muy molesto por eso. El libro fue una denuncia tremenda contra la realidad soviética. A Gide le indignó viajar en un lujoso vagón de tren, junto a otros escritores, con excelentes comidas, mientras el resto de los pasajeros era tratado como ciudadanos de tercera clase. Para un hombre inteligente, como él, que solía coincidir con el Partido Comunista francés, la pobreza y la falta de libertad e igualdad que encontró en la URSS, y la uniformidad artificial de las respuestas que le daban, sólo evidenciaban el miedo que las personas sentían. Rompió con la URSS para mantener la coherencia consigo mismo.

Sarah intervino:

—Después de publicar su denuncia a la URSS, los comunistas franceses, que hasta entonces lo habían utilizado, publicaron que Gide era un homosexual despreciable que defendió la pederastia en un libro llamado *Corydon*. Mientras era un obediente *fellow traveler,* su vida privada no tenía importancia. Tan pronto criticó a la URSS, trataron de despedazarlo por su homosexualidad.

Rafael se quedó pensando por un instante en la última frase de Wagner, "rompió con la URSS para mantener la coherencia consigo mismo", pero devolvió la conversación a un plano práctico:

—No me extraña la ruptura de Gide, mas, en honor a la verdad, la primera denuncia del totalitarismo soviético y de la incomodidad de vivir en ese país se debe al español Joaquín Maurín. En todo caso, la pregunta es: qué vamos a hacer, qué voy a hacer yo.

Larry Wagner retiró el plato, para evidenciar que la conversación entraba en otro plano.

—Por lo que sabemos, hace pocos meses el Cominform se reunió en Polonia para planear la campaña de propaganda anti-americana basada en la doctrina de los dos campos. Como te dije, a corto plazo llevarán a cabo algunos eventos a los que llaman "la ofensiva de la paz": uno en Polonia, otro en Nueva York, que es el que más nos interesa y preocupa, y un tercero en París. Tenemos que hacer un gran esfuerzo por contrarrestarlos. Lo que, por ahora, queremos de ti es que nos hagas un informe de cada uno de ellos y nos sugieras formas de enfrentarnos a esta ofensiva.

—¿Y cómo participo? No es fácil hacerse invitar. He perdido casi todos mis contactos y mucha gente piensa que morí en la Guerra Civil española.

Larry y Sarah intercambiaron una mirada cómplice.

—Irás como corresponsal de la revista *Time*. Tenemos amigos que te conseguirán la credencial.

Sarah intervino con una frase y una sonrisa para poner fin a la conversación:

—Pero mucho antes de viajar a Polonia quiero que conozcas a mi hija Laura y a Brigitte, la madre de Bob, mi suegra, que vive con nosotros.

Rafael respondió con alegría:

—¿Cuándo? ¿Dónde? Me encantará conocerlas.

—Mañana a las cinco en mi departamento de la Place des Vosges. Tú lo conoces bien. Viviste allí. Logré recuperarlo.

París y Sarah Vandor

Larry Wagner se arrebujó en un cómodo butacón y se dispuso a leer.

En 1924, André Breton, un escritor, médico y psiquiatra, que comenzó por estudiar a Freud y al psicoanálisis, conocimiento que lo llevaría a predicar las bondades de la escritura automática para iluminar las zonas oscuras de la conciencia, había publicado su primer Manifiesto Surrealista, nucleando a escritores vanguardistas como Louis Aragon, Paul Eluard, Benjamin Péret y Antonin Artaud, acompañados por artistas plásticos tan originales como Marcel Duchamp, Francis Picabia y Pablo Picasso. Todos, además, simpatizaban con las ideas comunistas y querían no sólo cambiar la literatura, sino también cambiar el mundo.

En las pocas semanas que estuve entre ellos comprobé la enorme importancia cultural del grupo en Europa y les di abundante información sobre la literatura de América Latina y los movimientos progresistas, pero quizás mi experiencia más intensa y duradera fue conocer a la joven poeta norteamericana Sarah Vandor —quien fuera luego tan importante en mi vida—, esposa del diplomático británico Sir William Vandor, un rico aristócrata, veinticinco años mayor que ella, quien le dio su apellido (el de soltera era Bradley).

Fui a conocerla intrigado por la presentación de su "poemario erótico" (así decía la invitación que me entregó el propio Breton, que era su amigo, quien no pudo acudir por falta de tiempo). El libro se titulaba Al final de la noche, y cada uno de los doce largos poemas que lo componían, aunque en un lenguaje deliberadamente opaco, estaba dedicado a una transgresión sexual. Se refería, sin decirlo, a los labios de la vagina como "las dulces puertas del placer", hacía alusiones a la masturbación (su dedo medio era "un mástil estremecido en medio de la tormenta") y describía placeres anales y conductas sadomasoquistas ("Masoch, de rodillas frente a Sade, reza una plegaria" era uno de los mejores poemas del breve libro). Ella se sorprendió que yo conociera muy bien la obra de la casi desconocida autora americana Virginia Porter, autora de un único libro cargado de erotismo en el que dialogaba con Safo sobre la naturaleza del placer sexual.

Sarah era una bella mujer, alta y esbelta, con una extraordinaria figura, cabello negro ondulado, un rostro hermoso y una sonrisa espontánea y contagiosa que enseguida creaba un lazo de intimidad con sus interlocutores. Cuando terminó el recital, me acerqué a saludarla y a elogiar aquellos espléndidos versos tan atrevidos como imaginativos. Le dije que me parecía una escritora fascinante y a ella le gustó escucharlo. La halagó tanto que me invitó a tomar el té en la embajada británica al día siguiente junto a su marido. Yo acepté gustoso, convencido de que el juego de seducción al que ambos nos habíamos entregado en nuestro primer contacto, podía ser el inicio de una relación deliciosa en el futuro.

La reunión, en efecto, fue muy grata y se llevó a cabo en el antedespacho de su esposo, Sir William Vandor. El diplomático, un hombre alto, delgado y elegante, salió de su oficina para conocerme, se alegró de que hubiera acudido a tomar el té con ellos, dijo unas cuantas cosas amables de la belleza de su joven mujer y del talento con que escribía, a lo que agregó un elogio inesperado sobre "el buen gusto de Sarah para escoger a sus amigos", dado que ya le había hablado del "apuesto poeta cubano que acababa de conocer", pero se excusó de acompañarnos explicándonos que él permanecería encerrado en su despacho terminando una infinidad de tareas pendientes mientras nosotros conversábamos y tomábamos el té. Había sido elegido para trasladarse a Buenos Aires, tendrían que partir dentro de tres días, y debía culminar algunas diligencias burocráticas. (Una información, señor comisario, que me tomó de sorpresa).

Esa tarde la conversación con Sarah resultó muy interesante. Me habló de sus lecturas, de cómo el verdadero erotismo se daba en la transgresión, de la libertad que había encontrado en Europa en contraste con la hipocresía norteamericana, y utilizó una frase que era la primera vez que había escuchado: "matrimonio abierto". Sir William Vandor —me dijo—, era un hombre adorable que creía, discretamente, en la "autonomía emocional" (otro concepto que me sorprendió). Naturalmente, la conversación fue subiendo de temperatura. Cada vez las miradas se sostenían más tiempo, ella se tocaba el cabello nerviosamente en un involuntario gesto de coquetería, y sus ojos (y supongo que también los míos) brillaban con mayor intensidad —señal inequívoca del deseo— hasta que, de una manera natural, nos tomamos las manos (las de Sarah sudaban copiosamente) y comenzamos a besarnos y a acariciarnos. Como estábamos a escasos metros del despacho de Sir William, donde él revisaba unos papeles, nos sentíamos muy incómodos (más yo que ella) y detuvimos los escarceos amorosos, muy excitados y nerviosos. Sin embargo, Sarah me dijo que podía visitarla en la casa al día siguiente. Sir William estaría fuera de París durante todo el día y parte de la noche.

En efecto, al día siguiente la visité en su espléndido apartamento de la Avenida Montaigne e hicimos el amor apasionadamente en su propia alcoba. Como muy pronto ella tenía que partir rumbo a Buenos Aires y yo debía viajar a Moscú, prometimos escribirnos y prolongar esa incipiente y maravillosa relación. (Debo decirle, comisario, sin dar muchos detalles por la más elemental caballerosidad, aunque tal vez no se preste en esta peculiar autobiografía, que Sarah era la más espléndida y hermosa *compañera de cama que me había deparado el destino. Su piel morena —la madre era italiana, lo que también explicaba su cabellera negra y ondulada y su bellísimo rostro mediterráneo—, su ardor y su imaginación superaban con mucho a todas aquellas muchachas marsellesas que en La Habana me iniciaron en el mundo del sexo. Espero que me excuse la franqueza, pero me ha pedido que le dé todos los detalles).*

Con trazos rápidos, tal vez indignados, Larry Wagner escribió al margen en tinta roja: "Es verdad que Rafael Mallo no escribió estos pormenores para nosotros sino para la policía española, pero debió omitir los aspectos íntimos de sus relaciones con Sarah. Para Sarah y para quienes fuimos amigos de Bob Blauberg, su marido, son revelaciones muy desagradables que nada añaden a la historia. Ahora entiendo por qué Mallo no quería que Sarah leyera su biografía".

***

Me abrió la puerta la propia Sarah. La abracé y nos besamos en la mejilla, casta y amistosamente. Junto a ella, la pequeña Laura miraba con curiosidad. A unos tres metros, una elegante señora mayor, delgada y hermosa, de pelo blanco, miraba cautelosamente, aunque sonriendo con amabilidad. Seguramente era Brigitte. A una distancia respetuosa, uniformada, estaba la sirvienta que pronto me diría su nombre. Se llamaba Nancy.

El gran apartamento de la Place des Vosges había sufrido algunos cambios. Los muebles eran más ligeros, más modernos, y el piano de cola había dado paso a otro menos voluminoso, aunque también de la marca Steinway, los mejores según Sarah. En la pared de la sala colgaba un extraordinario retrato cubista de Juan Gris que yo no conocía, y del techo pendía una escultura móvil de Alexander Calder, roja y alegre, inspirada en el circo. Esta escultura nos la había regalado Calder a Sarah y a mí en los felices años treinta, antes de la locura de la guerra, una vez que estuvimos horas hablando de

Henry James, pariente de su mujer, en su casa de la calle Daguerre, precisamente a tres puertas del apartamento en el que ahora vivo en la barriada de Montparnasse.

La niña, en efecto, era divina. Preciosa. Una combinación perfecta entre su madre y su padre, un hombre apuesto que me miraba desde una fotografía colocada en un lugar prominente. La pequeña Laura me dijo que sabía contar hasta veinte. La felicité y le pedí que me lo demostrara. Cuando lo hizo, la aplaudí. Me preguntó si yo conocía alguna canción francesa y le dije que de niño cantaba "A B C D, des carottes et des navets". Me pidió que se la cantara. Lo hice. Sarah me acompañó, divertida. Brigitte, en cambio, aunque sonreía educadamente, se mantuvo en silencio.

Para mí era extraño regresar como visitante a una casa en la que había vivido cuando Sarah era mi pareja, pero supongo que estas raras cosas les suceden a las personas que han escogido existencias excéntricas, como era mi caso. Tampoco me era difícil entender las reticencias de Brigitte. Ella, tal vez sin darse cuenta, asumía instintivamente la defensa de Bob, su hijo muerto. Brigitte no ignoraba que Sarah y yo habíamos vivido juntos durante algunos años, de manera que temía que se pudiera producir alguna suerte de reencuentro.

Como suelo hacer, traté de sacarle conversación preguntándole sobre su vida. Cómo y por qué una soprano operática parisina había terminado casándose con un señor americano apellidado Blauberg, Jim Blauberg. Brigitte, en frases breves, como de quien quiere ser cortés, pero sin excesos, me relató que el que sería su segundo marido llegó a París con las tropas del general Pershing durante la Primera Guerra Mundial.

Aproveché para contarle que estaba familiarizado con la vida de John "Black Jack" Pershing porque éste había peleado en Cuba en la guerra de 1898, en la batalla de la loma de San Juan, donde se había hecho amigo de Teddy Roosevelt, pero a Brigitte no le interesó casi nada la anécdota cubana de Pershing y se hizo evidente su indiferencia ante mi conversación. No obstante, me reveló que su marido había sido ayudante del hombre que dirigió la Fuerza Expedicionaria Americana y, tras la derrota alemana, en un concierto en el que ella cantaba en la Ópera de París, un apuesto oficial americano le había mandado unas rosas al camerino, y acabaron casándose al poco tiempo. Su esposo, el padre real de Robert, acababa de morir como consecuencia de la epidemia de influenza que causó la muerte a millones de personas en 1918, así que ella era una viuda joven con un hijo adolescente, y no le resultó difícil volver a enamorarse.

Brigitte se fue a vivir a Estados Unidos con su hijo y su nuevo marido, una persona excepcionalmente noble, afirmó, y su hijo se americanizó totalmente, al extremo de renunciar al apellido de su padre, Mondrian ("como el pintor", aclaró). De manera que el padre de Laura, aunque era un héroe norteamericano, en realidad era un francés *transterrado*, como entonces se comenzaba a decir.

Cuando terminó la visita, la pequeña Laura estaba sentada sobre mis piernas y me pedía que le cantara otra canción. Le dije que lo haría la próxima vez que nos reuniéramos. Le prometí que le cantaría "À cheval sur mon bidet" para que aprendiera a cabalgar suavemente sobre el caballo, a trotar y a soltarse al galope. A ella le encantaba que moviera rápidamente mi pierna, como si fuera un caballito sobre el que se acomodaba amorosamente.

Cuando me despedía de Sarah en la puerta del edificio, le pedí que me devolviera la visita en mi apartamento de la calle Daguerre. La besé en los labios antes de tener su respuesta. Quedó en que me visitaría el viernes, antes de partir hacia la Conferencia para la Paz convocada en Polonia. Esa tarde me sentí la persona más feliz del universo.

7

OTRA VEZ EL AMOR

Fue una espera ansiosa, casi adolescente, sentado en el salón del pequeño apartamento. Varias veces Rafael se aproximó a la puerta pensando que se acercaba Sarah. Finalmente, llegó. No fue necesario que ninguno declarara verbalmente sus intenciones. No hubo preámbulo. Todo sucedió rápidamente. Sarah llamó, entró, y se besaron con pasión, con necesidad uno del otro. Rafael la desnudó con la prisa surgida del deseo. Llevaba una hermosa ropa interior, negra y seductora. Ella le correspondió de la misma manera. Rafael notó que Sarah, como ocurría cuando estaba nerviosa, reía levemente.

Parecía que era la primera vez. Habían sido pareja durante mucho tiempo, pero hacía algo más de diez años que no se acostaban. En ese periodo, mientras la existencia de Rafael se congeló casi toda en un calabozo, la vida de Sarah, en cambio, dio un vuelco espectacular. De ser su compañera, una bella poeta norteamericana, bohemia, soñadora y alegre, vinculada al trotskismo de la mano de él, tal vez *libertina* para los estándares burgueses, había pasado a ser la esposa de otro hombre, de Bob Blauberg, un héroe de la guerra, madre de una niña, luego viuda, y hoy agente de los servicios de inteligencia norteamericanos, obsesionada con combatir a los comunistas.

Era otra mujer y era otra causa, pero era la misma persona que había girado ciento ochenta grados sobre sí misma. La década pasada, naturalmente, había dejado su huella física en ambos. Sarah seguía siendo enormemente atractiva a los cuarenta y cinco años, mas la firmeza de sus senos y sus nalgas habían cedido, como supuso cuando la encontró en Andorra. Ella, innecesariamente, tal vez por pudor, se excusó con humor repitiendo la vieja frase: "Lo malo no es la ley de gravedad, sino la gravedad de la ley". Rafael rio y le dijo:

—Estás en la edad en que las mujeres son más bellas. Conservan la juventud y tienen la experiencia. Te encuentro maravillosa. ¿Y yo? Por mí también han pasado estos diez años, pero mucho más severamente. Aquí me tienes: canas, entradas en la cabeza, músculos flácidos, flaco y huesudo, gracias a la dieta franquista.

La relación sexual tuvo mucho de ejercicio de la memoria. Los dos, sin proponérselo, ajustaron las viejas vivencias a la realidad. Trataban de cotejar el tacto, los olores y los sabores actuales con los recuerdos que conservaban en la memoria. Cada beso, cada caricia íntima, tenía algo de exploración. Eran, al mismo tiempo, goce presente, e indagación del pasado envueltos en la inseguridad que se deriva de la inevitable comparación.

Al calor del encuentro, mientras la penetraba, Rafael le dijo un sinfín de frases ardientes y amorosas al oído, en las que no faltaban el elemento obsceno que ella solía disfrutar. Te he extrañado tanto. Te recordaba todas las noches. No podía olvidar tu coño caliente, tus senos, el olor de tu cuerpo. Cerraba los ojos en mi celda de condenado a muerte y me masturbaba recordándote, cielo mío.

A Sarah le excitaba escucharlo, pero, aunque lo deseaba, no exteriorizaba sus recuerdos eróticos, acaso porque ella, realmente, creía haber borrado de su memoria a Rafael, hasta que la vida volvía a unirlos de la forma más inesperada. Tal vez, incluso, se había vuelto más pudorosa con el paso de los años, algo que era contrario a la conducta predecible.

Después de los orgasmos, desnudos y extenuados, Sarah recostó por un rato su cabeza sobre el pecho de Rafael y trenzaron las piernas.

—¿Me extrañaste realmente? —le preguntó melosa.

Rafael prendió un cigarrillo en lo que meditaba la respuesta.

—Claro que te extrañé —le respondió, y luego hizo una observación fuera de lugar, como si no pudiera evitar otros pensamientos—. Me aficioné a estos cigarrillos franceses de la mano de mi verdugo. Me los regalaba el comisario Alberto Casteleiro, el gordo cojo que conociste en Andorra.

—En realidad no lo vi nunca —recordó Sarah—. Fue Larry quien habló con él. Pero, contéstame: ¿me extrañaste de verdad?

Rafael la miró amorosamente.

—Te pensaba todos los días. Especialmente todas las noches. Jugar con esos recuerdos era un ejercicio que me permitía aceptar el horror del presidio. Y tú: ¿me echaste de menos?

Sarah calló un buen rato antes de responder. No quería mentir ni fingir. Le parecía que eso era una forma de profanar la relación.

—Sentía una gran hostilidad hacia ti. Te asociaba a todo lo malo que me ocurrió en España. Aunque tal vez era irracional, pensaba que las torturas que me infligieron se debían a ti.

Rafael le acarició la cabeza con ternura.

—Eso es absurdo. A mí también me torturaron.

—Pero aquellos miserables, cuando les preguntaba por ti, desesperada porque temía que te hubiesen matado, se reían y me decían: "Él está bien, él es de los nuestros; a ti y a Nin es a quienes vamos a joder porque son agentes de la Gestapo".

Rafael movió la cabeza con un gesto de asco.

—¡Menudos hijos de puta! Te decían eso para desmoralizarte. A mí me aseguraban que tú estabas colaborando con ellos. Pero yo no les creía. Conozco cómo operan.

Sarah sintió que las lágrimas se le escapaban silenciosamente de los ojos.

—Estaba tan desamparada que por un momento pensé que decían la verdad. Pero luego percibía que era la clásica manipulación de los policías.

—Cuéntame un poco de Larry Wagner. ¿De dónde sale ese tipo? Sabe bastante del mundo comunista. Los americanos no suelen tener tanta información.

Sarah hizo un gesto de conformidad con la observación de Rafael.

—Viene del mundo académico. Era un militante de izquierda. Me contó que estuvo en el Partido Socialista con Norman Thomas, pero se desencantó con la socialdemocracia por su falta de reflejos frente al nazismo. Le parecía absurdo predicar el pacifismo cuando los nazis se preparaban para tragarse al mundo. Luego se acercó y se alejó de Henry Wallace y del Partido Progresista por la fascinación de Wallace con la Unión Soviética. Larry enseñaba cursos de política en la New School for Social Research en Nueva York. Su hermano da clases en Columbia. Como sabía idiomas, lo enrolaron durante la guerra en la OSS. Ahí conoció a Bob, mi marido, y se hicieron grandes amigos.

—¿Está casado?

—No. Es divorciado. Creo que estuvo casado con una hondureña, pero por poco tiempo. No tuvieron hijos. Tiene o simula una extraña indiferencia hacia el sexo. No es homosexual, pero jamás me ha hecho un comentario sobre su vida íntima.

—¿Y qué pensaba Bob?

Sarah sonrió levemente antes de contestar.

—Pensaba que tal vez era un homosexual reprimido, pero creo que se equivocaba. Sencillamente, las preferencias de Larry son otras: la batalla intelectual, los asuntos ideológicos. Él se considera un patriota que lucha por su país.

—¿Y qué te consideras tú? —le preguntó Rafael.

Sarah vaciló en responder.

—Yo misma me lo he preguntado. Nunca me he sentido más pronorteamericana. He descubierto el nacionalismo. Creo que es una mezcla curiosa: lealtad a Bob, que murió asesinado por los comunistas en Atenas. Odio a los hijos de puta que me torturaron en Alcalá de Henares. También, probablemente, me gusta defender una causa.

Rafael guardó silencio. Luego, escéptico, dijo:

—Tal vez eso es peligroso. He conocido gente como Larry. ¿No será el dinero lo que lo mueve?

—Ni pensarlo. Es un tipo honradísimo. Los padres le dejaron una considerable herencia y él se la pasó toda al hermano, que tiene cinco hijos.

Rafael cambió el tono de voz y le dio un giro a la conversación:

—Me parece increíble que estemos de nuevo juntos, acostados. Pensé que nunca más te vería. Creía que sería fusilado y jamás te enterarías.

Sarah se incorporó en la cama y le respondió mirándolo a los ojos.

—Yo también pensé que nunca más te vería. Hubo épocas en que te creía muerto.

—¿Me extrañaste? —había una curiosa ansiedad en la pregunta, que regresaba como un bumerán a la conversación.

Sarah lo miró fijamente.

—Cuando conocí a Bob comencé a olvidarte. Tal vez necesitaba olvidarte. Tu recuerdo interfería con mi felicidad.

—Puede ser. Alguna vez me dijiste que podías tener relaciones sexuales con dos hombres en la misma época, como ocurrió cuando estabas casada con William Vandor, pero eras incapaz de amarlos a los dos simultáneamente.

—Así es —afirmó Sarah con la mirada perdida, como absorta en otros recuerdos—. Probablemente por eso me divorcié de William. Acabé emocionalmente asqueada.

—¿Quisiste mucho a Bob? —indagó Rafael temiendo la respuesta.

—Mucho. Llegó a mi vida cuando más lo necesitaba. Era un hombre bueno, decente, apuesto; todo eso me gustaba.

—Y protector —agregó Rafael.

—Así es: protector. Yo quería ser protegida. Lo ansiaba. Lo necesitaba. Tenía mucho miedo.

Rafael se atrevió a hacer la pregunta:

—¿Era un buen amante? Quiero decir, ¿te satisfizo en el plano íntimo?

—¡Ah, la inseguridad de los machos! Siempre necesitan compararse en la cama. Te diré: sí, era un buen amante. Delicado y distinto a ti, o a William. Diferente a todos los hombres con que me he acostado, que no deben llegar a una docena, porque tampoco soy una cualquiera, pero me gustaba.

—¿Te gustaba más que yo?

—Ésa es una pregunta infantil, Rafael. Cada persona tiene su forma de hacer el amor y hay que acoplarse a ella. Hay que aprender con cada pareja y enseñar a cada pareja.

—Él te enseñó, por ejemplo, a recorrer mis encías con tu lengua. Eso no lo aprendiste de mí. Cuando me besaste de esa manera me parecía que lo buscabas a él.

—Ni me percaté. Noté que no te gustaba y dejé de hacerlo, pero no supe por qué. Tú eres más dominante en la cama de lo que él lo era. Te gusta imprimirle a la relación cierto grado de violencia física. Él era diferente.

—¿Por qué era diferente?

—Prefería la suavidad. Entraba dentro de mí de una manera calmada, no me golpeaba las nalgas, no me apretaba con sus manos. Me satisfacía de una forma más dulce.

—Nunca te ató a la cama. ¿Nunca jugaste con él esos juegos sadomasoquistas que practicaste conmigo? —había cierta maldad acusatoria en la pregunta.

Sarah se quedó meditando.

—No. No me atreví nunca a proponérselo. Tampoco lo deseaba. Con él era distinto. William era un amante perverso. Tú eras un amante canalla, divertido. Bob era un amante decente, quizás convencional. Se hubiera sentido ridículo atado a la cama y hubiera sido incapaz de atarme a mí.

—A ti te gustaba que te masturbara en la ducha con un chorro de agua tibia sobre el clítoris, o en la cama con la caricia de una pluma de ave, como hacía yo. ¿Se lo pediste alguna vez?

—Ni soñarlo. Le hubiera parecido raro. No por razones religiosas, él era un judío respetuoso de la historia de su pueblo, pero aunque no practicaba ni creía, supongo que asociaba la culpa a cualquier expresión de las relaciones sexuales que no fuera lo que él consideraba normal.

—¿Le contabas tus fantasías y tus sueños eróticos? Esa zona oscura de tu intimidad es muy importante.

—Tal vez, pero temía que él se asustara.

—Y tú ¿no sentías que le ocultabas algo importante? ¿No pensabas que estabas siendo una impostora?

—A veces lo pensé. Pero llegué a la conclusión de que hay muchos caminos para llegar al placer y a la felicidad. Eso no radica en la frecuencia, ni en el tipo de relaciones sexuales que se tienen, sino en el amor y el respeto que se profesa la pareja. ¿De qué sirve la media hora perversa o canalla si, después de vestirnos, falta todo lo demás?

—Has cambiado mucho, Sarah —afirmó Rafael.

—Sí. Supongo que me he vuelto mucho más conservadora. Más recatada, menos locuela. Tal vez la edad y las hormonas tienen que ver con eso. Y dime: ¿cómo manejaste la abstinencia sexual en la cárcel, tú, que vives obsesionado con el sexo?

Rafael lo negó con la cabeza y con una frase breve:

—No es verdad. No vivo obsesionado por el sexo. En la cárcel no prescindía del sexo. Me masturbaba, pero cada vez menos. El organismo va cancelando la libido progresivamente, hasta casi anularla.

—¿Amaste a alguna persona después que dejamos de vernos?

—Bueno, amar, no. No amé a ninguna otra mujer, pero sí tuve alguna relación. Te cuento: recuerda que nos dejamos de ver en el verano del 37. Yo pasé a Francia ayudado por la embajada cubana en Madrid. Una vez en París me tocó vivir los problemas del Frente Nacional, cuando los socialistas, con Léon Blum a la cabeza, gobernaban con el apoyo de los comunistas. En medio de esa locura conocí a una periodista rusa, en realidad era ucraniana, Ariadna Makarenko, con la que tuve un romance. Cuando los alemanes ocuparon todo el norte de Francia, me fui con ella al sur, a Marsella. Allí fue cuando los alemanes y sus aliados franceses me atraparon y me deportaron a España.

—¿Y qué pasó con Ariadna?

Rafael hizo un gesto de indiferencia.

—No sé. La noche anterior a mi captura se escapó de la pensión en donde estábamos. Tal vez sabía o presentía algo. En aquella época imperaba el espíritu de "sálvese el que pueda". Era una mujer enigmática.

—¿Y qué fue de Léon Blum? Sé que volvió a ser primer ministro después de la guerra, pero por muy poco tiempo. Bob lo respetaba mucho, aunque era un socialista.

—Tal vez le gustaba que fuera un judío sionista. Yo también tengo una buena opinión de él. Era uno de los pocos políticos con sensibilidad literaria. Era, fundamentalmente, una buena persona. Los alemanes y los fascistas franceses lo metieron en un campo de concentración, en Buchenwald, pero sobrevivió. Un hermano suyo tuvo peor suerte.

—No entiendo —dijo Sarah—. ¿Por qué él sobrevivió y su hermano no?

—Eso me lo contó en Montjuich un republicano que también estuvo en Buchenwald y conoció a Blum. En ese campo había una zona reservada para personas importantes. Incluso, la compañera de Blum, llamada Janot, pidió que la encerraran junto a su amante y los alemanes la complacieron. Ella también sobrevivió. A René, el hermano de León, lo mataron o murió en Auschwitz. Lo humillaron porque era judío y, decían los nazis, homosexual.

Sarah volvió a preguntarle a Rafael por su vida sentimental durante el tiempo que estuvieron separados. Le intrigaba.

—¿Sólo tuviste relaciones con la periodista soviética? —indagó con el gesto deliberadamente exagerado de quien siente celos o lo simula.

—Sí. No hubo más mujeres. Salía poco. Iba a las librerías, a las charlas literarias y a las presentaciones de libros, como hacía contigo. En esos dos años, hasta que los alemanes se apoderaron de Francia, me aficioné a la librería de Sylvia Beach, Shakespeare and Company. Ella y su compañera Adrienne Monnier eran dos mujeres excepcionales. Tenían una crisis económica muy grande y Gide, que era muy generoso, organizó a un grupo de escritores y artistas, unas doscientas personas, que pagábamos una cuota para evitar que cerraran la librería. Eso nos daba derecho a asistir a todas las actividades. ¿Las recuerdas?

—Claro que las recuerdo. Sylvia era más creativa, pero mucho menos práctica. Ella fue la que descubrió a James Joyce y publicó su *Ulises* —respondió Sarah

—Ésa es una obra sobrevalorada. Un ladrillo. Me interesó más Ezra Pound. En esa época vivía en Italia, pero viajaba frecuentemente a París. Lo vi unas cuantas veces.

—No comparto tu opinión sobre Joyce —dijo Sarah—. Hemos tenido esa discusión en el pasado. Joyce era un extraordinario prosista. Ezra Pound era un fascista de mierda. Además, también adoraba a Joyce.

—Y a T.S. Eliot. Sin él no se hubiera conocido esa maravilla que es "La canción de amor de J. Alfred Prufrock".

—¡Que yo te enseñé y leí, bandido! —le dijo Sarah, divertida, riendo, pellizcándolo y dándole un beso en los labios.

—Es verdad —le respondió Rafael abrazándola—. Tú me descubriste a T.S. Eliot.

—¿Sabes lo que Larry me contó de la librería Shakespeare and Company? Me dijo que Hemingway, que era muy amigo y contertulio de Sylvia Beach y de Adrienne, había jugado a "liberar" el local tras la toma de París. Se decía, *sotto voce*, que asesinó a unos cuantos prisioneros alemanes.

—Puede ser, pero tal vez él mismo difundió la leyenda. Hemingway creó un personaje literario de sí mismo.

Sarah se puso seria:

—Dime, Rafael, ¿qué te parece Laura?

—Me parece una niña encantadora. Bella e inteligente como su madre.

—Y como su padre. Bob era apuesto e inteligente, ambas cosas.

—Te pones a la defensiva cuando mencionas a Bob.

Sarah lo negó con la cabeza, pero, de alguna manera, lo aceptó con sus palabras:

—Puede ser. Me horroriza hacer o decir algo que traicione su memoria. Es la persona que mejor se ha portado conmigo.

Rafael cambió el tema sin dejar ver que le irritaba.

—Me dio la impresión de que su madre me rechazaba.

—Brigitte es una persona muy buena. Laura y yo la adoramos. Como vive con nosotros, yo tengo libertad para viajar. Es comprensible que te vea con recelo. Tú vienes a perturbar su rol. Ella se siente como la encarnación de su hijo Bob. Tiene que velar por la felicidad de Laura.

—¿Crees que preferiría que nunca te volvieras a casar o a unir a otro hombre?

Sarah meditó la respuesta.

—Lo he hablado con ella. Ella cree que convivir con un hombre dentro de la casa no es bueno para la niña. Es absurdo, pero me parece que ella preferiría que me quedara sola y soltera, venerando la memoria de su hijo. Es un poco egoísta.

—Sí. Es comprensible. Ella, además de ser tu suegra y la abuela de Laura, sin darse cuenta ha asumido el papel de tu marido.

—¿Cómo era la rusa esa? —Sarah volvió al tema de la otra para desviar la conversación hacia una zona menos desagradable.

—¡Estás celosa! —rio Rafael.

—No seas tonto. Es sólo curiosidad femenina.

—Ariadna era dedicada y trabajadora, muy disciplinada.

—Me refiero físicamente. ¿Era bonita?

—Las eslavas suelen serlo. Tienen esa combinación entre nórdicas esculturales, con ojos rasgados y un toque ligeramente asiático en los pómulos.

—Dice Larry que todos los corresponsales soviéticos son agentes de inteligencia.

—Es probable, pero Ariadna nunca me lo pareció.

—¿No pensabas en ella cuando estabas preso?

—A veces, pero más pensaba en ti. Tú dejaste una huella erótica más profunda.

—¡Mentiroso!

—Te lo juro.

—Cuéntame, ¿cuánto hay de verdad en las historias de homosexualidad en las cárceles de hombres?

—Y en las de mujeres. Pero en Montjuich, donde estuve casi todo el tiempo, no eran nada frecuentes. Entre los presos políticos son casi inexistentes, y, cuando existen, son por consentimiento y deseo mutuos. Puede que haya sexo, pero no violencia.

—¿Ya lo tienes todo listo para el viaje a Polonia?

Rafael hizo un cómico saludo militar antes de contestar.

—El agente Alfil está a punto de entrar en acción.

8

EL ZOOLÓGICO DE PARÍS

C omenzaba septiembre y era un domingo luminoso. Como cientos de parisinos, Sarah, Laura y Rafael fueron en bicicleta al zoológico. La flamante bicicleta de Rafael, comprada por el equivalente de veintidós dólares con el primer sueldo recibido, era de la afamada marca Niágara y tenía dos asientos. En el trasero iba Laura, simulando que pedaleaba. Todo París parecía moverse en bicicleta para aprovechar los últimos días de un verano que pronto quedaría atrás. En el trayecto —casi una hora desde el apartamento de Sarah— se detuvieron una vez a tomar refrescos. Cuando llegaron al viejo Jardin des Plantes Menagerie, uno de los zoológicos más antiguos del mundo, parcialmente diseñado por el propio Napoleón, como establecía el letrero de la entrada, Rafael, mientras tomaba de la mano a Laura, comenzó a explicarle lo que verían:

—Te va a encantar la Casa de los Monos.

—¿Vamos a una casa donde hay monos? —preguntó Laura asombrada.

—Bueno, no es exactamente una casa, es una jaula muy grande, con muchas rejas, donde hay distintas clases de monos. Los más graciosos son los chimpancés.

—¿Por qué son los más graciosos?

—Porque se parecen mucho a nosotros, se ríen, hacen muecas. Son nuestros primos.

—A mi mamá no le gusta que yo haga muecas.

—Pero a las mamás de los chimpancés no les importa. Ellas también hacen muecas.

—¿Y los otros monos?

—También vamos a verlos. Están en otras grandes jaulas.

—¿Por qué no están todos juntos?

—Porque se pelean. En eso también son como nosotros. Después veremos a los leones. Son los reyes de la selva. Están en la Casa de los Gatos.

—Pero no son gatos —protestó Laura.

—Son familia de los gatos. También los tigres son familia de los leones y de los gatos.

—¿Y no hay animales buenos, que no muerdan?

—Por supuesto, Laura, vamos a ver a los flamencos, que son unos pájaros muy grandes y delgados, muy bonitos, como si fueran bailarines de ballet. Y vamos a la Granjita a ver a las vacas, a las gallinas, a las cabras. Estos son animales muy buenos que nos dan de comer.

—Pero nosotros no somos buenos con ellos. Nos los comemos, les robamos su leche y sus huevos —dijo Laura con una inocente expresión instalada en su carita dulce.

Rafael y Laura se miraron sorprendidos. Rafael salió del apuro como pudo:

—Bueno, pero en las granjas los tratamos muy bien y los alimentamos. Cuando yo tenía tu edad tuve un gran conejo blanco al que cuidaba mucho. Lo alimentaba con lechuga y berro. También tuve un perrito, pero murió.

—¿Cómo era tu perrito?

Rafael se puso momentáneamente serio, como tratando de pensar.

—Era un bellísimo cocker spaniel, muy lanudo y cariñoso. Ladraba mucho, eso sí.

—Estoy cansada —dijo Laura.

—No importa. Yo te llevo en los hombros —le respondió Rafael, feliz de haber salido del trance de la depredación humana; la levantó del suelo y amorosamente la sentó a horcajadas sobre su cuello.

Sarah observaba la situación con cuidado. Desde la muerte de Bob, era la primera vez que sentía algo parecido al calor familiar. Esa tarde se agotaron recorriendo el gran parque, y quedó admirada de la capacidad didáctica y la paciencia de Rafael. Su explicación sobre el comportamiento de las serpientes, unos animales que carecían de orejas, pero no necesitaban oír para atacar o para percibir el peligro, sobre el número enorme de insectos, y sobre la importancia de que los pájaros pudieran alimentarse de ellos, le sirvió a Laura para entender, sin horrorizarse, que la vida era una gigantesca cadena alimentaria donde todos se nutrían de la existencia ajena, porque así estaba diseñada la naturaleza. Incluso, algunas de las bellas gaviotas que chillaban en la jaula de las aves, tenían una función muy importante, aunque poco elegante: devorar los cadáveres de otros animales, lo que evitaba la propagación de enfermedades. Eran aves carroñeras.

El único incidente que le causó a Laura un ataque de llanto, felizmente terminado en una risotada general, ocurrió a unos cuatro metros de las fieras, frente a una gran jaula de leones. Mientras Rafael le explicaba que el macho siempre era más grande y fuerte, pero las hembras más veloces y mejores cazadoras, una leona flaca que los observaba, les dio la espalda y, de pronto, lanzó un gran chorro de orina que le empapó el vestido a la niña. Curiosamente, quien pudo consolar a Laura fue una inesperada gitana quiromántica que se ganaba la vida leyendo las líneas de la mano en el parque. En medio del ataque de llanto de Laura, le tomó la manita y le dijo:

—No te preocupes, mi vida. Hoy es un día extraordinario. Lo que te hizo la leona te dará buena suerte.

De alguna manera, la sorpresiva irrupción de la gitana fue una especie de bálsamo tranquilizador. Al atardecer, cuando regresaban en las bicicletas, Laura había recuperado la alegría, se reía de la travesura de la leona y era evidentemente muy feliz abrazada a la cintura de Rafael mientras éste, junto a Sarah, pedaleaba suavemente por las avenidas de París.

***

Larry Wagner operaba en París como representante para Europa de una oscura multinacional norteamericana que fabricaba tractores. Ésa era su cobertura. Su oficina, pequeña y confortable, estaba situada en un edificio céntrico, a tres calles de la embajada de Estados Unidos. La única peculiaridad de su despacho, al margen de los muebles de diseño escandinavo, poco frecuentes en Francia, era la existencia dentro de un gran armario (en realidad un pequeño cuarto aledaño), de una pesada caja fuerte de acero. Tan pronto Sarah entró y se sentó en la cómoda butaca de madera y cuero, Larry comenzó a batallar con la clave, hasta que consiguió vencerla:

—Me hago un lío con las vueltas a la derecha o a la izquierda. Creo que nunca me aprenderé la clave.

—Ayer estuve en el zoológico con la niña y con Rafael —dijo Sarah.

—Tengo algunas cosas que contarte —le respondió Larry ignorando el comentario de Sarah—. Me han llegado algunos cables importantes.

—Soy toda oídos.

—Es sólo para ti. No compartas la información con nadie.

—Ya, finalmente, se creó oficialmente la Agencia Central de Inteligencia. Por ahora la dirigirá el almirante Roscoe H. Hillenkoetter. Lo anunciarán pronto.

—No tengo idea de quién es.

—Viene de la inteligencia naval. Parece un buen tipo. Lo hirieron durante el ataque japonés a Pearl Harbor. Yo tampoco lo conocía, pero me mandaron la biografía. Lo propuso el general Marshall.

—¿Sabes cuáles serán sus prioridades?

—Parece que el Departamento de Estado tiene mucha influencia en él. Supongo que intentará "contener" a los soviéticos como propone George Kennan. Ésa es la estrategia general. Todo lo que haremos serán movimientos tácticos para lograr ese objetivo. Como el almirante ha estado destacado en Europa, precisamente en París, creo que va a poner el acento en Europa Occidental. El presidente Truman vive obsesionado con el temor de que Francia o Italia caigan bajo gobiernos comunistas. Van a inyectar grandes cantidades de dinero para ayudar a los partidos democráticos. El mayor temor proviene de Italia.

—Pues no anda muy descaminado Mr. Truman. Los dos partidos comunistas mayores de Occidente están aquí —afirmó Sarah con preocupación.

—Pero el peligro mayor está en China. El informe cuenta que parece inevitable la derrota de Chiang Kai-shek. Ya tienen planes de evacuar al gobierno y a muchos de sus seguidores.

—Dios mío, pero ésa sería una operación tremenda. ¿A dónde irían?

—A Formosa, dicen en Washington. Están previendo una evacuación de dos millones de personas. Ellos prefieren llamarla Taiwán en vez de Formosa. No sé cómo van a encajar a tanta gente en esa pequeña isla. Aunque chinos, culturalmente Taiwán está cerca de la mentalidad japonesa. Han vivido muchas décadas bajo el control de Japón. Se sienten más eficientes y mejor organizados que los chinos.

—Hace poco leí que, si caía China bajo el comunismo, Estados Unidos tendría que montar la línea defensiva en otro lugar.

—Todavía hay tontos que piensan que Mao Zedong no será un peligro para nadie. Lo escribió el otro día un periodista en *The New York Times*. Supuestamente era un experto. No entienden que Mao es peor que Stalin. Estados Unidos va a montar su línea defensiva en Europa, pero sin descuidar a Japón, a Corea, a Indochina.

—¿Vamos a tratar de frenarlos en Europa? —había temor en la pregunta de Sarah.

—Por supuesto. Eso está claro. Como te dije, la CIA va a darle un apoyo masivo a la Democracia Cristiana en Italia. Dispone de mucho dinero para esa operación. El primer presupuesto general de la Agencia es de más de quinientos millones de dólares. No van a escatimar nada.

—Rafael me preguntó si nos vamos a mover en América Latina.

—Pregunta mucho Rafael —dijo Larry con una extraña sonrisa—. Naturalmente. Hace unos meses, incluso antes de que se creara la CIA, el Departamento de Estado convocó una reunión en Río de Janeiro para firmar un pacto defensivo. Lo llamaron el Tratado Interamericano de Asistencia Recíproca, el TIAR. Advertimos a todos los gobiernos latinoamericanos del peligro soviético. La estrategia es crear un sistema de alianzas en todo el mundo y liderar la resistencia frente al empuje de Moscú.

—Pero eso es en el terreno militar. ¿Qué se va a hacer en el campo político?

—En el informe que me envían me dicen que en abril habrá una reunión en Bogotá para crear lo que llamarán Organización de Estados Americanos. Los gobiernos latinoamericanos no se sienten en peligro, lo que los hace más vulnerables. La idea es utilizar a la OEA para liderar desde Washington una política global.

—¿Tendrá su sede en Bogotá? Sería más importante colocarla en México. En Argentina no me parecería buena idea. Cuando estuve allí ya existía una ola de antiamericanismo muy intensa. En esa época no me molestaba, pero ahora me doy cuenta.

—No. La sede va a estar en Washington. Tienes razón: Argentina, bajo Perón, no es un aliado. Sabemos que Perón está preparando una convención en Bogotá en las mismas fechas que crearemos la OEA para oponerse a nuestros propósitos. Este demagogo defiende la idea de la "tercera posición", ni con Estados Unidos ni con la Unión Soviética, ni con el capitalismo ni con el comunismo. No se atreve a decirlo, pero su opción es el fascismo. La región no es una prioridad de Washington, pero sólo porque América Latina no es una prioridad de Moscú. Lenin suponía que era un territorio inconquistable hasta que no cayera Estados Unidos.

—¿Crees que le darán importancia a la lucha ideológica? Estos militares están adiestrados para enfrentarse a cañonazos, no saben cómo pelear batallas de ideas. Bob siempre me decía que era muy difícil lograr que Estados Unidos se defienda en este campo porque la palabra "ideología" es casi ofensiva en nuestra cultura.

—La CIA tiene a un hombre clave al frente de estas operaciones. Lo conozco de la OSS. Se llama Frank Wisner. Es muy inteligente y entiende perfectamente la naturaleza del enemigo y lo que llama *the rules of engagement*. Pero ahí no está el peligro.

—¿Dónde está el peligro? —preguntó Sarah con una expresión de creciente frustración.

—En el FBI. Edgar Hoover no está muy feliz con la creación de la CIA. Pensaba que se debía enmendar la ley para que una rama del FBI se ocupara de esa labor en el extranjero. Ese hombre es un enfermo de poder.

—Es lo que Bob, mi marido, me repetía desesperado. En Washington, inevitablemente, siempre sucede la misma mierda. Las agencias se enfrentan, se ponen traspiés, se denuncian unas a otras, mientras que la prensa anda a la caza de contradicciones e informaciones secretas para revelarlas. Bob solía repetir que lo asombroso es que el gobierno funcionara, aunque fuera mal. Odiaba las intrigas burocráticas.

—Es verdad que Bob solía decir esa frase. Se la oí muchas veces. Tenía razón, pero no tanto en lo de la prensa. Wisner pondrá en marcha la Operación Mockinbird para utilizar de nuestra parte a muchos periodistas de los grandes medios. Está seguro de poder reclutar a gentes como Joseph Alsop y Philip Graham. Muchos van a cooperar. En CBS, *Time, Newsweek, The New York Times, The Washington Post* colocarán artículos e informaciones.

—¿Con plata? No creo que Alsop o Graham se vendan por dinero.

—No, por supuesto. Es una mezcla. Les vamos a dar información privilegiada a cambio de divulgación. Los periodistas son muy sensibles a eso. El éxito de los periodistas es tener acceso antes que nadie a la información. También hay algunos realmente preocupados por los avances soviéticos. Se sienten patriotas. Y siempre hay un puñado de tipos que lo hacen por dinero, pero son los menos y, al mismo tiempo, los más peligrosos. Si hoy publican algo por dinero, mañana pueden publicar lo contrario por más dinero.

—¿Y qué va a ocurrir con la prensa internacional?

—Wisner cree que es más fácil inclinarla a nuestro lado. Ahí operaremos con invitaciones, becas, viajes a conferencias internacionales y también, claro, dinero. En España hacen un juego de palabras con los periodistas corruptos. Les llaman "sobrecogedores". Los hay en toda Europa y en toda América Latina. Pero creo que el problema mayor lo vamos a encontrar dentro de nuestras instituciones.

—¿Podremos ganar la batalla de Washington? —preguntó Sarah irónicamente.

—Al menos, por ahora, la batalla la han ganado los viejos funcionarios y agentes de la OSS. Nos ha ayudado mucho que el Secretario de Estado sea el general George Marshall. Tiene un enorme prestigio en el gobierno. A él se debe el TIAR y próximamente anunciará la creación de la OTAN. Es un tipo muy curioso. Muy recto.

—¿Por qué es curioso?

—Tiene un fuerte componente religioso. Puso una condición: además de recomendar a su amigo, el almirante Hillenkoetter, para dirigir la CIA, exigió que el lema de la Agencia fuera una frase bíblica. Parece que es una persona muy piadosa.

—O fanática —dijo Sarah—. A lo mejor eso es grave. ¿Cuál es la frase?

—"Sólo la verdad os hará libres". Está en el evangelio de San Juan.

Sarah se rio irónicamente.

—No parece el lema más apropiado para un servicio de inteligencia. Al fin y al cabo, los servicios de inteligencia se dedican a ocultar verdades.

Larry se quedó pensando antes de reaccionar.

—Yo creo que se puede luchar por la verdad, pero a veces hay que ocultarla y eso me repugna. No sé si estoy hecho para esto.

—Me voy. Esta noche Rafael va a cenar a casa.

—¿Puedo hacerte una observación personal?

—Claro que puedes, Larry.

—Creo que te estás enamorando otra vez de Rafael Mallo. Tienes un aspecto radiante.

—Es la primera vez que haces un comentario sobre mi persona. La primera vez que me piropeas.

—Será que te encuentro, realmente, muy hermosa.

—Ahora que me hablas de Rafael. ¿Qué te parece su ficha biográfica?

—Interesante. La estoy leyendo poco a poco. Es una persona inteligente. La leo lentamente porque voy traduciéndola y tomo algunas notas.

—Me gustaría leerla.

—Imposible. Quedamos en que era confidencial.

—Como quieras.

Sarah le dio dos besos en las mejillas. Le gustaba saludar y despedirse a la francesa.

***

Esta vez Rafael llegó a cenar al apartamento de Sarah con dos regalos: un hermoso ramo de flores y una gran caja de cartón rosado atada con una cinta roja que le servía de asa.

—Las flores son para doña Brigitte y para Sarah —dijo alegremente—. Pero el regalo es para Laura. Ella tiene que abrirlo.

Laura, feliz, corrió a darle un beso y se apoderó de la caja, casi de su tamaño, pero no pudo cargarla. Su madre la ayudó a sacar el obsequio. Era un bello caballito de madera pintado de blanco, con la crin dorada, colocado sobre dos balancines azules. Rafael la cargó y la sentó a horcajadas sobre el caballito.

—Te dije que te iba a enseñar a montar a caballo y una canción muy bonita que yo cantaba de niño: "À cheval sur mon bidet". Pero nos hacía falta un caballito para poder aprenderla. Te la voy a enseñar en francés, en inglés y en español. A mí me la cantaban en los tres idiomas.

—Me encanta mi caballito. ¿Cómo se llama?

—Ponle tú misma el nombre. Es tu caballito.

—Le pondré Maurice.

—Es muy bonito. ¿Por qué Maurice?

—Porque hay un niño en mi colegio que se llama Maurice y le llaman Caballo loco.

—Muy bien. Vamos a empezar con el francés:

À cheval sur mon bidet
Quand il trotte, il est parfait
Au pas, au pas, au pas,
Au trot, au trot, au trot
Au galop, au galop, au galop!

Laura cabalgaba sobre el caballito y Rafael la mecía suavemente, luego más rápido, y más rápido. La niña reía y cantaba. Cuando se la supo en francés, comenzaron en inglés:

Riding my horsey,
When he trots, he is perfect,
At a walk, at a walk, at a walk,
At a trot, at a trot, at a trot,
At a gallop, at a gallop, at a gallop.

Luego siguieron con el español. Sarah y Brigitte acompañaban la rima palmeando con las manos, mientras le decían: ¡muy bien, Laura, muy bien!

Cabalgando mi caballito
Cuando trota está perfecto.
Al paso, al paso, al paso,
Al trote, al trote, al trote,
al galope, al galope, al galope.

Al sentarse a la mesa, los cuatro tenían una clara expresión de felicidad, pero entonces Brigitte comenzó a hablarle a Laura de su padre con la intención, bastante evidente, de mantener vigente el recuerdo de su hijo:

—Laura, tu papá montaba muy bien a caballo. Cuando era muy joven hasta ganó una competencia de equitación.

—¿Qué es equitación? —preguntó la niña.

—Montar a caballo —le respondió Sarah—. Yo no sabía que Bob había ganado una competencia de equitación. Nunca me lo contó —dijo mirando a Brigitte con cierta curiosidad.

Rafael, dirigiéndose a Laura, intervino en la conversación para disminuir la tensión.

—No me extraña que tu papá haya ganado una competencia de equitación. Seguramente era un buen jinete. Tu papá era muy buen deportista. Era un gran hombre.

Laura se sintió orgullosa. Brigitte, probablemente, estaba halagada, pero lo expresó con una leve sonrisa que sólo podía interpretarse como un gesto de educada gratitud.

Sarah describió el menú que en ese momento servía la asistenta:

—Hay sopa de verduras, lenguado a la plancha, ya sin espinas, y un puré de brócoli, coliflor y calabazas. Me lo enseñó un chef en Argentina.

—No me gustan ni el brócoli ni la coliflor —protestó Laura.

—Pero te gustarán mezcladas en el puré —le dijo Sarah.

Rafael terció en el asunto.

—Cuando yo era niño, odiaba el brócoli y la coliflor, pero mi mamá, que conocía a un mago, lo llamó para que les cambiara el sabor cuando me tocaba comerlos. Él me enseñó la frase mágica para cambiarles el sabor.

—¿Cuál es la frase mágica? —preguntó Laura maravillada.

—Prométeme que no se lo vas a decir a nadie. El mago me dio permiso para que lo contara una sola vez en la vida. Tienes que pedírselo al gnomo invisible de la mesa.

—Te lo prometo —le gritó Laura muy alegre.

Rafael se le acercó al oído y le dijo, en un tono misterioso:

—El gnomo se llama Sabebién. Cierra los ojos y repite conmigo: "Ven, gnomo invisible, Sabebién, Sabebién, cámbiale el sabor a mi comida".

—¿Qué hago ahora?

—Mantén los ojos cerrados. Te voy a dar una cucharada del puré y verás que el gnomo invisible Sabebién le ha cambiado el sabor a tu comida.

Laura, muy seria, mantenía los ojos cerrados. Rafael tomó una cucharada del puré y la acercó a la boca de la niña. Mientras se la daba, le preguntó:

—¿Verdad que ahora sabe mucho mejor?

Laura dijo que sí con la cabeza mientras masticaba y paladeaba el puré con una expresión de deleite.

—¿Podré ver algún día a Sabebién?

—Es posible. Yo lo vi una noche. Me fue a visitar a mi cama. Me contó cómo era su vida en el bosque y cómo había adquirido sus poderes mágicos.

—¿Cómo fue?

—Fue un hada muy bonita llamada Esmeralda porque era toda verde. Esmeralda lo tocó con su varita mágica, le cambió el nombre, pues antes se llamaba Pequeñín, y le puso Sabebién. Es un gnomo muy bueno.

Sarah y Brigitte se quedaron maravilladas de la dulce paciencia de Rafael y de su imaginación para conectar con la niña.

En la sobremesa, cuando Laura ya se había acostado, siguió la conversación entre los adultos.

—Me ha sorprendido —le dijo Brigitte—. ¿Cómo es que usted, que no ha tenido niños, consigue llevarse tan bien con ellos?

Rafael rio.

—Tuve en La Habana una nana muy ingeniosa, que antes había sido esclava, y me contaba cosas fabulosas. Yo la adoraba. Se llamaba, o la llamaban, Argelia. Con ese nombre la registraron en Cuba. Siempre me hablaba de los animales de la selva, de la sabiduría de las monos, de lo mentirosos que solían ser los sapos. Para todos mis problemas infantiles siempre tenía una historia estupenda. A los niños les gusta que les narren cuentos. Ellos sospechan que es mentira, pero al final prefieren creerlos.

—¿Qué ocurrió con ella? —preguntó Sarah curiosa.

—Mi madre la echó de la casa —dijo Rafael en un tono de censura.

—Estaría celosa porque se llevaba muy bien con usted —intervino Brigitte, quien siempre guardaba una respetuosa distancia en el lenguaje.

Rafael lo negó con la cabeza e hizo una revelación muy íntima.

—Estaba celosa, pero no por mí, sino por mi padre. Argelia era una negra muy bonita y pensó que a mi padre podría gustarle.

Sarah rompió el embarazoso silencio absolviendo de culpas al padre de Rafael:

—Probablemente eran celos preventivos. Me has contado que tu madre era muy hermosa.

Rafael sonrió levemente antes de responder. Lo hizo bajando la voz con el ademán y el tono de quien va a cometer una infidencia:

—Nunca supe lo que pasó, pero el chófer, me contó, muchos años después, que mi madre lo vio entrar en la habitación de Argelia una madrugada y salir abotonándose la camisa una hora más tarde.

Brigitte hizo un gesto de rechazo:

—Algunos hombres son unos cerdos —dijo.

Sarah la fulminó con una mirada y se dirigió a Rafael.

—Nunca me contaste eso.

—Pensé que no valía la pena. Para qué contar las pequeñas miserias de la vida.

—¿Cuándo te vas a Nueva York? —preguntó Sarah.

—Salgo la semana próxima. Va a ser un viaje interesante.

9

HEMOS LLEGADO A MOSCÚ

A Larry Wagner le intrigaba la vida de Rafael Mallo en la URSS durante sus años mozos. No tenían muchos agentes con esa experiencia vital directa. ¿Fue allí y en ese periodo cuando conoció a Willi Münzenberg? Aquellos debieron ser años fascinantes de ilusiones políticas y aventuras. Mientras más leía la biografía de Alfil, más le intrigaba su compleja psicología.

La llegada a Moscú fue complicada y larga, pero me esperaba en la estación de trenes un camarada que había sido previamente contactado por Fabio Grobart desde La Habana. Inmediatamente me llevó al hotel Lux, donde viviría por tres años junto a otros internacionalistas. Entre ellos estaba Andreu (a veces lo llamábamos Andrés) Nin, un catalán culto y amistoso, sindicalista, con gran madera de líder, que procedía de las filas anarquistas. No sólo me asignaron una habitación junto a la que él tenía con su esposa Olga Tareeva, una rusa muy amable dotada con un carácter férreo, sino me pidieron que me convirtiera en uno de sus asistentes en la Internacional Sindical Roja, órgano vinculado a la Profitem, aunque yo no figuraría en el organigrama por si debía regresar a Cuba. (Creo que es la primera vez que revelo este detalle).

El hotel Lux, por cierto, construido por el panadero del zar poco antes de la revolución como un edificio lujoso de cuatro pisos, padecía todas las contrariedades que sufría el país. Teníamos agua caliente dos veces a la semana y debíamos ducharnos en grupo, cocinábamos colectivamente, había numerosas ratas que no conseguíamos eliminar, y a veces el ruido de los niños jugando en los pasillos (como ocurría con las hijas de Nin) era un poco molesto. En cierta manera, se trataba de la sede real de la Tercera Internacional, porque allí nos alojaban a todos los comunistas extranjeros, aparentemente por comodidad, pero también, supongo, para vigilarnos y evitar las infiltraciones del enemigo. (En las madrugadas, señor comisario, de vez en cuando, se aparecían los camaradas de la GPU, el temido Directorio Político del Estado, llamaban a alguna habitación y se llevaban a un huésped silenciosamente. Estos a veces regresaban y a veces no regresaban. Por cortesía con los anfitriones, nadie preguntaba lo que había sucedido).

Fue en Moscú, por cierto, donde recibí las primeras cartas de Sarah, encendidas de amor y más explícitas de lo conveniente, dado que toda la correspondencia que llegaba al hotel Lux era abierta por los servicios de inteligencia antes de ser entregada a su destinatario. En la tercera misiva me comunicaba que había decidido dejar a su marido y vivir conmigo para siempre, proyecto que, le dije, me halagaba mucho, pero que no le recomendaba, especialmente porque sir William era un marido tolerante y rico a quien no le molestaban las relaciones extramatrimoniales de su esposa. Sarah, en la carta siguiente, me respondió que la del problema era ella, pues ya no disfrutaba la relación abierta pactada con su marido, estaba enamorada y quería forjar conmigo un vínculo más convencional.

Mi contacto en Rusia con el poder soviético, propiciado por Grobart, era directamente con Félix Dzerzhinski, el jefe de los servicios de inteligencia, la GPU, a quien pude ver a los pocos días de estar instalado en Moscú.

Pese a la nobleza de su semblante, que algo tenía de quijotesco, me impresionaron mucho las huellas que aún llevaba en su rostro por las torturas que había sufrido en su Polonia natal —le dislocaron a golpes la mandíbula y su cara afilada había perdido todo vestigio de simetría, pero no un elegante gesto de altivez—, mas, como no las mencionó, no me atreví a comentarlas. Aunque fue una visita protocolar, tras encomiar el talento del joven Grobart me habló con mucha pasión de la lucha contra los enemigos de la URSS, y de cómo fueron los últimos días de Lenin, quien había muerto de una trombosis cerebral a los 54 años, la misma edad en que su padre había fallecido.

La autopsia, me contó, había demostrado que tenía las carótidas totalmente endurecidas, aunque tampoco descartaba que la muerte hubiera sido producto de un envenenamiento o la remota consecuencia de los dos disparos que le había hecho seis años antes una mujer enloquecida. Los proyectiles seguían alojados en su cuerpo (uno en el cuello y otro en el hombro) y era posible que, progresivamente, esos plomos lo hubieran intoxicado hasta el punto de matarlo. "Poca gente muere de muerte natural en estos días en Rusia", me dijo con más preocupación que ironía. Él, me contó, se había ocupado de supervisar el embalsamamiento de Lenin. Estaba convencido de que la imagen del líder muerto serviría como inspiración perpetua a los camaradas vivos.

A los pocos meses le tocó su turno. Dzerzhinski murió en 1926, tras un acalorado debate político, pero, para suerte de Grobart y mía, otro polaco lo sustituyó: Vyacheslav Rudolfovich Menzhinski. Lo conocí poco después de que asumiera el cargo y me pareció mucho más inteligente y refinado que su predecesor. Hablaba numerosos idiomas y era un tenaz lector de buena literatura. Me adelantó que esperaba tiempos muy difíciles por la pugna entre Stalin y Trotsky y me hizo numerosas preguntas sobre América Latina. Cuando indagué sobre los mejores métodos para defender nuestros ideales, inmediatamente me hizo una recomendación: debía estudiar la estrategia propagandística de nuestro camarada alemán Willi Münzenberg, amigo de Lenin, quien, además de recaudar cuantiosos fondos para ayudar a Rusia durante la hambruna de la posguerra, había creado numerosos frentes de lucha internacionales que invocaban la defensa de la paz, la solidaridad con los trabajadores y los intereses de la juventud.

Münzenberg imprimía decenas de publicaciones "independientes" y hacía filmar y distribuía numerosas películas que coincidían en un punto, aunque no siempre de manera explícita: respaldar a Moscú y a la causa del comunismo, aun cuando tuviera que sembrar informaciones inexactas o divulgar medias verdades (eso nunca fue un problema para nosotros), como ocurrió con El acorazado Potemkin, film profusamente distribuido por Münzenberg. Para Menzhinski, el único objetivo importante era que prevaleciera la causa. Me dijo que debía analizar muy cuidadosamente las "medidas activas" desarrolladas por Münzenberg. El alemán, era un maestro de la publicidad y en la creación de focos o matrices de opinión que acabaran por forjar un discurso único capaz de englobar pasado, presente y futuro. Su tesis era que, para alcanzar el poder, antes debíamos conquistar la conciencia de las masas con mensajes simples y creíbles.

Como me impresionó mucho, seguí su consejo y estudié minuciosamente la estrategia de Münzenberg hasta convertirme en un experto en esa "batalla propagandística de percepciones", como la llamaba Menzhinski. Cuando creía dominar las tácticas de lucha del alemán, la GPU me organizó numerosas reuniones con él para conocerlo más a fondo. Los encuentros se celebraron en una discreta dacha que la GPU tenía en las afueras de Moscú, porque "el escudo" no deseaba que esos intercambios fueran descubiertos por nadie en el hotel Lux. A mí me parecieron medidas excesivas, pero, en el fondo, me sentía halagado porque me hacían sentir importante. Me dijeron, además, que se uniría al grupo otra persona de confianza, un joven italiano llamado Vittorio Vidali con el que llegué a tener una estrecha relación.

Willi Münzenberg, de quien siempre se contaba que había trabado una buena amistad con Lenin mientras éste estaba exiliado en Suiza, lo que lo dotaba de un prestigio especial, resultó ser un tipo risueño y agradable, con buena apariencia, educado, pero con una mínima instrucción formal, de origen más o menos proletario. Su padre había sido un noble venido a menos, a quien la mala cabeza convirtió en camarero de una taberna miserable, además de transformarlo en un alcohólico consumado. Willi era algo cínico, brillante, divertido, convencido de que la forma de alcanzar el poder no era mediante la huelga general obrera, como preconizaban los marxistas, sino por la acción múltiple y difusa de decenas de centros de información capaces de proyectar imágenes políticas que se apoderaran de la imaginación popular y conformaran una cosmovisión compartida (weltanschauung, decía él).

La culpa de todos los males del mundo, según su discurso propagandístico, la tenían los centros imperialistas, los burgueses y el injusto sistema capitalista basado en la codicia y en la existencia de la propiedad privada, pero ese repulsivo e inmenso poder que detentaban podía erosionarse con campañas publicitarias y demostrando, una y otra vez, que los intelectuales y las personas más valiosas de la sociedad estaban con la revolución y contra los explotadores. Era lícito mentir, afirmaba, si la mentira servía a la verdad superior de la causa proletaria. (En esa época, señor comisario, yo creía en todo eso a pie juntillas).

¿Cómo conseguir que los intelectuales y artistas se interesaran por participar en estas actividades para darles vida y credibilidad? Willi Münzenberg nos lo explicó con detalle (ésta era la parte pragmática de su estrategia): podía estimulárseles mediante casas editoriales que publicaban las obras de los escritores afines, críticos que las comentaban y grupos extranjeros que las traducían. Lo mismo podía hacerse con músicos, compositores o artistas plástico. Su hipótesis era que los creadores, gentes más vulnerables al halago que la mayor parte de las personas, actúan en busca de reconocimiento más que de bienes materiales. Si queríamos reclutarlos, aunque sólo fuera para sumar su solidaridad a la causa, había que garantizarles el aplauso y convertir todo debate en una lucha entre héroes y villanos. Esto se lograba vinculándolos a lo que él llamaba, riendo, el "circuito de la inocencia", unas docenas de organizaciones que aparentemente combatían el hambre, defendían la paz, la dignidad de las mujeres, los niños y los oprimidos, la naturaleza y cualquier causa que pareciera tierna, honorable y justa. A todos ellos les gustaba ser percibidos como parte del bando de los héroes, no de los villanos y, al mismo tiempo, la causa internacional del comunismo quedaba fortalecida por la asociación a sus nombres. Era, decía, una base moral de apoyo. De la misma manera que existía la "culpabilidad por asociación", también podía hablarse de la "decencia por asociación".

Tenía razón Menzhinski: el hombre clave en la expansión de nuestras ideas era Willi Münzenberg. Casi nadie estaba dispuesto a leer El capital, y menos aún lo entendía el común de los mortales, pero todo el mundo comprendía que luchar contra el hambre era algo bueno. Era él, Münzenberg, quién había puesto contra las cuerdas a Estados Unidos, Inglaterra, Francia y al resto del mundo capitalista y burgués. Era él quien cambiaba la estrategia de la lucha política. Todo este aprendizaje lo hice, naturalmente, sin abandonar mi trabajo con Andrés Nin, una persona por la que llegué a sentir una verdadera admiración, aunque tenía totalmente prohibido hablarle de mis contactos con Münzenberg. (Entonces no sabía, comisario, que nuestras vidas volverían a cruzarse de manera dramática).

Lo último que realicé en Moscú, por sugerencia de Menzhinski, fue entrevistarme con Trotsky. La GPU quería que lo sondeara sobre algunos temas que inquietaba al Kremlin (probablemente al propio Stalin): sus vínculos con los anarquistas, la posibilidad de una revuelta en Europa, la crisis en España y las relaciones entre Moscú y las naciones imperialistas. Mi impresión es que la GPU quería saber si Trotsky daba siempre las mismas respuestas. En general, creo que era un tipo coherente y me impresionó por la firmeza de sus convicciones (que podía mezclarse o confundirse con arrogancia), aunque esa virtud lo llevara a errar en su análisis de la situación española. Como Trotsky pensaba que nada tenía que ocultar, me recibió en el Consejo Militar Revolucionario. Allí se le reverenciaba como el creador y el gran héroe que era del Ejército Rojo.

En ese momento, la pugna entre los partidarios de Stalin y los de Trotsky era un inocultable combate que comenzaba a cobrarse las primeras víctimas. Stalin, a quien nunca traté personalmente, pero si vi en un par de asambleas colectivas, era una persona mucho más inteligente de lo que ha reflejado la prensa a través de los años y transpiraba un enorme sentido *de autoridad. Andrés Nin, sin embargo, se sentía más cerca de Trotsky, quizás por afinidades intelectuales (tradujo algunas de sus obras), dado que éste solía convocar unas tertulias literarias a las que acudían el propio Nin, el poeta Maiakovski, el cineasta Eisenstein e Isaac Babel, gran cuentista del que Nin tradujo Caballería Roja. No obstante, lo que más perjudicaba a mi amigo catalán (y se lo advertí, aunque no me hizo caso) eran sus relaciones con Bujarin y con Zinoviev, dos históricos seguidores de Lenin que, de alguna manera, habían caído en el bando contrario a Stalin, aunque no militaran en el trotskismo. Eso era muy peligroso en la Unión Soviética de entonces.*

Larry Wagner anotó: "Es sorprendente que Rafael Mallo, tan joven, haya sido tomado en cuenta por la jefatura de los servicios secretos soviéticos. Se repite el patrón de ocultamiento. Nin no sabía de sus encuentros con Münzenberg. También puede ser un esfuerzo por demostrarles a sus captores españoles que él era importante. Tal vez los capos de la GPU le hayan visto unas condiciones extraordinarias. En ese caso es muy conveniente que hoy esté con nosotros".

10

CABEZA DE FAMILIA

——Sentémonos a hablar —le dijo Sarah a Brigitte en un tono de angustiada solemnidad.

Brigitte, por la expresión de Sarah, adivinó exactamente lo que su nuera, o exnuera, quería plantearle.

—Hablemos. Seguramente quieres tratar el asunto de Rafael.

Era eso. Automáticamente, ambas se dirigieron a una pequeña salita en la que las conversaciones íntimas parecían ser aún más discretas. Brigitte se sentó en el pequeño sofá de dos plazas, exactamente bajo el retrato al óleo de su hijo Bob, realizado por un buen pintor francés que sólo firmaba "Caranche". Sarah ocupó el butacón de la izquierda.

—Sí, quiero hablarte de Rafael —le dijo Sarah.

—Calculo que han reanudado vuestras relaciones, ¿eso es lo que quieres contarme?

Sarah se sintió aliviada. El hecho de que Brigitte abordara el tema facilitaba la conversación.

—Sí, las hemos reanudado. Pero no se trata solamente de eso.

—¿No te parece que ha pasado poco tiempo desde la muerte de Bob?

Más que reproche, había tristeza en sus palabras.

—¿Poco tiempo, Brigitte? Han pasado varios años. A Bob lo mataron los comunistas griegos en enero de 1945, un mes exacto antes del acuerdo de paz. Estamos en 1949.

—A mí me parece que fue ayer —le respondió Brigitte mirándola a los ojos con la misma expresión de melancolía.

—Pero no fue ayer. ¡Fue hace cuatro años!

Brigitte aceptó con un gesto lo que le decía Sarah.

—Es verdad. Supongo que es el egoísmo. Yo también fui viuda joven y me casé con el padrastro de Bob. Debería entenderte.

—Y yo ni siquiera soy tan joven. Ando en la cuarentena. Mis oportunidades de constituir una pareja disminuyen cada día que pasa.

—Cuando me casé con Jim Blauberg, el padrastro de Bob, creo que pensaba más en darle un padre a mi hijo que en otra cosa.

—Y a ti, según me has contado, te salió bien el matrimonio.

—Sí, me salió muy bien, tengo que admitírtelo. Tanto, que Bob quiso adoptar el apellido de su padrastro.

—La relación con Rafael es aún más prometedora. Recuerda, Brigitte, que fuimos pareja durante varios años. Luego la vida nos separó, o la Guerra Civil española, y durante diez años no supimos el uno del otro. No hay sorpresa en esta relación, no hay aventura.

—¿Lo amaste mucho esa primera vez?

Era una pregunta incómoda proviniendo de Brigitte. Sarah se quedó pensando.

—Lo admiraba en el plano intelectual. Al principio lo amé intensamente, como supongo que ocurre siempre. Luego se fue instalando la rutina. Al final, por la manera en que se produjo la separación, lo detesté. Lo culpaba de todo lo que me había ocurrido.

—¿Quisiste más a Bob de lo que quieres a Rafael?

Sarah movió la cabeza con el gesto de quien escucha una pregunta inoportuna.

—Brigitte, yo quise mucho a Bob. Seguramente lo quise de una manera diferente de la que quiero a Rafael, pero eso es inevitable. Cuando me enamoré de Bob yo era otra mujer. Tenía más experiencia, otra edad, me sentía desvalida. Eran unas circunstancias distintas, pero te aseguro que lo quise mucho. Tu hijo era un hombre extraordinario.

A Brigitte le gustó que elogiaran a Bob de esa manera. Lo necesitaba.

—Me decías que admirabas a Rafael. ¿Admirabas a Bob?

Sarah dudó seguir una conversación en la que su suegra —o exsuegra, ya que su esposo había muerto— hacía las preguntas de un marido celoso. Optó por responder dulce y francamente.

—Claro que admiraba a Bob, pero por otras razones: por su decencia, por su integridad, por su compromiso moral con los demás. Tu hijo era un caballero ideal.

—¿Y cuál es la diferencia entre los dos?

Sarah había meditado muchas veces sobre ese tema.

—Creo que Bob era un hombre en el que primaban los principios. Rafael es mucho más dúctil, más pragmático.

—¿Más acomodaticio?

—Puede ser. El pragmatismo también es eso.

—Jim, el padrastro de Bob, decía que el pragmatismo era otro nombre que se le daba a la falta de principios.

—Tal vez, pero Rafael no es un hombre malo.

Brigitte sonrió enigmáticamente.

—Quiero hacerte una pregunta, Sarah, ¿antes de que se separaran en España, cómo era Rafael con los niños?

La pregunta sorprendió a Sarah. Buscó en su memoria y trató de ser honrada en la respuesta.

—La verdad es que no parecían preocuparle. Prefería que no tuviéramos hijos y nunca le vi instintos paternales. No es que rechazara los niños o fuera desagradable con ellos, sino que le resultaban indiferentes. Por lo menos lo recuerdo entonces de esa manera.

—Y, si eso es así, ¿no te parecen excesivos los mimos a Laura? Sarah lo había notado, pero por el lado positivo.

—Me sorprendió la manera tan cariñosa en que trataba a Laura, pero supongo que eso es por tratar de ganársela a ella, a mí, e incluso a ti. ¿Qué puede haber de malo en que le regale juguetes y trate de conquistarla?

—No hay nada malo, pero no me gusta la falta de autenticidad. O quiere a los niños o no los quiere, pero esforzarse para despertar el afecto de Laura o de nosotras me parece una manipulación indecente.

—Brigitte, esas son palabras muy fuertes. Antes estabas celosa porque yo amo a una persona que no es tu hijo. Ahora estás celosa porque Laura ame a una persona que no es su padre. Lo que estás planteando es muy enfermizo. Creo que debes desterrar esos sentimientos.

Brigitte comenzó a llorar conmovida. Sarah pensó que ese momento de debilidad era el indicado para darle la noticia que Brigitte seguramente temía. Hizo una pausa un tanto melodramática y se lo dijo:

—Le he pedido a Rafael que se mude con nosotras. Que venga a vivir a esta casa.

Brigitte, secándose las lágrimas, hizo un gesto de aceptación, como el de quien se rinde a un enemigo poderoso e inevitable.

—Sabía que eso ocurriría —le dijo.

—Voy a contárselo a Laura, pero antes, Brigitte, quiero yo preguntarte algo: ¿qué crees realmente de Rafael? ¿Hay algo que te preocupe?

Brigitte primero miró al cuadro de Bob y luego a Sarah. Tardó unos segundos en responder.

—Me es muy difícil juzgarlo. Si emito un juicio positivo, me parece que traiciono la memoria de mi hijo, y si es negativo, temo ser muy subjetiva y herirte. Reconozco que es un hombre apuesto, educado y amable, muy atractivo para casi todas las mujeres, pero hay algo en su personalidad que no me gusta.

—Algo ¿cómo qué? —preguntó Sarah más intrigada que molesta.

—No lo sé. No puedo definirlo, pero quiero pedirte algo muy especial: si te casas con Rafael, me gustaría que Laura conservara el apellido de Bob. Yo sé que actué de manera diferente con mi hijo cuando me volví a casar, pero no quisiera que Laura olvidara a su padre.

Son los celos, pensó Sarah, pero no le dijo nada. Se aproximó al sofá y besó a Brigitte en la mejilla con un claro cariño filial y trató de calmarla:

—Por supuesto, Brigitte. Laura mantendrá el apellido y el recuerdo de su padre. Entre todos nos encargaremos de eso. A Rafael no le pasa por la cabeza reemplazar a Bob en el cariño de Laura.

***

Sarah habló con Laura y le explicó que Rafael viviría con ellos. Lo hizo frente a Brigitte y a la hora de la cena, pero previamente dio un rodeo sobre la importancia de que en todas las familias hubiera un papá, una mamá, los abuelos y los hijos. La niña mostró cierta alegría.

—¿Rafael será mi papá? —le preguntó Laura a su madre.

Sarah miró a Brigitte antes de responderle.

—Rafael no es tu papá, Laura. Tu papá era Bob. Pero Rafael te querrá como si fuera tu papá.

Brigitte intervino para decirle que ella misma se había quedado viuda muy joven, se casó nuevamente, y a su hijo lo había criado otro hombre, Jim Blauberg, que quiso mucho a Bob.

—¿Tú y Rafael se van a casar? —inquirió la niña.

Sarah optó por responderle con otra pregunta.

—Tal vez más adelante. ¿Te gustaría que nos casáramos?

Laura contestó de inmediato.

—Sí, me gustaría. Yo sé que son novios y los novios se casan. Una de mis amiguitas fue damita de honor de su mamá cuando se casó por segunda vez. El papá había muerto en la guerra.

Sarah volvió a dirigir la vista a Brigitte antes de contestarle.

—¿Y cómo sabes que somos novios?

Laura rio antes de responder.

—Porque he visto cómo se besaban —dijo la niña con picardía.

Brigitte intervino:

—Laura, tu mamá y Rafael se quieren, y eso está bien. Por eso se besan. La gente cuando se quiere, suele besarse.

Laura se dirigió a la madre.

—Mi papá, ¿también te besaba? —le preguntó.

—Claro, Laura. Tu papá era muy cariñoso. Tú eras muy pequeñita, pero también te besaba a ti.

—¿Cuándo va a venir Rafael a vivir con nosotras?

—Esta noche. En un par de horas. Me pidió que antes hablara contigo. Hoy dormirá aquí y mañana traerá su ropa. Me dijo que quería que tú lo supieras y estuvieras de acuerdo.

Laura se sintió importante. Brigitte se lo notó en la expresión.

—Quiero que venga. ¿Va a dormir en tu cuarto? —preguntó la niña.

—Sí —respondió Brigitte con una expresión comprensiva—. Va a dormir con tu mamá, que es lo que hacen las personas que se quieren.

Sarah la miró con gratitud por haberle dado ella esa respuesta.

—Yo también quiero darle un beso antes de dormirme —dijo Laura—. Le pediré que me lea un cuento.

Brigitte pensó que, a pesar de todo, parecía evidente que Laura quería tener un padre en la casa, como casi todas las chicas.

***

Una vez en la habitación, acostados en el lecho, Sarah adoptó un tono bajo de complicidad para dirigirse a Rafael:

—Todo salió bien, Rafael. Brigitte, finalmente, te dio la bienvenida y la niña parece muy contenta.

—Es lógico que Brigitte se sienta incómoda. Para ella yo estoy usurpando el lugar de su hijo. Tendré que ganármela poco a poco. Con Laura será más fácil. Me da la impresión de que la niña me quiere. La niña es una maravilla.

—Pudo no ser tan sencillo con Laura. Ésta era una casa de mujeres y de pronto viene un intruso a quebrar la armonía. Afortunadamente, no fue así. Creo que el caballito de madera, las canciones, el zoológico, las visitas al parque y los cuentos que le haces tuvieron su efecto.

—Es una niña muy sensible. Por eso funcionó todo.

—¿Y cómo te sientes tú en la casa? De eso no hemos hablado.

Rafael Mallo la miró un rato antes de responderle:

—Recuerda que yo viví aquí antes, en esta misma casa. Para mí, más que una etapa nueva de mi vida, ésta es la continuación de una etapa anterior. A veces siento una especie de *déjà vu*, como si algunos de los episodios que estoy viviendo contigo y con la niña los hubiera vivido antes. Debe ser que todo me resulta demasiado familiar.

—Te acostumbrarás muy rápidamente, tan pronto te organices. Por cierto, ¿cómo es tu rutina? Hace muchos años que no vivimos juntos.

—En la cárcel me acostumbré a levantarme muy temprano. Primero trataba de escribir poemas, pero el maldito ejercicio de redactar mi biografía, una y otra vez, día tras día, por órdenes del comisario Casteleiro, creo que me arrebató el placer de escribir. Me ha sucedido lo mismo que a ti: ya no deseo escribir. No sé si en el futuro recuperaré esa pasión.

—¿Y el ajedrez? ¿Aún lo juegas?

—Por lo menos una vez a la semana me voy a jugar ajedrez. En la cárcel mataba el tiempo jugando ajedrez. Primero dibujé un tablero sobre la funda de una almohada e hice unas piezas de cartón. Eso me relaja y me gusta.

—Es un juego aburridísimo. No sé cómo te gusta.

—A las mujeres no suele gustarles. Quizás porque es muy silencioso. No lo sé. Ustedes disfrutan la conversación. Los hombres, el silencio. En el club en el que suelo jugar hay gente interesante. Vienen de diversos países. Es como si ser ajedrecista constituyera una tribu diferente. Forman parte de una patria distinta.

—¿Crees que hay rasgos psicológicos diferentes en los jugadores?

—Por supuesto. Los ajedrecistas aprendemos a encajar las frustraciones, a vivir con la derrota. Tenemos que controlar nuestras emociones, saber concentrarnos, prever situaciones, poseer memoria fotográfica. Aunque no es como el póker, es importante que el contrario no adivine nuestras intenciones ni intuya nuestros cálculos. Si el contrario piensa que no puede ganar, necesita saber si tú coincides con su juicio para rendirse. Tienes que transmitir seguridad en ti mismo y una indefinible capacidad de intimidación.

—¿Son supersticiosos los ajedrecistas?

—Algunos sí. El ruso Alekhine llevaba su gato, Chess, a los torneos. Se hizo bordar un gato negro en el suéter. Pero la verdad es que, cuando derrotó a Capablanca, no llevaba ningún gato. Para los cubanos eso fue una terrible sorpresa.

Sarah sonrió con la anécdota del gato de Alekhine.

—Hoy la niña me preguntó en qué tú trabajabas y le dije que eras periodista. Le agregaré que eres ajedrecista.

Ahora fue Rafael quien rio.

—No le mientas. Apenas soy un aficionado aventajado. En cierta forma, es verdad que soy periodista. Hago informes y análisis, pero solo para unas pocas personas.

—¿Estás contento con tu trabajo?

Rafael se quedó pensando antes de responder.

—No me disgusta, pero todo me parece muy extraño. Hace unos meses estaba en Montjuich temiendo todos los días que me fusilaran, y ahora estoy en París, en un apartamento de lujo, ganando un sueldo considerable. Siento que me he vendido.

—No digas tonterías. No te has vendido. Recibes un sueldo justo por un trabajo profesional que puede hacer muy poca gente en el mundo. No me has respondido lo que te pregunté: ¿estás contento trabajando para la inteligencia de Estados Unidos?

—¿Tenía otra opción? Te estoy muy agradecido a ti y a los americanos por haberme salvado, pero nunca me pasó por la cabeza ser un colaborador de Washington. Toda la vida me consideré una persona de izquierda. Estados Unidos es un país que también ha cometido muchos atropellos. Le arrebató a México la mitad de su territorio. En todo el Caribe ha intervenido como le ha dado la gana. En Cuba ha hecho lo que ha querido. Estados Unidos controla la Isla totalmente. Esta CIA con la que colaboramos en algún momento comenzará a cometer crímenes. Es inevitable en estos servicios de inteligencia.

—Yo también tengo mis dudas, Rafael, pero mi desengaño con el comunismo es total. Estados Unidos no es perfecto, pero ¿hay otro país que se oponga al comunismo? Sin Estados Unidos, los nazis hubieran ganado la guerra. Si no fuera por ellos, se perdería la próxima contra la URSS. Hay que hacer algo para frenar a Moscú.

Rafael prendió un cigarrillo.

—Tienes razón —le dijo—. Debe ser que me siento extraño porque, antes de caer preso, yo tenía las ideas muy claras. Me sentía un poeta de izquierda, identificado con el comunismo…

—Con el trotskismo —lo interrumpió Sarah.

Rafael sonrió, como quien hace una concesión.

—Da igual: con el trotskismo. Al fin y al cabo es una variante del comunismo. Tal vez si Trotsky llega a derrotar a Stalin en su lucha por el poder, hubiera actuado de la misma manera.

—No lo creo. No hubiera sido tan sanguinario. No hubiera liquidado a los estalinistas en purgas semejantes a las que Stalin ha llevado a cabo.

—Eso no lo sabemos. Trotsky era mucho más inteligente que Stalin, y tenía mejor formación intelectual, pero cuando tuvo que matar no le tembló el pulso.

—¿Cuándo tuvo que matar? —Sarah lo retó con la pregunta.

—En la ciudad de Kronstadt. ¿Se te ha olvidado ese episodio? Trotsky, como responsable del Ejército Rojo ordenó el aniquilamiento de miles de personas. Las mataron en combate y después de rendirse.

Sarah conocía muy bien el incidente.

—Eso ocurrió en 1921, Rafael. La revolución era muy débil y los marineros se habían rebelado. Había huelgas en todas partes y Rusia sufría una terrible hambruna. La única forma de asegurar el poder era ésa.

—No te lo discuto, Sarah. Sólo quería recordarte que Trotsky no era ningún santo. Si en Kronstadt fusilaban a los prisioneros acusándolos de anarquistas y socialdemócratas, ¿por qué no pensar que Trotsky hubieran hecho lo mismo con los estalinistas? Recuerda que la Revolución de Octubre abolió la pena de muerte, pero Trotsky la reimplantó.

Sarah asintió con la cabeza y se encogió de hombros.

—Bueno, me da igual. Tal vez tienes razón. Pero ahora lo que me importa es que estás aquí conmigo y hemos reanudado nuestra vida de pareja. ¿Qué se te ocurre que podemos hacer esta noche en tu nuevo-viejo hogar?

Esta pregunta la hizo con una maliciosa entonación mientras le acariciaba la cara provocativamente.

—Se me ocurre que tengo unas inmensas ganas de follarte —le respondió Rafael en el mismo tono cargado de erotismo y mirándola a los ojos intensamente.

—Y yo también, amor mío. Pero no hagamos ruido. Todo se oye en esta casa.

MÉXICO, MELLA, TINA

¿Por qué Rafael Mallo había viajado a México en una misión secreta encomendada por la GPU? A Larry Wagner le intrigaba y se dispuso a averiguarlo. Abrió el cuadernillo 70 por la página marcada y continuó la lectura:

En 1928 el propio Menzhinski me llamó a su despacho. En México estaba exiliado el cubano Julio Antonio Mella y había creado un problema dentro del Partido Comunista Mexicano. Dada mi amistad con mi compatriota, con quien acababa de conversar ampliamente en Moscú, porque había concurrido al IV Congreso de la Internacional Sindical (organizado por Andrés Nin, señor comisario, con quien Mella hizo buenas migas), tal vez podría mediar en el asunto y contribuir a zanjar las diferencias.

También estaba en México, casualmente, Vittorio Vidali, quien procedía de Nueva York, donde había ejecutado una extraordinaria campaña a favor de sus compatriotas italianos Sacco y Vanzetti, orquestada por Willi

Münzenberg en medio planeta, especialmente en Estados Unidos, y muy concretamente en Hollywood, campaña a la que supuestamente se habían vinculado escritores de la talla de Upton Sinclair y John Dos Passos o artistas como James Cagney. Afortunadamente para la causa, el resultado de la movilización fue espectacular: los compañeros Sacco y Vanzetti se convirtieron en los mártires inocentes de una justa causa y demostraron con su sacrificio la naturaleza malvada del sistema norteamericano.

El problema surgido en México era, en cierta forma, una prolongación del conflicto entre estalinistas y trotskistas, o, por lo menos, así lo percibían en el Kremlin. Stalin y Bujarin deseaban enfocar la lucha más como colaboración entre clases que como enfrentamiento —por lo menos en esa fase de la batalla a favor del socialismo—, pero los radicales guiados por Trotsky pretendían lo contrario. Nin y Mella, frente a mi discreta opinión, se apuntaron al bando opuesto al criterio de la Internacional Comunista y merecieron fuertes críticas. El argentino Victorio Codovilla, un comunista ortodoxo, tal vez por celos, dada la atractiva personalidad de Mella, pidió la expulsión de ambos y se armó una gran discusión en la plenaria del Congreso de la Internacional Comunista.

Este desencuentro se reflejaba en México en un choque entre la Confederación Regional Obrera Mexicana, conocida como CROM, respaldada por el Partido Comunista, y la Confederación Sindical Unitaria de México, creada por disidentes como Mella y el pintor Diego Rivera. Crisis que explicaba que Mella hubiera sido expulsado del Partido Comunista Mexicano en septiembre de 1928. (Mi misión en ese país, señor comisario, era apaciguar las aguas, hacer que Mella entendiera las razones de la Comintern y tratar de ayudarlo en su lucha contra la tiranía en Cuba del general Gerardo Machado).

En realidad, no pude lograr ese objetivo. Fue una gran frustración. En la noche del 10 de enero de 1929 mi compatriota Julio Antonio Mella, sorpresivamente, fue asesinado de dos balazos calibre 38 en plena calle, por un esbirro del dictador cubano llamado José Magriñat, o por alguien contratado por él. Junto a Mella estaba su amante de entonces, la italiana Tina Modotti, una leal camarada comunista que era, al mismo tiempo, una bella actriz y excelente fotógrafa. La muerte de Mella significaba una pérdida tremenda para la causa del comunismo en Cuba. (Recuerdo, señor comisario, que, cuando ese hecho lamentable sucedió, yo cenaba con Vittorio Vidali en el Paseo de la Reforma, dato que tuve que revelarle a la policía, pues en algún momento las autoridades mexicanas pensaron que el asesino podía ser Vidali).

Larry Wagner escribió al margen un comentario contradictorio: "Los informes que he leído sobre Vittorio Vidali muestran una persona totalmente diferente de la descrita por Rafael Mallo. Nos llegó un juicio muy crítico hecho por la propia Tina Modotti poco antes de morir. Le declaró a una de nuestras fuentes que Vidali realmente era un asesino y una de las peores personas que había conocido. ¿Sería Tina Modotti una mujer despechada cuyo juicio no debe tomarse en cuenta o conocía a Vidali mucho mejor que Rafael Mallo? Creo que nunca lo sabremos".

12

LA GUERRA DE WASHINGTON LLEGA A PARÍS

La reunión fue en la oficina de Larry Wagner. Éste convocó a Sarah y a Rafael para que escucharan el informe oral y la evaluación que les traía Carmel Offie sobre la batalla ideológica contra los soviéticos.

—Carmel Offie, a quien les voy a presentar dentro de un rato tan pronto llegue, es el asistente clave de Frank Wisner, el jefe radicado en Washington. Les advierto que es un personaje muy singular. No se sorprendan por sus amaneramientos. Es un tipo extraordinariamente inteligente y competente, pero es un homosexual de carroza.

—¿Y eso qué importancia tiene en Washington? —preguntó Rafael intrigado.

—Depende —dijo Larry—. Si estás en un puesto importante y tienes acceso a información secreta, es relevante. Te pueden chantajear. O los enemigos dicen que te pueden chantajear. Cualquier detalle íntimo puede ser utilizado como arma: un adulterio, una perversión sexual, el alcoholismo. Es el imperio del chisme. Utilizan esos datos en las guerras burocráticas.

—Y, en ese caso, ¿por qué le permiten a Offie trabajar en estos asuntos tan delicados? —ahora era Sarah la que preguntaba.

—Él le ha admitido su homosexualidad a sus jefes, aunque no es de dominio público. Se supone que, al aceptarlo, ya está a prueba de cualquier extorsión. Además, todo el mundo concuerda en que tiene una notable capacidad analítica y una enorme destreza para tratar a los superiores y serles útil. El problema radica en que nuestra burocracia utiliza estos aspectos de la vida íntima para librar sus batallas. Es repugnante, pero es así.

—¿Quién las utiliza? —la pregunta de Rafael, y el tono que usó, fueron tajantes.

Larry lo miró unos segundos antes de responderle.

—Edgar Hoover, por ejemplo, el director del FBI. Tiene una obsesión mezquina con los secretos de la entrepierna de todo el que brilla y vale en Washington. Busca y utiliza la información vilmente en contra de sus enemigos o de quienes quiere destruir. Hoover odia a Carmel Offie y a quien fuera su jefe, William Bullitt.

—¿El escritor que fue embajador en Moscú? —preguntó Rafael con un interés genuino en la respuesta.

—Exacto. Es el escritor. Offie trabajó con Bullitt. Fue su secretario, su asistente en las cosas personales más delicadas. Edgar Hoover sospechaba que Bullitt seguía siendo el simpatizante de los comunistas que fue en su juventud. Para Hoover, una vez que has sido comunista, lo serás siempre. Cree que es una enfermedad incurable.

Esto último lo dijo haciendo girar su dedo índice sobre la sien derecha, como quien dudaba de la cordura de Hoover.

—Es al revés —afirmó Sarah—. Sólo los excomunistas entienden el peligro de los soviéticos y la miseria de esa doctrina.

—Yo leí hace unos años un libro interesantísimo que escribieron juntos Sigmund Freud y Bullitt. Bullitt es un buen escritor. Era sobre la influencia de la religión en el carácter del presidente Wilson. Según esta obra, el fanatismo de Wilson lo impulsó a tratar de crear la Liga de las Naciones tras la Primera Guerra Mundial —afirmó Rafael.

—Bullitt estuvo con Wilson en esa etapa. Luego rompieron. Él era muy joven —aclaró Larry—. Pero las sospechas de Hoover no proceden de ese libro, sino del hecho de que Bullitt se casó con la exmujer de John Reed, el autor de *Diez días que estremecieron al mundo*. Reed fue un propagandista de la revolución bolchevique, y ella simpatizaba con sus ideas.

Rafael negó la importancia de Reed y de su libro.

—El librito es muy frágil. Casi una tontería. Fue Willi Münzenberg quien lo convirtió en un éxito —dijo con toda la certeza del mundo, y luego aportó un escabroso detalle sobre la mujer de John Reed—. Creo que acabó ligada con un escultor británico. La relación con Bullitt debe haber sido posterior.

Larry Wagner ignoró el comentario y continuó contando los pormenores de las oscuras intrigas de Washington.

—El Departamento de Estado sí es una guerra permanente en la que todo vale. Hasta que nombraron a George Marshall como Secretario de Estado, la batalla entre Cordell Hull y Sumner Welles, su subsecretario, era sucia y constante. Según Hull, Roosevelt debía despedir a Welles porque éste era homosexual y había tratado de seducir a unos jóvenes en un tren. No recuerdo muy bien la historia.

—No me extraña —agregó Rafael con una sonrisa malévola—. Los cubanos sabemos que Sumner Welles era maricón. En Cuba circulaban todas esas historias. Lo mandaron a arreglar un problema político y creó media docena de conflictos. Al final, todo el mundo lo detestaba.

—Sin embargo, Bullitt, que apoyó a Carmel Offie, pese a su homosexualidad, acusó de eso mismo a Sumner Welles. Sólo que el presidente Roosevelt respaldaba a Sumner Welles. Estaba harto de Hull y de su sectarismo. Creo que también le molestaba su antisemitismo. Tal vez Roosevelt empezó a odiar a Bullitt por colocarse en el bando de Cordell Hull. El presidente llegó a pensar que Bullitt fue quien le tendió la trampa a Sumner Welles pagándoles a unos jóvenes para que provocaran a Welles. Algo muy improbable.

—¿Offie tiene amigos en Washington? De lo contrario, está liquidado —dijo Rafael moviendo el dedo índice por el cuello como si fuera un cuchillo.

—Tiene algunos, además de Bullitt. Hay un joven congresista por Massachusetts, muy divertido, llamado John F. Kennedy, que lo aprecia mucho. Lo conoció en París, precisamente cuando Offie estaba destacado aquí. Kennedy se burlaba de él cariñosamente y lo llamaba La Belle Offie. El padre de John es un millonario demócrata muy influyente que fue embajador en Londres.

—Bueno, eso servirá para protegerlo, ¿no? —afirmó Rafael, como inquiriendo otros detalles.

—Hasta cierto punto. En 1946, en las mismas elecciones que Kennedy fue electo congresista, en el Estado de Wisconsin los republicanos eligieron senador a otro héroe de la guerra, Joe McCarthy, que puede crearle a Offie y a todos nosotros muchos problemas. Curiosamente, Kennedy y McCarthy son buenos amigos, aunque son miembros de partidos opuestos. Creo que los une el anticomunismo.

—¿Por qué el tal Joe McCarthy se pudiera ensañar con Carmel Offie? —preguntó Sarah extrañada.

—Porque está bajo la influencia de Hoover y tiene una extraordinaria habilidad como demagogo. Detesta a los homosexuales tanto como a los comunistas. McCarthy todavía no ha sacado las uñas, pero está recabando información para hacerlo. También, porque muchos congresistas y senadores odian al Departamento de Estado. Creen que está lleno de comunistas y de maricones.

—¡Así que Joe McCarthy! —exclamó Rafael—. ¿Qué más se sabe de este tipo?

Larry buscó en su memoria.

—Creo que fue juez, se enroló en el cuerpo de la Infantería de Marina, peleó en la Segunda Guerra, es elocuente y, según sus enemigos, un alcohólico inveterado. Dará que hablar.

Llamaron a la puerta.

—Ha llegado Carmel Offie —exclamó Larry Wagner.

Carmel Offie era como lo describió Larry: cortés, blando, extremadamente afeminado y con una sonrisa contagiosa. Tuvo palabras amables para las tres personas que lo esperaban. Ah, la famosa Sarah. Encantado. En las fotos usted se veía bonita, pero lo es aún más en persona. Hay que felicitarla por el trabajo que hace. Proponer a Rafael Mallo para unirse al grupo ha sido muy útil. Todos habíamos oído hablar de Willi Münzenberg, pero no sabíamos cómo operaba realmente. Encantado, señor Mallo, el estupendo Alfil. Gran adquisición para nosotros. También es muy buen mozo. Larry, ¿escoges a tus colaboradores por la apariencia? Rafael, he leído sus informes sobre los congresos de la paz de Breslau y de Nueva York. Me gustaron. Breves, al grano y sustanciales. Es una pena que gentes como Arthur Miller y Norman Mailer, tan talentosos, se hayan dejado embaucar. Espero la próxima jugada de los soviéticos para leer su informe. Será aquí mismo, en París, en abril. Me encantaría, Rafael, que agregara una adenda sobre obras y autores que debían difundirse. Larry, no hay duda de que tienes un gran equipo. Enhorabuena.

Casi sin darles tiempo a sus anfitriones, Carmel Offie, confiando sólo en su memoria y en su capacidad de improvisación, comenzó su informe. Hablaba buscando atentamente la mirada de sus interlocutores y moviendo las manos con elegancia.

—Voy a empezar por la parte burocrática. Pueden interrumpirme cuando lo deseen. Prefiero el formato de las preguntas y respuestas. No voy a darles nada por escrito y todo lo que conversemos es *off-the-record*. Como saben, ya contamos con un presupuesto asignado por el Congreso y con una sede. Por ahora operaremos desde la misma oficina que tenía la OSS en el Departamento de Estado, pero eventualmente construiremos nuestro edificio propio.

—¿Tenemos enemigos en la Administración? —preguntó Larry anticipando la respuesta.

—Por supuesto. Afortunadamente, el presidente Truman nos respalda totalmente, pero en Washington todas las instituciones están asediadas por el enemigo. El almirante Roscoe H. Hillenkoetter fue una buena selección. Tiene mucho prestigio. Constituye una especie de escudo protector, pero limitado.

—¿Y quiénes son los enemigos? —fue Rafael Mallo quien hizo la pregunta.

—Algunos son muy poderosos. Edgar Hoover es el más peligroso. Cree que entramos en un territorio que él puede defender mejor. Pero como nos asocian con el Departamento de Estado, heredamos sus adversarios, y créanme que son numerosos. En el Congreso y el Senado hay alguna gente que piensa que estamos penetrados por los soviéticos y culpan al Departamento de Estado.

—¿Tienen alguna base para eso? —preguntó Sarah con un gesto que denotaba escepticismo.

—Me temo que sí —afirmó Offie—. El año pasado el periodista Whittaker Chambers de la revista *Time,* excomunista y exagente soviético en labores de información y espionaje, acusó ante el Congreso a Alger Hiss, un alto funcionario del Departamento de Estado, y al economista Harry Dexter White, del Departamento del Tesoro, de ser agentes de la NKVD. Pero no sólo a ellos dos. Mencionó a otras veinte personas, incluido un hermano de Alger Hiss que también trabaja en el Departamento de Estado.

—¿Es creíble la acusación de Chambers? —inquirió preocupado Rafael Mallo.

Carmel Offie meditó la respuesta con el gesto de quien no quiere ser injusto.

—A mi juicio, sí, pero tomará cierto tiempo probarlo. Mientras tanto, la defensa de Hiss ha sido implacable. Si Chambers tiene razón, hay que reescribir la historia porque Hiss estuvo junto a Roosevelt en la Conferencia de Yalta. Eso quiere decir que los rusos jugaron con las cartas marcadas. Conocían de antemano las posiciones de Estados Unidos y hasta dónde estábamos dispuestos a llegar en el tema de la posguerra tras la ya segura derrota de los alemanes.

—¿Por qué dijo que la defensa de Hiss fue implacable? Lo lógico es que se defienda como pueda —dijo Sarah.

Carmel Offie arrugó el entrecejo, como solía hacer cuando se movía en un terreno delicado que le molestaba íntimamente.

—Porque no se han limitado a defender a Hiss. La defensa se ha cebado en desbaratar la imagen de Chambers para restarle crédito a sus alegaciones. Lo han acusado de ser un tipo pervertido, un homosexual o bisexual, algo que para la clase política, aunque muchos participan de esas preferencias, es sinónimo casi de locura. Es triste, porque se trata de un hombre casado y con hijos. Están intentando destrozarlo.

Larry intervino a riesgo de ser descortés con la sexualidad del visitante:

—Que sea casado y con hijos no elimina las dudas sobre su sexualidad. Los siquiatras clasifican la homosexualidad como una enfermedad mental grave. A veces hasta lo tratan con electrochoques. No me extraña que los abogados de Hiss recurran a ese flanco para atacar su testimonio. Los canadienses están experimentando con algo increíble: les enseñan escenas de relaciones homosexuales a los sospechosos de estas perversiones —así les llaman— y les miden la abertura de la pupila. Después de cierta medida, que no sé cuál es, lo toman por una respuesta automática que demuestra las tendencias de la persona. Es el equivalente del detector de mentiras.

—Un detector de maricones —dijo Rafael en un tono divertido, francamente insensible.

—Pero lo más grave no son esos pecadillos —dijo Offie—. Lo grave es que los militares sospechan que los soviéticos están a punto de detonar la primera bomba nuclear. Creen que han tenido acceso a nuestros secretos atómicos.

Rafael Mallo se apresuró a agregar otros datos:

—No sé si los rusos necesitan robar los secreto de los americanos. Los científicos soviéticos están planteando la potencialidad de la energía atómica desde los años treinta. Yo oí hablar de eso cuando viví en Moscú. No me sorprende que posean o estén a punto de tener la bomba.

—Seguramente comprendían la parte teórica de la fisión nuclear, pero el problema es convertir la teoría en una bomba que realmente funcione. El asunto no es que la hayan desarrollado, sino que nos la hayan robado. Yo sí creo que pueden haberla robado —alegó Larry.

Carmel Offie asintió con la cabeza.

—Todo eso contribuye a crear una mentalidad de sospecha en Washington. La actitud que prevalece es la de "ganamos la guerra hace sólo cuatro años, pero ha sido inútil porque ahora tenemos que enfrentarnos a un peligro mayor que el de los nazis". Mucha de nuestra gente cree que nos han tomado el pelo.

—¿Y qué sucederá si los comunistas ganan la guerra civil en China? —preguntó Sarah.

Offie esbozó una sonrisa melancólica que casi hizo innecesarias sus palabras:

—Mao ya ha ganado esa guerra. Es cuestión de semanas, ni siquiera de meses. Chiang Kai-shek no tiene la menor oportunidad. Sus tropas están en desbandada. En estos días reconoceremos la victoria de los comunistas.

—¿Reconocerán al gobierno de Mao? —preguntó Rafel Mallo con una expresión de sorpresa.

—No creo. Sospecho que Truman seguirá aferrado al reconocimiento del Kuomintang de Chiang Kai-shek como único gobierno de China. Su gobierno está siendo acusado de ser muy benévolo con los comunistas, y no querrá darles la razón a sus críticos. Jugará con la idea de revertir la derrota eventualmente, pero todos sabemos que es muy difícil. Si los chinos comunistas entendieran nuestra política, comprenderían que a ellos les interesa que Truman persista en la fantasía de que el Kuomintang va a recuperar el poder algún día. Ésa es la garantía de que nosotros no vamos a hacer nada directamente contra ellos.

—¿Y qué opina el general MacArthur? Ésa es la voz más escuchada del momento —preguntó Sarah.

—El general Douglas MacArthur, desde su posición de gran interventor de Japón, le ha manifestado a Truman su preocupación de que una China comunista intente vengarse del Japón. Y la verdad es que a los chinos no les faltan ganas de vengarse de los japoneses. Hicieron horrores en el país. En todo caso, Truman sigue decidido a defender Japón, pero no está dispuesto a comprometer tropas americanas para evitar el triunfo de Mao. A los demócratas les perjudica mucho que los acusen de haber perdido China, pero más los perjudicaría si Truman ataca China. En Estados Unidos todavía no hemos pagado ni la décima parte de lo que costó la Segunda Guerra.

—¿Y no hay buenas noticias? —preguntó Larry Wagner con un gesto de cansancio.

—No demasiadas —contestó Offie con amargura—, aunque hay algunas. Creo que el establecimiento del Estado de Israel es una buena noticia para todos. A medio plazo será un aliado de Estados Unidos. Truman decidió apoyarlo y el Departamento de Estado consiguió algunos respaldos. Menos Cuba, que votó en contra, el bloque latinoamericano completo votó a favor o se abstuvo.

—¿Y por qué Cuba votó en contra? —preguntó Rafael sorprendido.

Carmel Offie movió la cabeza y apretó los labios como quien subraya su desconocimiento, pero no se abstuvo de opinar:

—No sé. Nuestra conjetura es que alguien le pagó a algún funcionario del anterior gobierno cubano, el de Ramón Grau, para que se opusiera. De lo contrario, no se explica.

—Curiosamente, ahí los soviéticos y los norteamericanos estuvieron de acuerdo —apostrofó Mallo.

—Sí, pero la creación del Estado de Israel, pese a la guerra desatada por los árabes, no deja de ser una buena noticia para Estados Unidos. Mi impresión es que Moscú leyó mal el sentimiento antibritánico de Ben Gurion y del ala más radical del nuevo gobierno. Stalin supuso que esa actitud volcaría a los israelíes hacia la URSS. No tuvo en cuenta que los judíos de origen polaco, que prevalecen en Israel, son más antirrusos que antiamericanos. Desde los pogromos de los cosacos hasta el pacto con Hitler para desguazar Polonia, para ellos Moscú siempre ha sido un elemento hostil, un enemigo.

—¿Y en América Latina? —preguntó Larry Wagner.

—También tuvimos un pequeño triunfo en Costa Rica. Uno de los nuestros, José Figueres, ganó la guerra civil contra la izquierda y los comunistas. La revuelta comenzó con un fraude electoral.

—¿Uno de "los nuestros"? —preguntó Mallo interesado.

—Sí. Es un ingeniero que estudió en Estados Unidos y está casado con una norteamericana. Es lo que en Europa llamarían un socialdemócrata. Lo ayudó el presidente guatemalteco Juan José Arévalo, otro líder de la misma cuerda política.

—Son países poco importantes —dijo Mallo chasqueando los dientes desdeñosamente—. ¿Conoce usted esa región? —preguntó con la actitud de un verdadero experto.

Carmel Offie lo miró divertido.

—Sí, estuve dos años destacado en Honduras. Hablo español y conozco ese mundillo. Lo que hizo Figueres es útil. A esa tendencia la llaman "izquierda democrática". Está enfrentada a los comunistas y es pronorteamericana. Han creado lo que llaman la Legión del Caribe para luchar contra las dictaduras. Quieren derrocar al dominicano Trujillo y al nicaragüense Somoza.

—Dictaduras de derecha pronorteamericanas —apostilló Mallo.

—Así es. En América Latina no hay otras que las de derecha. Es muy bueno que el anticomunismo sea también antidictatorial —le respondió Sarah.

—En esa línea están algunos de los líderes más interesantes de América Latina. El venezolano Rómulo Betancourt, el peruano Haya de la Torre. En Cuba hoy manda un abogado de esa cuerda, Carlos Prío, que está dispuesto a tratar de derribar las dictaduras de derecha —aseveró Offie.

—O sea, que en América Latina todo va a la perfección —dijo Mallo con un tono burlón, y luego siguió—. Rómulo y Haya de la Torre vienen del comunismo. A Haya lo conocí en Moscú. Me pareció un fantoche elocuente, aunque muy culto. Su teoría del espacio-tiempo histórico, según la cual ciertos pueblos con historias diferentes coinciden en el mismo tiempo y en el mismo espacio, es un plagio de algunos textos de Trotsky. Julio Antonio Mella escribió un ensayo en su contra. Se titula *¿Qué es el ARPA?* El movimiento de Haya se llama APRA. Haya le enmienda la plana a Marx y a Lenin. Es muy osado.

Carmel Offie pasó por alto la intención hostil de Mallo contra Rómulo Betancourt y Haya de la Torre y continuó con total seriedad.

—No todo en América Latina es favorable. Perón, en Argentina, es un fascista antiamericano. Trató de echarnos a perder la creación de la OEA. Ya ustedes vieron los desórdenes ocurridos en Bogotá tras el asesinato del líder Jorge Eliécer Gaitán. Potencialmente, es un continente al que hay que prestarle atención, pero no estoy seguro de que en Washington lo perciban así.

—¿Y España? —preguntó Sarah.

—La idea de Truman es tratar de provocar el colapso del franquismo. Tratamos de aislarlo. Por eso se le ha negado el acceso a la ONU. El presidente Truman no tiene buena opinión del general Franco. Lo ve como un colaborador de Hitler, pese a la neutralidad del país. Era una neutralidad pro eje. En eso discrepa de la opinión de los ingleses. Pero el temor es el mismo que existía cuando comenzó la Guerra Civil en 1936: si se produce un vacío de poder lo pueden ocupar los comunistas. Es la lógica de suma cero: lo que yo pierdo lo gana mi enemigo. Tal vez sea peligroso.

—Más bien es una visión simplista. No creo —dijo Mallo—, que los comunistas puedan heredar el poder si Franco lo pierde. Los comunistas en España son muy débiles. Tienen unas pocas guerrillas, los maquis, y tratan de reorganizar el partido, pero la Guardia Civil los liquidará a todos. La verdad es que hoy no hay alternativa al franquismo desde la oposición. Por lo que vi y aprendí en la cárcel, la mejor opción es acercarse a los exfranquistas, incluso a los exfalangistas. Ocurre como con nosotros, los excomunistas: el desengaño es un acicate para seguir luchando.

Carmel Offie se despidió aclarando que en el futuro habría otras visitas. Le reiteró a Mallo que esperaba con ansiedad sus informes sobre los congresos por la paz y los animó a seguir luchando. Sus últimas palabras fueron altisonantes, patrióticas. A Larry Wagner le sorprendió esa faceta de Offie. Por un momento temió que cantara el himno americano, pero fue una falsa alarma.

UNA VIDA ALEGRE EN PARÍS

A Larry Wagner le había sorprendido la advertencia de Rafael Mallo cuando le dijo: "En el cuadernillo con mi auto-biografía descubrirás que mi verdadera vocación es la vida bohemia y la literatura. No te asustes si encuentras un elemento de frivolidad. Eso quedó atrás".

En Moscú no tuvieron en cuenta el fracaso de mi gestión en México y entendieron que quisiera marcharme a París para dedicarme a lo que más amaba, la literatura y la vida bohemia. Había quedado en encontrarme nuevamente con Sarah en Francia, pues ella, contra mi consejo, se había divorciado de su marido. En una de sus cartas me decía, y lo recuerdo con claridad, que la estancia en Argentina, además de serle útil para aprender español y compenetrarse con la poesía de algunos escritores que le parecían extraordinarios, le había servido para comprender que yo era el hombre de su vida (pese a que apenas me conocía), y no tenía sentido continuar la farsa de un matrimonio fallido, impulso que para mí reflejaba otra cosa: su relación conmigo le había servido de acicate o coartada para terminar una unión totalmente agotada que la hacía profundamente infeliz.

Según sus cartas, llenas de vida y entusiasmo, descubrió a un joven llamado Jorge Luis Borges que acababa de publicar un excelente poemario titulado *Fervor de Buenos Aires*, habló mucho con él ("el mejor conversador que he conocido") y lo admiró, ella decía, "hasta plagiarlo". Pero tal vez la huella literaria más honda se la dejaron Leopoldo Lugones y un libro no muy reciente que deslumbró a Sarah: *Lunario sentimental*. (Una obra que era, ciertamente, valiosa, pero quizás un tanto alejada de la genuina vanguardia literaria). En realidad, Sarah se enamoró de Buenos Aires, de sus calles, de su música, de su gente. Me aseguraba que era la ciudad del futuro: dinámica y maravillosa, una combinación única de París y Madrid con toques de Londres, llena de italianos y españoles, donde algún día teníamos que radicarnos para siempre.

Pero la vida y nuestra decisión nos deparó París, lo que no estaba nada mal. Como ella había quedado rica tras su divorcio (sir William, que no había dejado de amarla, voluntaria y bondadosamente le otorgó el equivalente en libras esterlinas a un millón de dólares, una verdadera fortuna en esos años), por insistencia de Sarah, que creía que los escritores dejaban su espíritu en las casas donde habitaban, adquirimos un gran departamento en la Place des Vosges, donde vivieron Victor Hugo, Théophile Gautier y Alphonse Daudet, en un señorial edificio de ladrillos, rodeados por banqueros y abogados encumbrados, convencidos, ella y yo, de que el comunismo no estaba reñido con la buena vida. No muy lejos de la vivienda radicaba el club de ajedrez, al que acudía con cierta frecuencia para ejercitar las neuronas en el juego rey. (Ese año, por cierto, gané un campeonato de aficionados recurriendo a la más sencilla de las aperturas: la española Ruy López).

Pronto nuestra vivienda se convirtió en uno de los centros de reunión del movimiento surrealista y la mayor concentración de comunistas críticos de París. Nos visitaban con frecuencia André Breton, Benjamin Péret —poeta dotado de un gran sentido del humor, recién expulsado de Brasil por sus ideas políticas afines al trotskismo—, el canario Oscar Domínguez,

Ives Tanguy y Magritte (cada vez que escapaba del encapotado cielo de Bruselas). Dos cubanos, Juan Breá Landestoy —poeta y fiero militante político—, siempre acompañado de la atractiva y brillante Mary Low, su mujer (inglesa o australiana, nunca me quedó claro), poeta y latinista, dotada de una gran personalidad, y Wifredo Lam, chino mulato genial, cuya pintura a veces podía confundirse con la de Domínguez. Todos acudían intermitentemente a nuestras encendidas tertulias, a veces animadas por Sarah, quien, además de leer sus poemas, tocaba el piano y cantaba un amplio repertorio de canciones en varios idiomas (era graciosísimo, comisario, escucharla cantar el tango "Uno" convertido en "Una" en un muy aceptable español y entonación rioplatense).

Nuestra vida íntima (usted, señor comisario, me ha pedido que se la describa) discurría placenteramente y hacíamos el amor con frecuencia, dado que éramos jóvenes, saludables y teníamos una clara orientación hedonista. Sarah, además, había aprendido de la relación con su esposo (ya usted intuye cómo son de extraños los ingleses en la alcoba) ciertas fantasías sadomasoquistas, aunque indoloras, porque repudiaba la sangre y la violencia, en las que me inició. Le gustaba que la penetrara (con perdón) mientras ella permanecía atada a la cama, porque la indefensión, la desesperación de no poder actuar, decía, aumentaba el placer. A veces me pedía que yo fuera la parte pasiva de la pareja y entonces me ataba y yo, divertido, dejaba que ella tomara todas las iniciativas. (Debo decirle, comisario, que esos juegos sexuales, en efecto, aumentaban la intensidad de la libido. Sarah, parodiando al escritor Gracián, solía decir que "el sexo, moderadamente kinky —utilizaba invariablemente esa palabra inglesa— era dos veces sexo").

Nota al pie de Larry Wagner: "No puedo evitar cierto rechazo a la manera descarnada en que Rafael Mallo describe la sexualidad de Sarah, aunque no descarto que estuviera provocando a sus carceleros españoles. No obstante, es cierto que eran muy jóvenes y exploraban las relaciones sexuales, pero hay un elemento exhibicionista que no me gusta. Uno no habla de esa manera de la mujer que ama. Me irrita que se exprese de Sarah en esos términos".

EL NUEVO MÉXICO Y LOS VIEJOS FANTASMAS

R afael Mallo se hospedó en un hotel pequeño y elegante de la Colonia Juárez, un remanso de buen gusto europeo, con calles recoletas que se llamaban Hamburgo o Milán, en medio del bullicio monumental de la ciudad de México. Había llegado al país unos días antes del pomposamente llamado Congreso Continental Americano por la Paz, que se celebraría entre los días 5 y 10 de septiembre de 1949 como parte de la ofensiva propagandística soviética, organizado por el escultor y muralista Pablo O'Higgins, un artista plástico mexicoamericano, colaborador del *Daily Worker*, el periódico de los comunistas de Estados Unidos, reclutado por la GPU tras invitarlo a visitar Moscú a principios de los años treinta.

Rafael Mallo adelantó su viaje a México para cumplir con una natural curiosidad emocional. Veinte años antes, había viajado a ese país desde Moscú para hablar con Julio Antonio Mella y apaciguar una disputa surgida entre él y los comunistas mexicanos, quienes lo habían expulsado del partido, pero alguien le había quitado la vida al cubano antes de que él lograra calmar los ánimos. Aparentemente, ese alguien era un sicario contratado por el dictador cubano Gerardo Machado.

Rafael Mallo quería recorrer la calle donde asesinaron a Mella, visitar la casa de Trotsky y buscar a viejos amigos con los que había perdido contacto, como sucedía con el poeta surrealista francés Benjamin Péret, uno de los escritores más cercanos a Breton, a quien podría localizar de la mano del notable pintor y escritor peruano Felipe Cossío del Pomar, cuyas señas en el D.F. le había dado el embajador francés en París.

El México que le tocó ver en 1928, hacía más de dos décadas, todavía no se había repuesto de la violenta revolución iniciada en 1910. Aquel México bronco de fines de los años veinte, en el que los valores rurales de la valentía y el honor se expresaban a balazos y se cantaban en corridos, donde los asesinatos de las figuras clave parecían ser la forma natural del reemplazo político, había dado paso a un país ordenado, con vocación de modernidad, que cambiaba de presidente cada seis años, actitud que hasta se reflejaba en el contradictorio nombre del grupo político que gobernaba: Partido Revolucionario Institucional, combinación de palabras elegida por el presidente Ávila Camacho en 1946, que significaba, precisamente, el fin de la revolución, una vez que el orden se institucionalizaba.

En 1949 era presidente el abogado Miguel Alemán Valdés, exgobernador de Veracruz, primer civil que ocupaba ese puesto desde el inicio de la revolución. Un tecnócrata, como entonces se comenzaba a decir. Su padre, sí, había sido uno de los muchos generales de la guerra civil, pero no había muerto en combate ni asesinado, sino por su propia mano: se suicidó tras un grave conflicto con otros líderes revolucionarios.

Rafael Mallo recordó la manera en que Carmel Offie se había referido al costarricense Figueres, y pensó que esa definición le correspondía mejor a Alemán: era "uno de los nuestros", un hombre de los norteamericanos. Había recibido a Harry Truman con bombo y platillo, el primer presidente gringo que pisaba suelo mexicano, quien —como señaló una publicación de izquierda—, "le había rendido un fingido tributo a los niños-héroes de Chapultepec, muertos en combate peleando contra la invasión norteamericana a mediados del siglo XIX".

¿Cómo y por qué los mexicanos, tan antinorteamericanos, tan lejos de Dios y tan cerca de Estados Unidos, como había advertido, temeroso, el exdictador Porfirio Díaz, habían cambiado su actitud hacia el vecino? Rafael Mallo lo atribuía a la Segunda Guerra Mundial. Los había acercado tener un enemigo común. Cuando los submarinos alemanes, estúpidamente, hundieron el mercante mexicano *Potrero del Llano* el 13 de marzo de 1942, al entonces presidente Ávila Camacho no le quedó otro remedio que declararles la guerra al Eje y vincularse muy firmemente a Washington. En ese momento su secretario de Gobernación era Miguel Alemán, a quien se le atribuía la frase de que "era la hora de bajarse del caballo y subirse al automóvil", cambio de actitud vital que podía hacerse mucho más cómodamente de la mano de los gringos.

Esa alianza, claro, tenía su precio. Ya estaba en marcha la Guerra Fría y el presidente Miguel Alemán, más por sugerencia de Washington que por convicciones ideológicas, ilegalizó al partido comunista y le arrebató el control de los sindicatos, como en ese momento sucedía en Cuba, Chile y otros países de América. Todo ese cambio lo llevó a cabo sin abandonar una estrategia fieramente proteccionista dedicada a amparar la incipiente industria nacional para lograr sustituir las importaciones y conseguir el desarrollo del país.

Rafael Mallo sentía una extraña sensación de fracaso. ¿Habrían sido inútiles todos los desvelos juveniles, todos los riesgos corridos? La verdad era que el México que estaba contemplando —mucho más rico y ordenado que dos décadas antes, mejor, incluso que el de Lázaro Cárdenas—, no presentaba ningún síntoma de desear una revolución profunda, y ni siquiera rechazaba la alianza con Estados

Unidos. ¿Dónde estaban las masas "concientizadas"? ¿Hubo alguna vez, realmente, un pueblo revolucionario o todo fue una ilusión fundada en las visiones y fantasías ideológicas?

Mientras Mallo caminaba por la calle en que mataron a Julio Antonio Mella un 10 de enero de 1929, recordó con cierto pesar al joven atlético y locuaz a quien acompañó en la fundación del Partido Comunista de Cuba en 1925. Luego, tres años más tarde, coincidieron en Moscú, en el IV Congreso de la Internacional Sindical, la Profitern, organizado por Andrés Nin, secretario suplente de la institución, en medio de una atmósfera envenenada por el sordo enfrentamiento entre estalinistas y trotskistas. Por mucho que le recomendara prudencia a Mella, su impulsivo compatriota no ocultaba sus verdaderas simpatías, al extremo de que al regresar a México adoptó un tren blindado, a la manera trotskista, como símbolo de la publicación que entonces, y por muy poco tiempo, editara en el país.

¿Qué sería de la vida de Vittorio Vidali? Éste, a quien también había visto en Moscú en la misma época que coincidió con Mella, era un italiano valiente, fornido y pequeño, de brillantes ojos azules, aquejado de prognatismo, lo que confería a la expresión de su cara una ferocidad que, en verdad, respondía a su carácter. Vittorio, persona muy cercana a la poderosa Elena Stasova, la secretaria de Stalin para los asuntos internacionales, apasionado adversario de Mella en aquel congreso, era lo que entonces llamaban un "hombre de acción". Se había visto obligado a emigrar a Estados Unidos, a cuyo partido comunista se integró, formando parte de la sección italiana. Entonces utilizaba el sonoro alias de Enea Sormenti. Cuando los norteamericanos lo deportaron, viajó a Moscú, y de ahí regresó a México, vía Cuba, en donde, por recomendación de Rafael Mallo, se reunió con Fabio Grobart para discutir los pormenores de su trabajo revolucionario.

Vittorio Vidali, recordaba Mallo, sin duda era un tipo arriesgado y ameno, dispuesto a cualquier sacrificio por ver el triunfo del comunismo, quien presumía de su amistad con Bartolomeo

Vanzetti, el anarquista ajusticiado por los yanquis. Rafael Mallo lo había vuelto a ver en España, durante la Guerra Civil, pero ya no se llamaba Sormenti, sino Carlos Contreras, el temido comandante Carlos, ostensiblemente vinculado a los servicios rusos, directamente subordinados al general Orlov, ese militar soviético de incierto destino.

A quien no vería nunca más sería a la fascinante Tina Modotti. Tina, que supo apartarse cuando le dispararon a Mella, había muerto en 1942, en México, de un infarto —decían— dentro de un taxi. Aquella italiana pequeña, bella y seductora, buena fotógrafa, miembro del Socorro Rojo Internacional, en su extensa vida sentimental había sido amante de Mella y de Vidali, dato que Rafael Mallo conocía, pero sin saber a ciencia cierta si habían sido amores simultáneos o sucesivos, aunque no descartaba que ese vínculo doble hubiera desatado una aguda rivalidad entre los dos hombres.

La casa que había ocupado Trotsky en México, en el número 19 de la calle Viena en Coyoacán, se había convertido en una especie de santuario laico para peregrinos revolucionarios. Rafael Mallo se identificó como un antiguo trotskista miembro del POUM, y le franquearon el paso. Eso sí, durante todo el tiempo que duró la visita lo acompañó un hombre alto y flaco, quien al principio se mostró huraño, hasta que Mallo le obsequió diez dólares acompañando el gesto con una frase en la que lo exoneraba de cualquier interés bastardo: "Por si se le presenta algún contratiempo en esta labor vital de explicar lo que le pasó a nuestro líder de la IV Internacional".

El revolucionario flaco, transformado en cicerone, le contó a Rafael Mallo que en el año 36 el pintor Diego Rivera y su mujer Frida Kahlo, por iniciativa de un exiliado catalán llamado Bartolomeu Costa-Amic, portador de una carta de Andrés Nin, le habían pedido al presidente Lázaro Cárdenas que le otorgara asilo a León Trotsky, a su mujer, a sus hijos y nietos, dado que en Europa corrían peligro de morir a manos de los estalinistas. Esta sospecha se confirmaría un año más tarde, cuando los agentes de la NKVD asesinaron a León Sedov, hijo de Trotsky, en un hospital de París en donde le acababan de practicar una operación quirúrgica para extirparle el apéndice.

Cárdenas aceptó la petición de Diego Rivera y de su mujer, y durante un tiempo Trotsky y su familia —la esposa y un nieto— estuvieron protegidos por el pintor en su casa, pero pasado cierto tiempo debieron mudarse a una vivienda independiente. Cuando Mallo le preguntó al guía, quien se vanagloriaba de haber sido amigo y discípulo de Trotsky, por qué Diego Rivera les había pedido que se marcharan de su hogar, éste bajó la voz y subió las cejas, como quien va a comunicar un gran secreto, y le explicó que Frida Kahlo, fascinada con la personalidad del ruso, había mantenido relaciones íntimas con Trotsky, tal vez —agregó— como represalia porque previamente el pintor se había acostado con la hermana de Frida. Tras la confidencia, le aclaró que eran chismes de cama sin confirmación oficial que no debían divulgarse.

Una vez que Trotsky salió de la protección de Diego Rivera, la NKVD encontró que era la oportunidad perfecta para matarlo. Los soviéticos desplazaron entonces a México a varios agentes, entre ellos a un pistolero supuestamente belga que decía llamarse Jacques Mornard, aunque viajaba con un pasaporte canadiense falso a nombre de Frank Jacson. Éste en verdad era un catalán de nombre Ramón Mercader, adiestrado por la NKVD, hijo de una mujer hispanocubana llamada Caridad del Río, agente de Stalin y amante de Leónidas Eitingon, el hombre al que Stalin, personalmente, le había encargado que liquidara a Trotsky a cualquier precio. Todo esto se supo años después gracias a un libro escrito por el exiliado español Julián Gorkin, quien, junto a Costa-Amic, había identificado a Mercader como un estalinista duro a quien había conocido en Barcelona durante la Guerra Civil.

Un notable y exaltado pintor, David Alfaro Siqueiros, también estalinista convencido, fue quien organizó el primer atentado fallido. Los atacantes, casi todos veteranos de la Guerra Civil española, como el propio Siqueiros, dispararon más de 600 balas de ametralladoras y numerosas bombas de mano contra la habitación en la que se encontraban Trotsky, su mujer y su nieto, hasta que tuvieron la certeza de que el enemigo, o cualquier ser viviente que hubiera en la casa, habría muerto. Milagrosamente —contó el guía—, la familia consiguió salvarse lanzándose bajo la cama. Los atacantes luego fueron detenidos, pero la justicia no funcionó, o se vendió (el guía hizo una pícara seña con el pulgar y el índice al decir esta frase), y Siqueiros logró marcharse al extranjero.

Pocos meses más tarde vendría el intento definitivo. Lo llevó a cabo Ramón Mercader, un tipo alto y apuesto, mundano y políglota, repitió el guía. Utilizaba el alias de Jacques Mornard y decía ser belga. Había logrado ganarse la confianza de una asistente de Trotsky, Sylvia Ageloff, persona poco agraciada a la que enamoró, al extremo de que la ilusionada mujer pensaba en casarse con él, relación que le sirvió a Mercader para poder visitar a Trotsky y estar a solas con él, aun cuando el famoso exiliado ruso tenía razones para sospechar de cualquier extraño que se le acercaba.

En uno de esos encuentros, esa vez pactado con el objeto de que Trotsky evaluara unos textos políticos que Mornard había escrito, mientras el revolucionario ruso estaba de espaldas leyendo el breve ensayo, el asesino extrajo de la chaqueta un piolet que llevaba oculto y, con toda su fuerza, que era considerable, se lo clavó en el cráneo. Se suponía que el ruso muriera instantáneamente y Mercader pudiera salir de la casa —su madre lo esperaba en un auto a pocas calles—, pero Trotsky dio un grito tremendo de dolor, atinó a defenderse y le dio un feroz mordisco en la mano a Mercader, al tiempo que los guardaespaldas entraban en la biblioteca donde había ocurrido el atentado y detenían al atacante, cuya vida respetaron a petición del propio Trotsky, quien les indicó que era clave que lo interrogaran. En todo caso, agregó el guía con una expresión desolada, Trotsky murió al día siguiente del atentado.

Durante el juicio no se logró desentrañar la verdadera identidad de Mercader, ni tampoco establecer fehacientemente la culpabilidad de Stalin en el crimen, dado que el asesino, pese a las torturas a que fue sometido, y que continuó sufriendo casi diariamente durante varios meses tras ser condenado, siempre mantuvo la ficción de que había actuado por su cuenta y en legítima defensa, porque Trotsky se oponía a sus relaciones con Sylvia Ageloff y lo había atacado previamente. Finalmente Mornard-Mercader, o al revés, dijo el guía, fue sentenciado a veinte años de prisión que debía pasar en la cárcel de Lecumberri, un lugar especialmente siniestro. Poco después, Sylvia Ageloff se suicidó desesperada por haber sido el instrumento ciego en la muerte de Trotsky, totalmente engañada y desengañada por la actuación vil de Mercader, de quien, en realidad, se había enamorado.

La próxima visita de Rafael Mallo fue al grato apartamento del acaudalado retratista e historiador del arte peruano Felipe Cossío del Pomar, dualidad que le permitía tener grandes contactos entre los artistas plásticos y los escritores. Hombre ameno, magnífico pintor, de trato fácil y bolsillo generoso, había sido amigo en París de Picasso, de Juan Gris y de Julio González —tres grandes artistas españoles expatriados en Francia—, y también lo era de escritores surrealistas como Breton, Benjamin Péret y del propio Mallo.

Rafael, en efecto, había conocido a Cossío en París algunos años antes de que estallara la Guerra Civil en España, y llegaron a forjar cierta amistad, de manera que el peruano, un anfitrión legendario, le organizó gustosamente una cena para que saludara a viejos conocidos, ahora residentes en México, con los que había perdido contacto. Cossío había fundado en México una reputada escuela de arte internacional en un antiguo convento de San Miguel de Allende, en Guanajuato, un bello pueblo colonial a menos de trescientos kilómetros de la capital. A esa escuela había convocado a todos los grandes artistas mexicanos y, aunque ya no la dirigía, mantenía frecuentes contactos con ellos.

A Cossío, hombre rico y con don de gentes, como lo calificaban sus contemporáneos, no le fue difícil invitar a dos parejas que compartieron con Mallo viejas y terribles vivencias europeas. Una era la de Leonora Carrington exmujer de Max Ernst, acompañada de su nuevo marido, el inmigrante húngaro Chiqui Weisz, un tipo particularmente agradable; y la otra, la de Remedios Varo, compañera de Benjamin Péret desde que se conocieron en Cataluña durante la guerra civil española.

Como, de alguna forma, Rafael Mallo era la razón de ser de la reunión, éste comenzó por contar su accidentada biografía, pero maquillándola y sin dar los detalles de sus nuevas vinculaciones con Estados Unidos. En medio de la Guerra Civil española —dijo—, él y su mujer, Sarah Vandor, habían sido detenidos junto a Andrés Nin por agentes soviéticos vinculados al Partido Comunista. A Nin, presumiblemente, lo habían asesinado, aunque nunca se encontró el cadáver; él se había salvado y exiliado por la mediación de la embajada cubana en Madrid, alertada por un guardia al que sobornó, aunque luego los alemanes, tras la toma de Francia durante la Segunda Guerra, lo habían entregado a la policía política franquista. En España, fue condenado a muerte, pero no ejecutaron la sentencia, que esperaba en el castillo de Montjuich en Barcelona; varios años después de la detención, logró fugarse de la cárcel. Una vez en Francia, reencontró a Sarah, quien en la larga década de separación se había casado, enviudado y tenía una hija. Una vida, en suma, típica de los desastres de la guerra.

Después contó su historia Leonora Carrington. Recordó que a los veintipocos años, para horror de su pacata familia británica, había conocido en París a Max Ernst, quien entonces tenía 46, y este talentoso pintor surrealista alemán, con bien ganada fama de libertino, dado que compartía amores con Gala, la entonces mujer de Paul Eluard en el *ménage à trois* más comentado de Francia, la había seducido física, estética y emocionalmente, dándole un vuelco radical a su vida. De la mano de Ernst se había adentrado en el surrealismo y en una tumultuosa afectividad que llegó a su fin por el torbellino de la guerra, cuando Max —contó muy conmovida—, dado su origen alemán, había sido detenido por los franceses e internado en un campo de concentración, algo que volvió a repetirse tras la toma de Francia por los alemanes, quienes lo identificaban como un traidor antinazi.

Ella, por una serie de decisiones equivocadas, emocionalmente afectada, había terminado en una especie de incalificable manicomio en Santander, España, disfrazado de clínica psiquiátrica privada, donde le provocaron convulsiones epilépticas mediante inyecciones de cardiazol, para, supuestamente, curarla de las depresiones que le había provocado la detención de su compañero. Afortunadamente, pudo escapar de España y desde Lisboa partió a Nueva York con la ilusión de reencontrarse con Max.

No pudo. Es decir, volvió a verlo, pero el vínculo se había roto, como tantas cosas durante esa época nefasta. Max Ernst, finalmente, había conseguido huir del nazismo con la ayuda de la millonaria americana y gran coleccionista de arte Peggy Guggenheim, quien se casó con él para ampararlo con su ciudadanía norteamericana. Entonces Leonora afirmó con picardía que, "seguramente, tuvo que cumplir con sus deberes conyugales", y luego contó, con bastante gracia, que eso no le debió costar ningún trabajo porque estaba acostumbrado a cualquier "sacrificio" de naturaleza genital.

Benjamin Peret, en tono de humor, defendió a Peggy. Dijo que, sin duda, no fue un sacrificio por parte de Max —quien en el pasado ya había sido amante de la americana—, y aclaró que por el lecho de ese inquieto personaje femenino habían pasado numerosos artistas e intelectuales, pues su inmensa fortuna, su sexualidad sin ataduras, sus copiosas hormonas y, por qué no, su paradójico atractivo físico (la calificó de "fea muy llamativa, desbordante de sensualidad"), le habían concedido una maravillosa libertad emocional. Alguna vez, contó, había discutido en broma con Luis Buñuel la posibilidad de hacer una película titulada *Los ovarios de Peggy Guggenhein*, inspirada en *Las tetas de Tiresias* de Guillaume Apollinaire, un drama surrealista que acabó siendo un manifiesto feminista.

En ese punto, Remedios Varo le reprochó a Péret que juzgara a la ligera a Peggy, una mujer que comenzó a sufrir muy joven, dado que su padre se había ahogado en el hundimiento del *Titanic*, quien sólo había hecho lo que habitualmente suelen hacer los hombres poderosos, es decir, acostarse con quien les viene en gana. Enseguida agregó que ellos también le debían la vida a la americana, pues ésta, muy desinteresadamente, les había conseguido las visas y pagado los pasajes para que pudieran llegar a México y huir en barco desde Casablanca de los horrores y la persecución de la guerra europea. "Y afortunadamente —dijo dirigiéndose a Péret—, que nos salió mal tu plan de llegar a Casablanca por medio de un capitán que nos llevaría clandestinamente, porque más tarde supimos que el tipo era un asesino que mataba y robaba a sus pasajeros, cuyos cadáveres luego arrojaba al mar. Nos salvamos milagrosamente".

No faltaron, claro, las referencias a las lecturas y discusiones de la época. Las dos grades pintoras, amantes de la alquimia y de la cábala, también recurrían como fuente de inspiración al mundo esotérico de George Gurdjieff y de su discípulo Peter Ouspensky, descubridores y propagandistas de un método de introspección que potenciaba la personalidad individual y convertía a los simples mortales en gigantes del espíritu. Conocían, la teosofía, además, de la mano o de los escritos de la ucraniana Helena Blavatsky, y alababan la centenaria sabiduría de los sufistas. Conversación que le hizo ver nítidamente a Rafael Mallo que, intuitiva o deliberadamente, las dos grandes artistas, tras relatar la amarga experiencia europea, habían huido del debate político como de la peste. Estaban hastiadas del horror, se situaban a una distancia crítica de la realidad para no padecer sus consecuencias y se refugiaban en la pintura para protegerse.

Cossío, siempre en su papel de anfitrión cordial, culminó la cena con un brindis final en el que afirmó, a propósito de las palabras de Remedios Varo, que a todos les había tocado vivir una era muy difícil dominada por los estúpidos y los canallas, pero con algunos resultados positivos, como, por ejemplo, que dos extraordinarias pintoras como Leonora y Remedios hoy vivieran en México y enriquecieran el patrimonio latinoamericano con su arte. Rafael Mallo les dio las gracias, repartió abrazos de despedida y se internó en la noche mexicana.

Para Mallo, no obstante, el gran día fue el siguiente. El 4 de septiembre de 1949, víspera del gran Congreso por la Paz que secretamente montaban los soviéticos en la capital de México. Lleno de ansiedad, llamó a la habitación 193 del Gran Hotel de la avenida Insurgentes. A los pocos segundos le abrió la puerta una espléndida mujer, provocativamente vestida con una insinuante bata de seda blanca, indiscutiblemente elegida como preludio a un encuentro amoroso. Se besaron con una mezcla violenta de amor y desesperación. Antes de llegar a la cama, ambos se emocionaron hasta las lágrimas mientras se abrazaban estrechamente, como suele ocurrir en algunos intensos reencuentros largamente esperados.

CONVERSACIONES DE CAMA

Para Sarah, la etapa del postsexo solía ser intelectual y emocionalmente grata. Desnuda y distendida, junto a Rafael, bajo la sábana, como solía, trenzaba sus piernas con las de su pareja y disfrutaba de lo que llamaba "el momento de las confidencias". Ella llevaba la iniciativa de la conversación, acaso porque él siempre daba muestras de desear más el descanso que el diálogo.

—Larry pasó tu informe a Washington y es muy posible que vengan a discutirlo con nosotros la semana próxima. Están muy preocupados. El informe era excelente. No me extraña que convirtieran a Neruda en la estrella del Congreso. Por lo que cuentas, fue muy efectiva la declamación de "Que despierte el leñador", ese fragmento del *Canto general* dedicado a Lincoln y a los americanos buenos frente a los americanos malos.

—Allí vi a algunos cubanos. Muy cariñosos, como siempre, Nicolás Guillén y Juan Marinello. Hablamos mucho del atentado en el que algunos amigos de nuestra juventud asesinaron en Cuba a Sandalio Junco, el negro trotskista. Para ellos, fue una secuela de lo que le sucedió a Trotsky en México ordenado por Stalin. Sandalio también fue amigo de Nin. Me sorprendió que justificaran su muerte.

—El caso es que los amigos de Washington están horrorizados por los éxitos de Moscú en la conquista de los intelectuales iberoamericanos.

—Hacen bien en preocuparse. El aplauso que recibió la Pasionaria, que estaba por allá, fue estruendoso. La nombraron presidenta de honor del Congreso. La ofensiva de Moscú es muy exitosa. Los soviéticos están dedicando todo su tiempo y esfuerzo a esta batalla.

—Viajaste a México unos días antes del Congreso. ¿Qué hiciste?

Rafael se quedó pensando unos segundos antes de responder la curiosa pregunta.

—Recorrí lugares en los que había estado antes. La memoria es como la música. Disfrutas la canción o la melodía cuando las contrastas con los recuerdos que guardas en tu memoria. Quise pasar por el sitio en que mataron a Mella, por donde asesinaron a Trotsky. Fue un viaje medio necrofílico. También quise ver a unos viejos amigos. ¿Recuerdas a Benjamin Péret? Sigue igual, amable, talentoso. Tiene el aspecto insignificante de siempre, con su calva agresiva y su corta estatura, porque eso no se quita, pero es tu tipo muy grato. También vi a Remedios Varo, su mujer, y a Leonora Carrington, dos extraordinarias pintoras.

—¿Te afectó enfrentarte a esos fantasmas del pasado?

Rafael prendió un cigarrillo. Lo hacía cada vez que deseaba rumiar sus palabras.

—Sí. En el momento en que pasé por la esquina del asesinato de Mella, un rincón desangelado de la ciudad, me dominaba la curiosidad. Pero por la noche, cuando me quedé solo, me sentí muy triste. ¿Se debilitaría la imagen que tienes de mí si te cuento que lloré?

—¿Por qué? Al revés. Me gustan los hombres que pueden llorar. Odio a los hombres que esconden sus emociones. Me repugnan los machos de acero. ¿Por qué lloraste?

—No sé. Me preguntaba, una y otra vez, si nuestras vidas habían valido la pena. Yo tuve suerte y sobreviví, pero Mella, Andrés Nin, Sandalio Junco, incluso Trotsky, una presencia muy lejana, y tantas personas valiosas, han caído prematuramente en el camino. En un camino que ni siquiera sabemos a dónde conduce, porque tal vez no conduce a ningún sitio.

—Por supuesto que no conduce a ningún sitio. Eso lo sé hace mucho tiempo. Lo importante no es el destino, sino el trayecto. Dime, ¿qué pasó con Tina Modotti? Iba con Mella la noche en que lo asesinaron.

—Murió, aparentemente, del corazón. Sufrió uno de esos infartos súbitos que sólo ocurren en el cine, pero son raros en la vida real. Esto sucedió hace unos años. Todo es muy oscuro. Hay gente que afirma que la mataron, pero no aclaran quién, quiénes o por qué.

—¿Te hubiera gustado verla?

—Sí. Me parecía una mujer extraordinaria, fascinante.

—¿Y no viste a ninguna mujer fascinante, como tú les llamas?

La pregunta había sido formulada calculando exactamente la dosis de irritación e ironía para que no resultara hostil. Rafael no pudo precisar, en ese momento, si Sarah indagaba porque sabía que él había tenido un encuentro con otra mujer, o se trataba de una pregunta general, como el pescador que lanza una red en busca de alguna sorpresa. Optó por creer lo segundo.

—No. No vi a ninguna otra mujer fascinante. Tampoco a una que no lo fuera. Ya estoy retirado de esas lides. Contigo me basta y sobra. ¿Te sorprendió lo bien organizado que estaba el Congreso de México?

Sarah tomó nota, mentalmente, de dos datos: Rafael le había respondido a su inocente pregunta en un tono calmado, mirándola a la cara, pero inmediatamente le había hecho una pregunta ajena, como si quisiera alejarse del tema, treta que de alguna manera delataba una inesperada zona de culpabilidad en sus palabras, pero prefirió no seguir indagando.

—Sí, nos sorprendió a todos. ¿Y a ti no te preocupa que, en tu ausencia, yo tenga relaciones con algún hombre fascinante?

Rafael Mallo le buscó la mirada de Sarah antes de responderle.

—Por supuesto. Me dolería mucho. Estoy profundamente enamorado de ti. Cuando nos conocimos éramos muy jóvenes y jugábamos a las parejas abiertas. Hoy sabemos que eso no funciona.

—Es verdad, no funciona. Destruye las relaciones. A mi primer marido, Sir William Vandor, le gustaba. Fue un buen hombre, pero hoy pensaría que era un pervertido sexual. Entonces, cuando lo conocí, creía que éramos audaces y libres. Hoy creo que ser esclavo de esas pulsiones, como era William, era otra forma de servidumbre.

—¿Por qué era un pervertido? Me lo has insinuado muchas veces.

Ahora fue Sarah la que calló un rato antes de contestar.

—Le gustaba que otros hombres me vieran desnuda, incluso, que me hicieran el amor delante de él. Te cuento algo que nunca te dije: el día que te cité la primera vez, y que nos besamos y acariciamos en el antedespacho de su oficina, mientras William revisaba unos papeles. Él sabía exactamente lo que estaba ocurriendo entre nosotros. Incluso, me pidió que lo hiciera de esa manera. Posteriormente, él me pidió que le relatara todo los detalles del encuentro cuando tú y yo nos acostamos en casa en nuestro propio lecho matrimonial. Él, mientras me hacía el amor, me pedía que le contara cómo había sido la experiencia contigo. Lo excitaba que hubiese ocurrido en su cama y que yo se lo contara.

Rafael respiró hondo.

—Alguna gente, hombres y mujeres, se estimulan con estas fantasías. ¿Sabes que Salvador Dalí la padece? A él le encanta que Gala, su mujer, se acueste con hombres o con mujeres, sola o en su presencia. No se trata de que lo tolera, sino de que lo disfruta. Pero dime, ¿cómo te sentías tú ante esa práctica de tu marido?

Sarah sintió que se ruborizaba. Siempre le sorprendía la curiosidad de Rafael por los detalles escabrosos.

—Al principio, me gustaba. La idea de acostarme con un hombre en presencia de mi marido y estimularlo, me excitaba. Luego comencé a rechazarlo. Mientras lo hacía, me gustaba. Pero luego me arrepentía. Creo que eso sucede con todas las transgresiones.

—¿Lo hiciste muchas veces?

—Varias. A veces él mismo me procuraba muchachos muy jóvenes, adolescentes. A veces eran hombres grotescos. Curiosamente, creo que se excitaba más cuando el amante al que me entregaba era un tipo que sabía que no me agradaba físicamente. Había un componente extraño de humillación. Le gustaba humillarme de esa manera, mientras él también se humillaba. Darme a otro, como si fuera su posesión, le producía un extraño placer.

—Y tú, ¿podías disfrutar con esos tipos que no te gustaban?

Sarah bajó aún más el tono de su voz para responder, como si estuviera avergonzada.

—Sí. Tenía unos largos y prolongados orgasmos, pero luego, como te dije, me sentía sucia. ¿Por qué? Precisamente, porque había gozado con alguien que me parecía detestable. Creo que la transgresión, antes de realizarla, me estimulaba, pero después me asqueaba.

—¿Participaba William de esos actos sexuales? ¿Se acostaba también con tus amantes ocasionales?

Sarah notó que había un componente claramente morboso en las preguntas de Rafael. Por un momento pensó que también lo excitaban esas secretas confidencias, pero no se lo dijo.

—No. William no era homosexual y le tenía un enorme temor a las enfermedades venéreas. No le gustaba que los hombres lo tocaran, ni él tocar a otros hombres. Era un *voyeur*.

Rafael, inesperadamente, volvió al ejemplo de Dalí:

—A Dalí le pasaba algo parecido, pero con un agravante: sentía una gran repulsión ante los genitales femeninos. Creo que el mérito de Gala fue quitarle ese temor. Es muy significativo que cuando Dalí hace uno de los retratos de Gala, la pinta exhibiendo un seno. Era como decir: aquí está mi mujer para que todos la disfruten.

—William, en cambio, sentía un gran placer ante los genitales femeninos. ¿Por qué encontraba placer en que otras personas me vieran desnuda o se acostaran conmigo? Nunca lo tuve claro.

—Por lo mismo que tú también lo disfrutabas. Porque era una transgresión y eso aumentaba la libido. Para él era también una expresión sutil del sadomasoquismo. Es tomar a un tercero y usarlo para el placer de la pareja. Pero, además, es sacrificar la urgencia de exclusividad sexual que tenemos todos, lo que resulta doloroso. En lugar de dolor físico, es dolor psicológico, emocional, pero es dolor también, y alguna gente goza en el sufrimiento.

—También, ocasionalmente, me pedía que me acostara con mujeres en su presencia. Lo hice un par de veces.

—¿Disfrutaste?

Sarah volvió a sonrojarse.

—Sí. Las mujeres conocemos muy bien nuestras zonas de placer. En una de esas dos oportunidades descubrí, además del placer físico, cierta ternura. Las mujeres se quieren de otro modo.

—¿Extrañas ese mundo oscuro de la sexualidad?

En la pregunta de Rafael había tanta curiosidad como morbo.

—Creo que no. Fueron cosas de la juventud. Supongo que la relación con Bob Blauberg corrigió todo eso. Con él comencé a disfrutar de una sexualidad sin transgresiones. Eso me libró de muchos fantasmas. Nuestras relaciones sexuales eran frecuentes e intensas, pero en ellas no cabían otras personas, ni siquiera como fantasías contadas en la cama.

—¿Y no extrañabas la tensión de las relaciones sexuales durante tu matrimonio con William? Ese tipo de vínculo es muy fuerte.

—No. Como tampoco las extrañé cuando me fui contigo. Tú y yo continuamos con ciertos juegos, como el de atarnos cuando hacíamos el amor, pero prescindiendo de terceros. La verdad es que no hacen falta. Sobran.

—¿Le contaste a Bob, como a veces le dices a Robert, todo lo que habías hecho durante tu matrimonio con sir William?

Sarah sonrió.

—No. ¿Para qué? No lo hubiera entendido. Uno de los errores de las parejas es contarlo todo. No tiene sentido. No contar un secreto no es una deslealtad, sino una medida de protección al vínculo y al otro. Me limité a decirle que William había sido un tipo perverso, pero sin darle detalles. Tampoco me los pidió. Respetaba mucho mi intimidad. Si algo sospechaba, nunca me lo dijo. Para una persona como él hubiera resultado chocante suponerme en otros brazos frente a mi primer marido, mientras éste se masturbaba. Hablarlo contigo es diferente. Tú conocías esa zona oscura de mi pasado.

—Seguramente. Las confesiones llevan a las visualizaciones. Ése es el problema de las palabras. Se convierten en imágenes mentales y éstas se transforman en obsesiones —aseguró Rafael con una expresión que denotaba preocupación.

—¿A ti te molestan esas confesiones? ¿Las has convertido en visualizaciones? —preguntó Sarah.

—No, porque yo entré en tu vida por esa puerta. Yo conocía esa faceta de tu personalidad y no la rechazaba.

—Bob no la conocía, pero no importa. La Sarah que él amó había dejado atrás esas experiencias. Hoy me avergüenzo de ellas.

—Y de mí, ¿te preguntaba?

Sarah volvió a sonreír.

—Ésa es una pregunta vanidosa, Rafael. Alguna vez hablamos de ti, pero me limité a contarle que, aunque eras, o eres todavía, un hombre guapo, lo que me atrajo de ti fue el aspecto intelectual y la personalidad.

—Y acaso, también —agregó Rafael—, yo era la mejor excusa para abandonar una relación que ya no te satisfacía. Creo que cuando llegué a tu vida, instintivamente, buscabas una coartada para cancelar tu relación con sir William.

Sarah asintió con la cabeza.

—Todo eso es verdad. Creo que estaba cansada de los oscuros juegos sexuales de William. Cuando tenía veinte años todo eso me parecía atractivo. Es la época de la exploración. Era una forma de descubrir mi propia intimidad. Pero me fui hastiando. Quería una pareja, un compañero, no un buscador de placeres.

—Tal vez la madurez sea eso —dijo Rafael.

—Es muy posible. La madurez es muchas cosas. Pero cambiemos el tema. Ahora necesito pedirte algo mucho más baladí.

—Dime. Por supuesto. Cuenta con ello.

—Necesito que recojas a la niña mañana por la tarde, después de la escuela. Yo debo ir de compras. A ella le gusta que sus amiguitas la vean con su "papá nuevo". Fue ella la que me preguntó por qué nunca la buscabas en el colegio. Creo que te está cogiendo mucho cariño.

—No hay problema. Voy a ir al club de ajedrez. Está cerca de su escuela. A eso de las cuatro la paso a recoger. A mí me encanta estar con ella. Siempre me pide que la lleve a comer helados y yo la complazco. Es una criatura maravillosa. Quien me preocupa es Brigitte. Me da la impresión de que no me quiere nada.

—Bueno, se irá acostumbrando. Es cuestión de tiempo. Todavía no ha terminado de guardar luto por su hijo. No ha podido superar la muerte de Bob.

—Ojalá lo logre algún día.

ESPAÑA ENLOQUECE

A Larry Wagner le interesaba saber cómo y por qué Rafael Mallo, que se declaraba bohemio y un tanto frívolo, había abandonado la regalada vida parisina de los años treinta para alistarse en la Guerra Civil española, arrastrando, de paso, a Sarah Vandor. El cuadernillo 70 traía las claves:

Aquella agradable vida de placeres, buena mesa y mejores vinos, tertulias, lecturas, exposiciones de arte y creación literaria (los dos publicamos varios poemarios ilustrados por pintores amigos), fue la más feliz y enriquecedora de nuestra existencia, pero comenzó a extinguirse al calor de los sucesos de España (que usted conoce mejor que yo, aunque no los interpretemos de la misma forma). En 1931 se declaró la República, y a partir de ese punto se inició un crescendo de violencia e irracionalidad que culminó en el estallido de la Guerra Civil en 1936, hecho que nos cambió la vida radicalmente, precipitándonos a tomar decisiones trascendentes. Si llevábamos media vida defendiendo una visión revolucionaria de la política, no podíamos quedarnos con los brazos cruzados. Era el momento de la acción. Era el momento en que muchos, en todo el mundo, decidieron actuar.

España, además, se convirtió en el campo de batalla entre el fascismo y el comunismo. Es verdad que en el bando republicano comparecían liberales y socialistas democráticos, y también es cierto que entre los nacionales de Franco (del generalísimo, como a usted le gusta llamarlo, señor comisario) había monárquicos y conservadores que no eran, necesariamente, fascistas, pero desde la perspectiva internacional, quienes acudieron a las trincheras fueron, básicamente, los comunistas, apoyados por la Unión Soviética, frente a los fascistas italianos, alemanes y portugueses respaldados por sus respectivos gobiernos —Mussolini, Hitler y Oliveira— más los miles de moros que Franco trajo de Marruecos.

Para cierto tipo de comunistas, como éramos nosotros, calificados de trotskistas, lo que no siempre era exacto, la situación resultaba muy peculiar. Nos considerábamos internacionalistas, pero Moscú y los comunistas locales partidarios de Stalin nos veían como enemigos (también percibían de esa manera a los anarquistas, comisario, como usted no ignora). Así las cosas, decidimos incorporarnos a las milicias internacionales creadas por el Partido Obrero de Unificación Marxista, el POUM, organización política comunista, muy crítica de Stalin, que tenía dos líderes fundamentales que habían unido fuerzas: Andrés Nin y Joaquín Maurín.

Nin era el hombre legendario que había vivido una década en Moscú, la cuna de la revolución, al frente de los sindicatos internacionales, y había traducido a los clásicos rusos. Maurín, que también había conocido a Lenin y entrevistado a Trotsky, maestro, periodista, a quien traté fugazmente en la URSS, era muy culto y amable, estaba dotado de una fuerte personalidad, tenía una gran cabeza teórica y era un magnífico organizador, pero, lamentablemente, fue detenido al comienzo de la guerra y no se conocía su paradero, aunque se presumía que lo habían asesinado los falangistas (lo que luego se desmintió, como usted sabe). Algunos de sus hombres de confianza, sin embargo, permanecían en la dirección del POUM: Julián Gorkin, Víctor Alba, Andrade, todos personajes con gran bagaje intelectual y un ejemplar espíritu de lucha, pese a ser extremadamente jóvenes por entonces.

En septiembre de 1936, Sarah y yo nos incorporamos a la División 29 del POUM, a la que luego se integraría el escritor inglés George Orwell, herido en el cuello durante una sangrienta batalla cerca de Huesca. Aunque no lo decíamos a las claras, ésa era la tímida versión antiestalinista de la Brigada Abraham Lincoln, pero con una diferencia: la Brigada Lincoln contaba con tres mil combatientes norteamericanos (muchos de ellos negros afiliados al Partido Comunista de Estados Unidos), mientras la nuestra apenas llegaba al centenar, aunque entre nuestra gente abundaban personas de enorme valor moral, intelectual y físico.

Pero había otra diferencia: Moscú le prestaba todo tipo de ayuda a las brigadas internacionales, porque las controlaba directamente, mientras a nosotros nos negaban la sal y el agua. Algunos de nuestros camaradas iban al frente con escopetas Winchester del oeste americano, y el POUM debía traer de Francia clandestinamente nuestro armamento para evitar que nos delataran los estalinistas. El Partido Comunista Español y el Partido Socialista Unido de Cataluña, el PSUC, que era la versión local del estalinismo, nos perseguían discretamente (hasta que nos aplastaron, señor comisario).

Como Sarah y yo dominábamos idiomas y éramos escritores, el POUM nos utilizó para las transmisiones radiales internacionales y para redactar boletines, aunque también participamos en uno que otro combate en el frente de Aragón, que era donde el POUM tenía más arraigo (quizás porque Maurín era oriundo de esa región). En todo caso, no éramos la única pareja de intelectuales que se había colocado bajo la autoridad del POUM. Nos dio mucha alegría reencontrar a mi compatriota cubano Juan Breá y a su mujer Mary Low. A Juan traté de interesarlo en el ajedrez y lo llevé alguna vez al club de Barcelona, situado en el Paseo de Gracia, pero no le gustaba demasiado. Aunque nunca fuimos amigos íntimos, eran unas maravillosas personas llenas del más sano desinterés e idealismo. También conocimos a los argentinos Hipólito y Mika Etchébarre (Hipólito murió en combate, Mika llegó a ser capitán con mando en el frente de guerra).

Lamentablemente, los enfrentamientos entre los anarquistas y el POUM, del mismo bando, y del otro los comunistas y el gobierno de Madrid, se fueron haciendo cada vez más inocultables. Con la perspectiva que da el tiempo pasado, hoy estoy convencido de que la raíz del problema era la misma que había visto en Rusia: el estalinismo, carente de principios, confiaba más en las actuaciones burocráticas y en hacer concesiones al enemigo, si en ello existía alguna ventaja coyuntural que condujera al fin de controlar el Estado, mientras los trotskistas, con una fe ciega en las masas, insistían en llevar a cabo la revolución cuanto antes. En mayo de 1937 estos conflictos estallaron en Barcelona, a propósito del control del edificio y las operaciones de la Telefónica, en manos de los anarquistas desde el principio de la contienda, generando un conato de pequeña guerra civil dentro de la gran guerra que nos envolvía a todos.

Los comunistas estalinistas aprovecharon el grave incidente, en el que no faltaron incendios, secuestros, desapariciones y centenares de asesinatos, para descabezar a los anarquistas y pedir la disolución de POUM y el ajusticiamiento de sus dirigentes. A Juan Breá, de noche, un auto trató de aplastarlo. Se salvó porque consiguió lanzarse contra una pared. Nunca supo cómo pudieron localizarlo los estalinistas, dado que él y Mary Low estaban casi clandestinos y yo era la única persona que sabía dónde vivían y conocía sus pasos. Poco después, un 16 de junio, detuvieron a Andrés Nin a punta de pistola en las Ramblas, y a Sarah y a mí en el pequeño apartamento que ocupábamos. Julián Gorkin también fue detenido y trasladado a Valencia (tal vez por eso no lo mataron). Fueron las milicias comunistas. Nos llevaron atados en dos autos diferentes (Nin en uno, Sarah y yo en el otro), escoltados por otros tres vehículos llenos de milicianos armados, nos colocaron unas capuchas en la cabeza y nos llevaron a toda prisa hacia Madrid, un trayecto que entonces, por los inconvenientes de la guerra, duraba, como mínimo, 22 horas, lo que nos obligó a detenernos unas tres o cuatro veces a orinar o tomar agua.

Los autos se detuvieron en un *chalet* de Alcalá de Henares, cerca de Madrid, cuna de Cervantes, que servía de centro de operaciones al alto mando soviético en España, dirigido por un general ruso que se hacía llamar Orlov. A los tres nos colocaron en habitaciones-celdas separadas y yo no supe más de Nin ni de Sarah. A mí me torturaron despiadadamente para que declarara que Nin era un agente de los alemanes o de Franco. Me decían que yo tenía que saberlo porque lo conocía desde Moscú. Me golpeaban con los puños en la cara y en el estómago mientras estaba amarrado a una silla. Me patearon los testículos. Me mantuvieron varios días sin dormir tirándome baldes de agua. Yo preguntaba por Sarah y me decían que la violarían y la matarían si no cooperaba. Me negué rotundamente a prestarme a esa farsa. Cuando llevaba varios días en esas circunstancias (perdí la noción del tiempo), providencialmente un guardia entabló relaciones levemente amistosas conmigo. Era un asturiano que se había criado en Cuba y tenía buenos recuerdos de la Isla. Me atreví a pedirle que le hiciera saber a la embajada cubana dónde me encontraba y le ofrecí recompensarlo generosamente si lo hacía. Le conté (lo que era cierto) que entre las propiedades que poseía en La Habana mi padre me había dejado una bella casa en el elegante reparto El Vedado (que el asturiano conocía muy bien) y estaba dispuesto a cedérsela, cuando terminara la guerra, si me ayudaba dándole ese sencillo mensaje a mis compatriotas diplomáticos situados en Madrid. Era una oferta mal sustentada, pero el asturiano pensó que nada tenía que perder con transmitir esa información. [termina cuaderno de Mallo]

Larry Wagner escribió al pie de página: "El relato es plausible hasta que cuenta la manera en que logra salir del encierro en Alcalá de Henares. Aunque no es imposible, es difícil creer que uno de los guardias elegidos por los soviéticos por su lealtad al partido comunista, se dejara sobornar por la promesa de que Mallo, un prisionero indefenso de incierto destino, le regalaría una casa en La Habana si alertaba a la embajada cubana de que uno de sus súbditos se encontraba detenido en una checa controlada por los agentes de Moscú. No digo que algo así no podía suceder, pero me parece muy improbable".

17

¿Y AHORA QUÉ HACEMOS?

C armel Offie citó la reunión en la suite que ocupaba en el hotel Crillon de la plaza de la Concordia. Amaba los ambientes clásicos y suntuosos. Tenía poco tiempo antes de regresar a Washington y quería disfrutar de su breve estancia en París. Su misión era explicar, preguntar, llegar a un consenso, y a su vuelta a Estados Unidos recomendar acciones concretas al centro de operaciones. Los invitados eran lo que él, muy dado a las conspiraciones, llamaba "la célula de París": Larry Wagner, Sarah Vandor y Rafael Mallo, acaso el más experimentado de los operadores políticos, al menos en el plano teórico.

Comenzó por destensar el encuentro blandiendo una botella de vino tinto:

—Los quesos están sobre la mesa. El munster es muy bueno. Créanme: les voy a dar una copa del mejor vino tinto que he tomado en muchos años. Es un Malbec producido en Mendoza, en

Argentina. Una maravilla que este hotel importa porque la cepa es francesa y la llevó a ese país un descendiente del arquitecto Louis-François Trouard, dueño del inmueble. Es una excepción. El único vino no francés que se vende en este establecimiento.

Los tres asintieron con frases amables y se sentaron en torno a la mesilla de centro.

—Me encanta este hotel —dijo Rafael Mallo para romper el hielo—. A las puertas de este edificio funcionaba la guillotina durante la Revolución francesa. Está cargado de historia.

—Qué ironía, llamarle plaza de la *Concordia* a este sitio —comentó Sarah pícaramente.

Offie efectuó el ademán de quien va a comenzar a trabajar en serio.

—¿Y ahora qué hacemos? —preguntó ritualmente—. Ya sabemos cuáles son las intenciones de los soviéticos. Tienen en marcha un plan muy eficaz para destruir cualquier apoyo moral a Estados Unidos y a la democracia. Lo vimos muy claramente en el Waldorf Astoria y luego repitieron el numerito en París y en la ciudad de México.

Sarah tomó la palabra.

—La reunión del Waldorf Astoria nos dejó horrorizados. El hecho de que la convocatoria estuviera firmada por Albert Einstein, Arthur Miller y Aaron Copland, el compositor moderno que más me gusta, me parece terrible.

—Son gente ingenua —dijo Rafael Mallo—. A mí me dio mucha pena encontrar a Thomas Mann, este gran narrador alemán adoptado por Estados Unidos. Mucho más predecible era encontrar a Lillian Hellman. Ella se negó a condenar los procesos de Moscú cuando John Dewey le pidió su firma en 1937.

—Vuelvo a la pregunta. ¿Qué debemos hacer? Hay que tomar algún curso de acción.

—Tal vez lo mismo que ellos —dijo Sarah—. Acaso se puede hacer un gran seminario en Harvard o en la Universidad de Columbia. Les podemos pedir ayuda a algunos profesores amigos.

Sidney Hook puede echarnos una mano. Estuvo muy activo en Nueva York denunciando el carácter estalinista de la reunión del Waldorf Astoria.

Carmel Offie negó con la cabeza antes de responder.

—Es difícil que nos ayuden. El gran mundo académico norteamericano está más cerca de las tesis soviéticas que de las nuestras. No son comunistas, sino tontos útiles, como los definía Lenin. A veces ni siquiera saben dónde se sitúan. Si personajes absolutamente respetables como Albert Einstein y Linus Pauling apoyan estos circos de los congresos por la paz, es muy poco lo que podemos hacer.

—Pero frente a quienes respaldan a los soviéticos, aunque sea sin saberlo, hay otras cabezas muy importantes que se les oponen. John Dewey y William Faulkner no son poca cosa —dijo Sarah.

—No se le puede dar o pedir esa responsabilidad a una universidad. Ustedes saben cómo funciona ese mundillo. A los cinco minutos hay veinte profesores que se oponen y trescientos estudiantes que protestan —opinó Offie.

Mallo decidió intervenir:

—Copiemos el modelo soviético. Inventemos un organismo *ad hoc*. Si no se puede delegar en las instituciones que ya existen, habrá que generar otra. Moscú creó los congresos por la paz y lanzó su ofensiva. Hagamos algo parecido.

Carmel Offie se quedó pensando unos instantes.

—En la URSS todo es más fácil porque nadie puede protestar. Sin embargo, eso es lo que propone un joven periodista vinculado a nosotros. Se llama Melvin Laski. Trabajó con Sidney Hook como jefe de redacción de *The New Leader*, la revista que Hook creó para defender las ideas democráticas desde una perspectiva anticomunista de izquierda. Incluso, Laski lo ha conversado con dos excomunistas alemanes, escritores y activistas, que piensan del mismo modo. Se trata de Franz Borkenau y Ruth Fisher.

Rafael Mallo volvió a hablar. Era una especie de diccionario biográfico de excomunistas, dotado de una asombrosa memoria, dato que solía sorprender a Larry Wagner.

—Borkenau no es exactamente alemán. Nació en Austria. Creo que es uno de los mayores expertos en la jerarquía soviética. Comenzó como comunista, pero primero evolucionó hacia un apasionado antiestalinismo, y luego hacia el anticomunismo. En cuanto a la otra, Fisher es su apellido de casada y Ruth es un nombre de guerra. En realidad se llamaba, de soltera, Elfriede Eisler y es la hermana rebelde de Gerhart Eisler, un alemán estalinista que no sé exactamente dónde está metido. Era un dogmático insufrible.

—Está en Estados Unidos, acusado de falsificar documentos —le dijo Offie en un tono aburrido—. Ruth, en efecto, también fue comunista, y quizás lo sea todavía, pero hoy es fieramente antiestalinista. Está peleada con su hermano, con el Partido y con Moscú. La he conocido y me parece una persona valiosa. Tiene el fuego y las ganas de vengarse de los desilusionados.

—Hagamos un gran congreso en París —opinó Sarah con un entusiasmo repentino.

Larry rechazó la idea de inmediato.

—Francia es un pésimo lugar. Los comunistas nos destrozarían. El partido más grande en ese país es el de los comunistas y la derecha es también antiamericana. De Gaulle tampoco nos quiere mucho. Un tipo como Sartre tiene suficiente peso como para hacernos un gran daño. No podríamos ni entrar al recinto sin la protección de la policía.

—Pero en Francia nosotros tenemos a Albert Camus, a Raymond Aron, a René Tavernier; son muchos —protestó Sarah.

Rafael Mallo sonrió y se hizo oír en un tono pesimista:

—No son suficientes. El anticomunismo siempre es una postura vergonzante. Willi Münzenberg se ocupó de acuñar esa imagen hace veinte años y eso no hay forma de cambiarlo. "Anticomunista" es una etiqueta negativa, mientras "antifascista" tiene una connotación positiva. Le gustaba pensar que ése fue uno de sus mayores triunfos.

—Eso lo sé, pero es algo que puede cambiar la prensa, la divulgación de ideas. Son primos hermanos —respondió Sarah.

—No es nada fácil. Willi afirmaba, y tenía razón, que los periodistas jóvenes eran nuestros mejores aliados porque la profesión sólo se podía vincular con la izquierda. A los periodistas les repugna coincidir con la derecha.

—No en Estados Unidos —interrumpió Offie—. Allí las fuerzas están más equilibradas.

—Puede ser, pero en el último viaje, hasta donde pude percibir, la gran prensa norteamericana también tiene esa inclinación. Me hizo mucha gracia leer en *The New York Times* que Mao no era otra cosa que un reformador agrario —dijo Mallo.

—¿Por qué decía Münzenberg que los jóvenes periodistas eran sus mejores aliados? —preguntó Sarah intrigada.

Rafael se dirigió a ella cuando comenzó a responderle, pero luego fue buscando metódicamente la mirada de todos.

—Según él, quien, como profesión, se inclina por el periodismo, tiene cierta vocación de reformador social. Münzenberg sostenía que no era verdad que existía una vocación por reflejar la realidad objetivamente. La tendencia natural de cualquier joven idealista era a tratar de cambiar la realidad. Decía que los periodistas solían ser revolucionarios sin cojones para lanzarse a las barricadas. El marxismo ofrecía un diagnóstico perfecto: existían la pobreza y la injusticia porque los capitalistas y los poderes imperiales sostenían esa manera abominable de entender las relaciones entre las personas. Había que destruir el capitalismo.

—No nos desviemos. Vuelvo a la pregunta inicial —terció Offie—. ¿Y ahora qué hacemos?

—Si no podemos actuar en Francia, hagámoslo en cualquier otro país en que podamos —propuso Larry Wagner.

—Antes de decidir el dónde hay que decidir el cómo —agregó Mallo—. Yo creo que sería útil revivir, sin decirlo, una institución de la que escuché hablar a Sidney Hook en Nueva York. Fue algo así como una asociación por la cultura que hace unos años John Dewey puso en circulación para oponerse al nazifascismo.

A Carmel Offie se le iluminó la mirada:

—Exacto. No hay que hablar de política, sino de cultura. Los soviéticos, aparentemente, no hablan de política, sino de paz. Dicen querer preservar la paz, pero a partir de ese discurso introducen el tema político.

—Podría llamarse Congreso por la Libertad de la Cultura —medió Sarah dibujando en el aire con su índice un gran letrero imaginario.

—Me gusta —reaccionó Offie—. Contiene tres palabras sagradas: congreso cultura y libertad. *Congreso* alude a deliberación, a discusión. *Cultura* es neutra, pero *libertad* es una palabra antisoviética. Ellos se han apoderado de la palabra democracia, y llaman a sus sociedades "repúblicas democráticas", aunque no son ni una cosa ni la otra, pero no se han atrevido con la palabra libertad.

Rafael Mallo explicó las razones:

—Lenin despreciaba la libertad. Le parecía una engañifa burguesa. Recuerden la pregunta que le hizo a Fernando de los Ríos cuando éste inquirió sobre la libertad en la URSS. Se le quedó mirando y le preguntó, con sorna: "¿Libertad para qué?".

—¿Quién es Fernando de los Ríos? —preguntó Larry Wagner con el fastidio y el riesgo de pasar por tonto.

—Un intelectual y político socialista. Un español muy respetable —se apresuró a aclararle Sarah.

—Bien, supongamos que ésos serán el nombre y el concepto: Congreso por la Libertad de la Cultura. ¿Dónde se reúne?

Larry Wagner tenía una idea y la expuso con determinación:

—Berlín es el lugar adecuado.

Offie asintió y agregó algo:

—Eso exactamente es lo que propuso Lasky y lo que defendió Ruth Fisher. ¿Por qué crees que Berlín es un sitio adecuado?

—Porque Berlín es una especie de isla de libertad en medio de un universo comunista. Los berlineses acaban de pasar por el bloqueo soviético, superado por el puente aéreo norteamericano, y debe ser la única ciudad en el mundo, incluido Estados Unidos, donde el antiyanquismo es muy escaso. Llegaron a temer que morirían de hambre y el bloqueo los ha dejado extenuados y sin esperanzas. En ningún otro lugar del planeta tendría tanto éxito nuestra respuesta a Moscú. Sería una forma de decirles a todos los hombres libres del mundo: estamos con ustedes.

Rafael Mallo asintió, pero continuó el ejercicio de anticipación.

—Bien, supongamos que es en Berlín. No deja de ser curioso que esa ciudad, todavía llena de escombros, donde de noche se percibe el fantasma de Hitler, sea el sitio escogido para defender la libertad, pero admitamos que ése será el lugar donde el circo monta su carpa. ¿Quiénes son los enanos, los forzudos, la mujer barbuda?

Offie le dio la razón con cierta aspereza:

—No me gusta el cinismo con que lo dices, pero creo que te entiendo. Berlín puede ser la mejor plaza para lanzar el Congreso por la Libertad de la Cultura, mas sólo tendrá eco si los personajes que lo dirigen son de primera. Los soviéticos han colocado muy alto el listón con sus congresos por la paz.

Rafael Mallo volvió a la carga.

—Yo propongo a Arthur Koestler. Fue el mejor discípulo de Münzenberg.

—No deja de ser una ironía que la respuesta a una operación típicamente *münzenberguiana* le responda quien fuera su alumno —apostilló Sarah.

—Pero no sólo debe ser él —agregó Offie—. Koestler es un excomunista enfrentado a Stalin. Es el mismo caso de Sidney Hook. También tenemos que contar con democristianos, con liberales, con los conservadores. Es imposible que los únicos demócratas sean los excomunistas.

—Los excomunistas no necesariamente son demócratas, pero sin duda son los más ardientes, los que tienen más ganas de dar la batalla —añadió Larry Wagner.

—Eso es lo que siempre he visto en los trotskistas. Viven llenos de furia —dijo Sarah y señaló sonriendo a Rafael Mallo.

—Aunque tal vez el anticomunismo frontal de Koestler no es la mejor estrategia —opinó Larry Wagner.

—¿Hay otro? —preguntó Offie con ironía.

—Claro que hay otro —respondió Mallo—. El italiano Ignazio Silone debe figurar en un lugar muy prominente. Si revisan la breve antología *The God that Failed,* que acaba de publicarse, encontrarán diversos matices. Ahí participan Koestler y Silone desde distintos ángulos. Hay otros en el libro: Louis Fischer, André Gide, Stephen Spender y Richard Wright. Pero los dos más políticos son Koestler y Silone. Fisher es demasiado teórico. Gide es un literato puro. Wright vive obsesionado con el tema negro, y no lo culpo. Spender tiene demasiadas contradicciones personales. Lo traté durante la Guerra Civil en España, como me sucedió con Koestler y con Fisher. A Spender lo destrozarían con el tema de la bisexualidad. A Moscú no le importa cuando se trata de alguien que les favorece. Mientras Gide era proestalinista era un gran escritor. Cuando dejó de apoyar a Stalin se convirtió en un maricón obsesionado por sus fantasmas personales. A Spender le sucedería lo mismo.

Sarah volvió sobre el tema de las diferencias entre Koestler y Silone.

—De acuerdo, Koestler y Silone son diferentes, pero eso también tiene que ver con el carácter de cada uno, más que con la ideología. Koestler es un tipo enérgico, aventurero. Silone es más calmado, más reflexivo.

—En realidad, hacen falta ambos —sentenció Larry—. Y hacen falta otros diez matices. Eso enriquece el debate. Además, sería nuestra forma de mostrar que la democracia no es unánime. Es diversa.

—Pero sería un error que personas como Koestler o Silone fueran la cara del Congreso. Hay que buscar el respaldo de figuras más allá de toda sospecha. Recuerden que el presidente Truman está bajo el ataque de la derecha republicana. Lo acusan de ser blando frente al comunismo.

—¿Y se puede contar con gente de gran peso intelectual? —preguntó Mallo.

—Claro —contestó Offie—. Con la ayuda de Dewey, que tiene un enorme prestigio, podemos convocar a Bertrand Rusell, a Benedetto Croce, a Karl Jaspers, a Jacques Maritain, a François Mauriac, a Raymond Aron, a Julian Huxley. Incluso al poeta africano Senghor, por sólo citar unos nombres.

—Ahí faltan yanquis —dijo Mallo como reprochando los límites de la lista—. Recuerden que el antiyanquismo está también teñido de admiración. Faltan gringos. Es un contrasentido, pero es así.

Offie hizo un gesto de afirmación antes de hablar.

—Con el apoyo de Dos Passos podemos interesar a William Faulkner, a Tennessee Williams. Ya Arthur Schlesinger forma parte del grupo. También Irving Kristol. No será difícil reclutar a unos cuantos norteamericanos prestigiosos.

Mallo volvió a la carga:

—También faltan actores. Hollywood es muy importante. Es la cara más conocida de Estados Unidos.

Larry Wagner intervino:

—Ahí ocurre algo parecido a lo que decías del periodismo. Actuar es una profesión de izquierda. Pero podríamos contar con el director Elia Kazan, un excomunista que odia a los comunistas, con Robert Montgomery, que preside el sindicato de actores, con Gary Cooper. Tal vez con el actor Ronald Reagan.

—Nada con qué equilibrar el peso de Charlie Chaplin —dijo Mallo con un matiz irónico—, aunque algo es algo. Pero eso es sólo parte de la tarea.

—¿Qué más falta? En principio, tenemos el nombre de la institución, el sitio, Berlín, y una lista potencial de participantes.

Mallo le respondió sin vacilaciones.

—Falta la plata. Un congreso de esa naturaleza cuesta mucho dinero.

—Eso es lo de menos. Mientras no dispongamos de un presupuesto enteramente nuestro, algo que sucederá en los próximos meses, tendremos acceso a fondos del Plan Marshall y del Departamento de Estado. Con cincuenta mil dólares sobrarán recursos.

—Ese dinero no nos sirve —sentenció Mallo.

—¿Por qué? —preguntó Larry.

—Porque los fondos vienen del gobierno norteamericano y todo el mundo juzgará el congreso como una mera acción propagandística y a los participantes como mercenarios al servicio de Washington.

Sarah intervino en un tono de fastidio:

—Lo de "todo el mundo" me parece una exageración. Mucha gente entenderá que no hay nada impropio en que Estados Unidos sufrague los gastos de una actividad en defensa de la democracia. Hace pocos años perdimos medio millón de hombres combatiendo a nazis y fascistas. ¿Por qué no invertir dinero en enfrentarnos a otros totalitarios con otros métodos que son, además, pacíficos?

Rafael Mallo la escuchó con un gesto impasible. Larry Wagner salió en su apoyo con un argumento lateral:

—¿Y los soviéticos? ¿No paga Moscú los congresos por la paz? Si pensamos que nuestra actividad quedaría invalidada por la fuente de financiamiento, deberíamos creer que lo mismo les sucede a las que impulsa el Kremlin.

Mallo defendió su visión.

—Debiera ocurrir de esa manera, pero no es así. Hay dos varas de medir. La izquierda no se desacredita por la subordinación a Moscú ni por recibir apoyo monetario. Está dentro de la lógica del internacionalismo revolucionario. No es una relación equivalente o simétrica. El marxismo nació como un movimiento solidario internacional.

—¡Eso es injusto! —exclamó Sarah.

Mallo sonrió mientras respondía:

—¿Y quién ha dicho que los juicios políticos son justos? La misma acción puede ser valorada como un hecho brutal y cobarde, o como una prueba de hidalguía y sacrificio. Cuando el otro se viene a nuestro campo, es un converso que vio la luz. Cuando el nuestro se pasa al otro bando es un traidor despreciable vendido por dinero. Repito, casi textualmente, una de las máximas de Willi Münzenberg: "Cuando la patria de los trabajadores paga por algo, es porque se trata de una causa superior en beneficio del bien común. Cuando la patria del capital y de los intereses espurios paga, es porque detrás de ese dinero se esconde alguna sucia intención malévola encaminada a explotar a los trabajadores". Esa dicotomía quedó fijada para siempre en la percepción popular de la sociedad.

Larry Wagner se dirigió a Rafael Mallo con una leve mezcla de sorna y hostilidad.

—Has citado a Münzenberg con un extraño tono de admiración. ¿Todavía lo admiras?

Rafael Mallo le respondió con desprecio:

—No digas estupideces. Admiro el genio publicitario de Münzenberg y cuando era joven compartía sus juicios políticos, pero hoy estoy en las antípodas de su pensamiento.

—Realmente, ¿dejaste de ser marxista? —había incredulidad en las palabras de Wagner.

Mallo le respondió con severidad.

—Una vez que has militado, nadie deja de ser marxista porque ahí existe una forma de interpretar la realidad, un método.

Sarah terció:

—El problema no es el marxismo. El problema es el estalinismo. Trotsky lo dijo mil veces.

Momentáneamente, los cuatro guardaron silencio. Offie retomó el hilo del tema que lo había llevado a París. Las discusiones teóricas le parecían una pérdida de tiempo

—Creo que Rafael tiene razón —dijo Carmel Offie palmeando su rodilla derecha, como quien se ha convencido de algo—. Hay que buscar una coartada para justificar las donaciones y los costos de operación.

—Celebro que te hayas convencido. Créeme que es así —afirmó Mallo.

—Es una cabronada —rezongó Larry Wagner—. La democracia americana, la nuestra, tiene derecho a defenderse de quienes quieren destruirla. Cuando paga el Departamento de Estado, el Plan Marshall o esa CIA que se acaba de crear, en realidad estamos pagando *we, the people*, por medio de los representantes que hemos elegido. ¿De qué coño sirve la historia de la democracia representativa si nuestros funcionarios, electos o designados, tienen que esconder sus decisiones como si estuvieran cometiendo un crimen?

—Sirve para poco —dijo Rafael Mallo con displicencia—. La política, como todos sabemos, es un juego de percepciones. Los comunistas son mucho más hábiles en ese terreno que sus enemigos.

Fue Offie el que pareció encontrar la solución:

—Tal vez el camino es que, secretamente, Washington les entregue el dinero a fundaciones y entidades privadas para que ellas lo repartan a quienes nosotros les indiquemos. Así parecerá pura filantropía ideológica o política.

—Ese es un buen camino —dijo Rafael Mallo agregando a sus palabras una expresión de coincidencia en la que compareció un mayor brillo en su mirada—. Aunque eventualmente se sabrá.

—En Washington no es posible guardar secretos —opinó Sarah—. Eso es algo que me decía siempre Bob, mi difunto marido. Todo acaba por saberse.

Carmel Offie hizo un gesto que indicaba que la reunión había llegado a su fin, pero se dirigió a Larry Wagner:

—Tal vez no haya otro camino. Veremos cuál es la reacción de Frank Wisner a todo esto. Antes de irme te dejaré un esquema con la estructura de apoyo privado que creo podemos articular. Cuida los datos. No es nada conveniente que eso caiga en poder del enemigo.

—Guardaré el informe en la caja fuerte. No habrá problemas.

18

REGRESO A FRANCIA

L arry Wagner se dispuso a leer las páginas finales del cuadernillo 70. Ahí estaba el final de la participación de Rafael Mallo en la Guerra Civil española y el episodio de su regreso a España, detenido por las fuerzas nazis tras la invasión a Francia. En realidad, en medio de aquellos horrores, había navegado con suerte. Por lo menos, estaba vivo:

A los pocos días, uno de los interrogadores (el que me golpeaba con más saña) llegó en un plan mucho más amable y me dijo que el Ministerio de Asuntos Exteriores, con el visto bueno del propio presidente Juan Negrín —ya había sido derrocado Largo Caballero—, les había pedido que me liberaran y me pusieran en la frontera francesa. De paso, me hizo una escalofriante revelación: al asturiano que confirmó mi estancia en aquel lugar le habían dado un tiro en la nuca por su traición. Lleno de ansiedad le pregunté por Sarah y me dijo, con total cinismo, que había sido trasladada a otra unidad, pero no sabía a cuál. Cuando inquirí sobre la suerte de Nin, me contaron la increíble historia de que había sido rescatado por un comando de la Gestapo, que hasta había dejado un maletín con las pruebas del doble juego del catalán escritas en alemán. O sea: una absurda patraña que nadie creería.

Al día siguiente, un diplomático cubano delgado, fumador y parlanchín, me recogió en un coche que llevaba la bandera de Cuba y me llevó hasta un paso fronterizo muy cercano al territorio francés. Me entregó documentación con la visa francesa, que él mismo había tramitado, me dio algún dinero y me deseó suerte. Nos dimos un abrazo y a la media hora yo estaba frente a la gendarmería francesa explicando mi situación.

En lugar de volver a París, decidí refugiarme en Marsella, lejos de la ruidosa vida que siempre había tenido en Francia. Quería reponerme, escribir (de esa época es mi poemario *Réquiem por España* y la noveleta *Traición*) y tratar de olvidar. Fue en Marsella donde supe del triunfo de los nacionales en abril del 1939, inevitable por la perfidia de los soviéticos y la indiferencia de la Europa democrática, y vi llegar a Francia a decenas de miles de refugiados españoles. Fracasé en todos los esfuerzos que hice por recuperar el contacto con Sarah y me preparé para afrontar la guerra europea que ya se oteaba en el ambiente. Ésta se desató en septiembre de 1939 y los alemanes no tardaron en invadir Francia.

A fines de 1940 me tocó vivir bajo el gobierno de Pétain en el llamado régimen de Vichy, en el sur del país, pero ahí me sorprendió una patrulla germano-francesa (hacían operaciones en conjunto), me detuvieron, pidieron información sobre mí, y a los pocos días me llevaron a la frontera española y me entregaron a las autoridades del gobierno de Franco. A partir de ese momento comenzó el calvario de los nuevos interrogatorios, Montjuich, y vivir con la espada de Damocles del ajusticiamiento sobre mi cabeza, dado que puedo ser fusilado en el amanecer que ustedes decidan, porque se han convertido en los dueños de mi vida, así que nada más tengo que contarles.

Sólo me resta, señor comisario, pedirle, otra vez, compasión. La vida nos coloca en circunstancias que dejan poco espacio al libre albedrío. Los hechos se nos imponen de una manera incontrolable.

Dado en Montjuich, bajo juramento, el 29 de noviembre de 1947, a los siete años, un mes y doce días de haber sido trasladado a España.
Rafael Mallo

Larry Wagner terminó la lectura del cuadernillo 70 y anotó una frase ambigua: "No sé qué pensar. Me da la impresión de que Rafael Mallo es una persona inteligente, comprometida, aunque manipuladora, que puede sernos muy útil. Pero, en esencia, no me gusta el personaje, aunque confío, sin embargo, en el instinto de Sarah Vandor. A fin de cuentas, creo que es una buena adquisición para el grupo".

19

LA MUERTE LLEGÓ INESPERADAMENTE

La sirvienta recibió el paquete de manos del cartero, firmó el volante, cerró la puerta, y respondió desganadamente la pregunta que le formuló la señora Sarah desde la mesa donde desayunaban.

—Es un paquete para el señor Rafael Mallo —dijo.

—¿Quién lo manda? —inquirió Sarah mecánicamente.

Nancy, la sirvienta —una argelina radicada en París desde el fin de la Segunda Guerra—, leyó el remitente con cierta dificultad.

—Es una casa editorial extranjera con un nombre español. Creo que dice Quinto Regimiento.

Laura salió corriendo, tomó el paquete e hizo un ademán de comenzar a abrirlo. Rafael Mallo le dio un terrible alarido:

—Laura, suelta ese paquete. Déjalo inmediatamente en el suelo. No lo tires. Colócalo suavemente en el suelo.

La niña lo miró sorprendida y asustada. Rafael nunca le había gritado.

—¿Por qué? —preguntó sin soltar el paquete y expresión de comenzar a llorar.

—Te he dicho que lo dejes en el suelo. Obedéceme. Te repito: no lo tires.

Rafael Mallo sudaba.

—¿Qué pasa? —preguntó Sarah totalmente en guardia, intuyendo lo que sucedía.

—Váyanse todas a las habitaciones de atrás. Ahora mismo. Usted también, Nancy. No salgan de allí hasta que les avise.

Mientras se retiraban, Rafael voceó una nueva instrucción:

—Sarah, llama a la policía desde el teléfono de la habitación. Pide que te conecten con los artificieros. Puede ser una bomba.

Sarah, Brigitte, Laura y Nancy —la sirvienta— obedecieron y apresuradamente se refugiaron en la habitación principal. Desde ahí, Sarah llamó a la policía. La palabra clave era *artificieros*. Nunca había visto a Rafael Mallo con esa actitud. Solía ser cuidadoso, pero no paranoico.

A los pocos minutos, que parecieron horas, llegó una unidad de cuatro hombres de la Sûreté Nacional, precedida por el sonido desagradable de una sirena. Iba en el grupo un hermoso pastor belga que no dejaba de mover la cola alegremente.

Los recibió Rafael Mallo en la puerta de la vivienda.

—He recibido un paquete. Tengo buenas razones para pensar que es una bomba.

El jefe del grupo, el inspector Ricard Moulins, lo miró con cierto escepticismo, propio del que recibe numerosas falsas alarmas, pero le hizo la pregunta clave:

—¿Tiene usted enemigos capaces de querer matarlo?

Rafael Mallo movió la cabeza afirmativamente, mientras le respondió:

—Sí. He estado preso en España.

—El franquismo no mata fuera de sus fronteras —dijo Moulins—. Son asesinos domésticos.

—Estuve vinculado a grupos trotskistas. Les temo a los estalinistas —Rafael Mallo agregó con serenidad.

—¿Por qué sospecha del paquete?

—Porque recientemente leí en la prensa que el veterano de la guerra civil Matías Landrián, a quien conocí, había recibido un libro-bomba con el mismo remitente. Lo volaron en pedazos.

El inspector lo miró fijamente. En efecto, el señor Landrián había muerto como consecuencia del estallido de una bomba. Le tocó investigar el incidente. Ya no había un adarme de escepticismo en su semblante. Le sorprendió, sin embargo, la rapidez con que respondió la pregunta, como si la estuviera esperando.

—¿Cuál era el nombre de la editorial?

—Quinto Regimiento. No creo que exista. Haber oído antes ese nombre fue lo que nos salvó.

El inspector asintió con la cabeza y apretó los labios.

—Sí, así decía el paquete que mató al señor Landrián. Eduard —dijo dirigiéndose al más joven del grupo—. Lleva a Negrito a que huela el paquete. Los demás, apártense. Usted, ¿cómo dijo que se llamaba?

—Rafael Mallo.

—Manténgase junto a mí.

El joven policía Eduard Mechover se persignó y se colocó un grueso peto de metal y goma forrado de tela negra. Con cierta parsimonia, se puso unos guantes de metal y un casco que le cubría la cara y cabeza dejando una pequeña abertura para los ojos protegida por un cristal blindado. El perro, atado por una correa, movió la cola contento. De alguna manera asociaba la recompensa a la ropa que utilizaba su amo.

La operación duró pocos segundos, pero la tensión la hizo parecer mucho más larga. El perro se acercó al paquete, lo olisqueó y comenzó a ladrar. Eduard miró a su jefe Moulins y asintió con la cabeza. Ayudándose con los dientes, se quitó el guante derecho, tomó una pastilla de carne seca del bolsillo, se la dio a Negrito y le acarició la cabeza cariñosamente. Volvió a colocarse el guante, pero antes extrajo de su pequeña caja de herramientas especiales una filosa navaja con mango de baquelita, unas pinzas, unas tijeras y un diminuto destornillador de relojero. Sacó a Negrito de la sala y se lo entregó a otro de los policías. Volvió a acariciarle la cabeza.

Regresó junto al paquete y se arrodilló. Sudaba intensamente. Maldito calor. Con la navaja, levantó la cuerda que ataba el paquete y la cortó con la tijera. Retiró la cuerda con la pinza. El remitente, en efecto, decía Quinto Regimiento y daba una dirección de París, seguramente falsa. No había ningún número 1000 en la inexistente *rue* Quentin Saint-Lázare. El paquete había sido enviado desde una estafeta de París, no lejos del sitio en que vivía el señor Mallo, como acreditaba el matasellos. Con la navaja, Eduard cortó suavemente el grueso papel del envoltorio. Era un libro. Se titulaba *The God that Failed*. Tenía una cubierta en rojo y letras en blanco y negro en el que aparecían los nombres de los seis autores. El editor era Harper & Brothers. Se trataba de una edición en inglés, tal vez americana. Malditos gringos.

Con la punta de la navaja, cuidadosa y lentamente, Eduard levantó la tapa del libro para cerciorarse, como suponía, de que era un *booby trap,* de esos que se disparan cuando se abren. Al primer síntoma de resistencia se dio cuenta de que, en efecto, era un *booby trap*. Lo lamentó. Solían ser muy traicioneros. Se agachó para poder mirar. Parecía no haber otro factor de detonación. Con cuidado, utilizando la tijera, cortó el delgado cordón y eliminó el mecanismo. Abrió la tapa de cartón duro. Dejando una cenefa de apenas medio centímetro, habían horadado las páginas del libro y el espacio originalmente ocupado por las hojas lo habían rellenado con una plastilina verde que despedía el grato olor a almendras detectado por Negrito. Con el destornillador, muy cuidadosamente, Eduard quitó el pin que unía el detonador a la carga explosiva. Lo extrajo con la pinza y lo colocó lejos del libro-bomba. Ya sin peligro de estallido, tomó el artefacto entre sus torpes manazas enguantadas, se puso de pie y se desplazó hacia el rellano de la escalera, donde lo esperaba el inspector Moulins.

Tras quitarse la careta, el peto y los guantes, se dirigió a su jefe:

—Misión cumplida, inspector. Era un libro-bomba. Tenía suficiente explosivo para matar a quien lo abriera y acaso destruirlo todo varios metros a la redonda. Si hubiera estallado no creo que la protección que llevo hubiese servido de mucho. Es Nobel 808, un explosivo muy potente.

—Lo conozco —dijo Moulins—. Fue el que usaron para tratar de matar a Hitler. Es inglés. Es verdad que es muy potente. Lo usaba la resistencia francesa. Hay toneladas sin control en toda Europa. La delincuencia lo vende en el mercado negro. Hace poco ocupamos un cargamento que iba hacia Palestina. No será fácil dar con el remitente. Veremos si los terroristas se descuidaron y dejaron alguna huella dactilar, aunque lo dudo. Estos tipos son muy hábiles.

Rafael Mallo intervino aliviado y sonriente:

—Muchas gracias, inspector. Voy a buscar a la familia para que lo salude y para que le agradezca lo que han hecho usted, este joven valeroso que desarmó la bomba, y hasta al perro. Nos han salvado la vida. ¿Cómo llaman al perro?

—Negrito. Lo llamamos Negrito. No se preocupe, señor Mallo. Es nuestro trabajo. París, bajo la superficie, está lleno de peligros. Esta tarde pase por mi oficina para rellenar la denuncia correspondiente. Aquí tiene mi dirección —dijo el inspector Moulins y le entregó una tarjeta. Pensó, eso sí, que el señor Mallo era un extraño personaje. Lo inquietaba y no sabía exactamente por qué.

Antes de retirarse, Eduard colocó la bomba en una especie de mochila e introdujo el detonador en una cantimplora especial llena de vinagre. Era una forma casera de inutilizarlos que le había enseñado su padre, un capitán de la Legión Extranjera que había muerto en el Magreb matando moros. Con esos malditos fulminantes nunca se sabía.

***

Prefirieron citarse en el Café Delaville para hablar del tema. El techo alto y las alfombras mullidas garantizaban una acústica discreta. La oficina no parecía un buen sitio para analizar el atentado. No sabían quién había mandado el libro-bomba ni por qué la persona elegida había sido Rafael Mallo. ¿Y si ese secreto asesino conocía la relación de Mallo con Larry Wagner, es decir, con "los americanos"? ¿Cuánto, realmente, sabían?

—Cuéntame exactamente qué pasó —indagó Larry con una expresión muy seria dirigiéndose a Sarah. Los tres ocupaban una mesa discreta al final del salón.

Un camarero vestido con una chaqueta blanca moteada por viejas manchas de bebidas, corbata negra y camisa sudada, les sirvió café con leche y unos *croissants* olorosos a mantequilla. Cuando se alejó, Sarah rompió a hablar:

—Desayunábamos tranquilos, como todos los días. Llamaron a la puerta. Era el cartero. Traía un pequeño paquete certificado. Nancy, la criada, la argelina que tú conoces, le franqueó la entrada. Ahí comenzó todo.

Rafael Mallo siguió la narración:

—El cartero traía un libro-bomba. El paquete venía a mi nombre.

—¿Por qué no estalló? —preguntó Larry.

—Fue Dios —dijo Sarah, y se le aguaron los ojos—. Laura se lo quitó a Nancy para abrirlo. A ella le encanta abrir los paquetes de correo, cualquier paquete. Siempre supone que es algún regalo. Pero Rafael se dio cuenta de que era una bomba y le gritó que lo abandonara.

Larry miró a Rafael intrigado.

—¿Cómo lo supiste? —indagó sorprendido.

—Porque la criada había dicho en voz alta el nombre del remitente y recordé que la bomba que hace poco mató a Matías Landrián le había llegado en un sobre con el mismo nombre. Fue una inmensa suerte.

—¿Cuál nombre? —preguntó Larry mientras tomaba nota.

—Quinto Regimiento. Esa fue la unidad militar más famosa de los comunistas durante la Guerra Civil española. Eran voluntarios. De ahí salieron Líster, Valentín González, el Campesino, Modesto. Mucha gente notable.

—¿Por qué Nancy, la sirvienta, dijo el nombre del remitente? —preguntó Larry extrañado.

—Yo se lo pregunté —aclaró Sarah—. Laura salió corriendo de la mesa y se lo arrebató. Fue entonces cuando Rafael le ordenó que lo dejara. La niña estuvo a punto de morir.

—Todos hubiéramos muerto —aclaró Rafael—. Había suficiente explosivo para volar la habitación.

—¿Qué explosivo? —preguntó Larry mientras continuaba garabateando frases en un pequeño cuaderno.

—Nobel 808. Un viejo invento inglés. Es muy potente, me explicaron los artificieros, pero algo inestable.

—Era una bomba dentro de un libro, ¿verdad? ¿Cómo se titulaba?

—Se titulaba *The God that Failed*. La antología antiestalinista que acaba de publicarse. Hablamos de este libro recientemente.

Larry se quitó las gafas y se restregó los ojos, en un gesto que podía demostrar cierto cansancio o, simplemente, buscaba tiempo para reflexionar.

—¿Qué quiere decir todo esto? El terrorista nos está dando pistas. Trata de matarte a ti, Rafael, ¿por qué?

Rafael Mallo cruzó los brazos sobre el pecho antes de responder en un tono más bajo, como para evitar ser escuchado.

—La muerte de Matías Landrián por el mismo procedimiento me hace pensar que detrás del libro-bomba está la mano de los estalinistas. Los estalinistas que mataron a Andrés Nin y exterminaron a muchos miembros del POUM. Matías Landrián había sido miembro del POUM. Fuimos amigos. Yo también era parte de esa organización.

—Pero, ¿qué sentido tiene que Moscú continúe ahora una guerra que se acabó hace más de diez años? —preguntó Larry Wagner—. Entonces acusaban a los trotskistas de entorpecer los esfuerzos por derrotar a los fascistas, pero eso se acabó.

—No puedo saberlo, sin embargo la muerte de Landrián y la bomba que me enviaron demuestran que ese conflicto todavía está vigente.

—Hay otra pieza que no encaja. ¿Por qué eligieron *The God that Failed*? ¿Qué tiene que ver ese libro con la Guerra Civil española?

Rafael Mallo se aventuró a proponer una respuesta:

—Algunos de los autores estuvieron en España durante la guerra. Koestler, Fischer y Spender, por ejemplo. Trotsky elogió mucho la novela *Fontamara* de Ignazio Silone, otro de los autores.

Sarah, súbitamente, agregó otra inquietante perspectiva:

—¿No es curioso que el terrorista, quienquiera que sea, haya recurrido a un libro escrito por personas cuyos nombres estamos barajando para el Congreso por la Libertad de la Cultura?

Rafael Mallo, sin una explicación que aportar, se encogió de hombros. Larry Wagner terció en el asunto:

—Puede ser una casualidad. Medio mundo está hablando de ese libro. Es un *best-seller*.

Sarah negó con la cabeza y el gesto la posibilidad de que fuera una casualidad.

—A mí me parece que es un mensaje. Una manera de llamar traidor a Rafael que casi le cuesta la vida a mi hija Laura.

—¿Traidor a qué? —preguntó Larry.

—Supongo que a Moscú —respondió Rafael Mallo resignado—. Esa gente no perdona. "Del partido se sale expulsado o muerto". Esa frase se la oí muchas veces a Vittorio Vidali.

¿Se suicidó o lo mataron?

Hacía menos de una hora que había encontrado el cadáver del señor Wagner. Cuando pasó, como todas las noches, a confirmar si la puerta estaba bien cerrada, halló al muerto. Pendía de una cuerda atada a la gruesa argolla de la lámpara central. La lengua fuera de la boca, los ojos desorbitados, la cara roja-morada y una mancha seguramente de orina en la entrepierna expresaban mejor el suceso que un certificado de defunción. Bajo el cadáver yacía una silla tirada en el suelo, como si Wagner la hubiera derribado de una patada para poner fin a su vida.

El portero del edificio, el viejo Barry Lecompte, lisiado de guerra (tuerto del ojo izquierdo y cojo de la pierna derecha, "para equilibrar los desperfectos", solía decir), guio al inspector de la Sûreté y a su ayudante hasta la oficina de Larry Wagner. Como en su juventud participó en la batalla del Marne ("en la segunda", siempre aclaraba), estaba acostumbrado a todo, aunque nunca antes se había enfrentado a la muerte en un escenario inesperado.

El inspector de la Sûreté, *monsieur* Louis Babin, y su acompañante miraron cuidadosamente al cadáver antes de proceder a bajarlo. Era inútil tomarle el pulso o perder el tiempo comprobando si se le dilataban las pupilas. Estaba irrevocablemente muerto. Cuando su joven ayudante cortó la soga, el cuerpo se precipitó pesadamente sobre el piso. Una de las piernas se dislocó en la caída.

—¡Cuidado, carajo! —gritó el inspector Babin.

—Lo siento, señor. Pesa mucho. Tampoco pasa nada: ya no siente dolor.

—Eso lo sé, pero no se puede tratar a los muertos de esa manera. Da mala suerte.

El inspector Babin le tocó la frente al cadáver para comprobar que llevaba cierto tiempo muerto. Estaba frío. Como siempre hacía, se acercó para olerle la boca y el rostro. A veces el olfato da algunas pistas insospechadas. Miró la chaqueta y tomó una larga hebra rubia. Debió ser un cabello de alguna dama que lo besó o se le acercó más de la cuenta.

—¿Cómo se llamaba? —preguntó sin ninguna empatía, en ese tono de indiferencia que adoptan los policías para parecerse a los personajes de las novelas negras.

—Larry Wagner. Era norteamericano.

—¿A qué se dedicaba?

—No sé exactamente. Creo que representaba a una firma de tractores de su país. Ahí en aquellos anaqueles están los catálogos. Llevaba poco tiempo en el edificio, pero era muy conversador. Le gustaba que le hiciera historias de la guerra.

El señor Babin miró al portero con cierta impaciencia. Le molestaban las anécdotas innecesarias.

—¿Tiene familia?

—No creo. Alguna vez bromeó conmigo diciéndome que la soltería es el estado perfecto de los hombres. Me dijo que estaba divorciado.

—Entonces, ¿vive solo?

—Creo que sí.

—Pero lo visitaba alguien en la oficina, ¿no?

—He visto varias veces a un par de amigos. De vez en cuando viene una señora norteamericana. Ella tiene llave de la oficina.

—¿Tiene llave? ¿Por qué tiene llave?

—Cuando alquilamos le aconsejamos al cliente que le deje una llave a alguien de confianza por si sucede algo y no está localizable. También le pedimos que nos comuniquen ese contacto. La semana pasada hubo una inundación en el segundo piso, en la oficina 23. El inquilino estaba de vacaciones, pero el contacto vino enseguida y ayudó a resolver el problema.

—¿Cómo se llama esa persona?

—¿Qué persona?

—¿Qué persona va a ser? El contacto del señor Wagner en París.

—Pensé que se refería al de la inundación. Ahora le digo. Tengo todos los datos en mi libreta. Son 49 oficinas. No puedo recordar tanta información.

El portero Lecompte, con algún nerviosismo, revisó por unos segundos la mugrienta libreta. El inspector tenía malas pulgas.

—Aquí está: Sarah Vandor. Éste es su teléfono: B-558-619. Vive en la Place des Vosges.

—¿Es también americana?

—Creo que sí.

—Gracias. ¿Era la amante del señor Wagner?

Al portero le sorprendió la franqueza brutal de la pregunta.

—No creo, inspector. Ella a veces viene con su marido. Otro extranjero.

—¿Era homosexual?

—¿A quién se refiere?

El inspector Babin lo calcinó con una mirada de desprecio.

—Por supuesto que me refiero al muerto.

—Nunca me lo pareció, pero esas cosas nunca se saben.

—Usted me perdona, pero hay que hacer estas preguntas. En la oficina hay un sofá-cama. Se presta para sospechar que podía haber encuentros íntimos.

—Algunas veces el señor Wagner se quedaba a dormir cuando trabajaba hasta tarde.

Habló el ayudante del inspector:

—En los bolsillos había seiscientos dólares americanos y un puñado de francos. Si lo mataron, el móvil no fue el robo —dijo tras revisar cuidadosamente la ropa del cadáver. También conserva su reloj. Es un Rolex muy caro.

—¿Usted cree que se suicidó, señor inspector? —preguntó el portero.

El señor Babin demoró en responderle.

—Eso tendrá que dictaminarlo el forense. Parece que se suicidó, pero no lo sé. ¿Usted vio alguna carta, alguna nota sobre la mesa?

—No vi nada. Miré por encima, pero no vi nada.

—¿Era un tipo triste, deprimido? ¿Había dado alguna señal de querer suicidarse?

—No, que yo sepa. Era uno de los pocos inquilinos que hablaba conmigo, pero no de cosas personales. Ya usted sabe que los americanos son muy amables y democráticos, y hablan con todo el mundo, pero también son distantes.

El señor Babin no le refutó esa opinión, porque no tenía ganas de discutir, y mucho menos con un portero viejo, tuerto y cojo, pero no estaba de acuerdo. Discutir con tuertos y con jorobados, pensaba, siempre daba mala suerte. En todo caso, tenía una mala opinión de los norteamericanos. Le parecían unos idiotas.

—¿Hay algún archivo?

—Dentro de ese pequeño cuarto —dijo y señaló con la mano— hay un archivo y una caja fuerte.

—Tendremos que abrirlos.

—Dígame, el señor Wagner ¿estaba al día en los pagos del alquiler? ¿Tenía algún problema económico?

—Eso no lo sé, pero pagaba muy bien la mensualidad y todos los meses me daba diez dólares de propina. Pagaba en dólares.

—¿No pagaba con cheques?

—No. Pagaba en efectivo. Yo lo prefería. Ya usted sabe que el dólar en bolsa negra se cotiza un poco más al cambio.

—¿Y usted se quedaba con la diferencia?

—Naturalmente, inspector. Eso no es delito.

—Eso no lo sé, pero tampoco lo voy a investigar. Como comprenderá, me da lo mismo.

—¿Cuál es el próximo paso, señor inspector?

—Son varios. Hay que trasladar el cadáver a la morgue, inspeccionarlo y hacer la autopsia. Probablemente haya que notificarlo a la embajada norteamericana si se confirma que es un súbdito de ese país. Ellos decidirán si lo enterramos aquí o lo trasladan a Estados Unidos. Conversaremos con la señora que lo visitaba. Tal vez ella tiene alguna pista de por qué se mató, si de verdad se suicidó, o de quiénes lo mataron, si se trata de un asesinato.

—¿Usted qué cree?

El inspector Babin volvió a mirarlo con una indefinible molestia.

—Mi profesión consiste en no creer en nada. Si mi madre me dice que me quiere debo confirmarlo. Me pagan por dudar. Veremos lo que arrojan las investigaciones. En eso creo un poco más, pero sin exagerar.

***

—¿Señora Sarah Vandor?

—Pasen. Los estaba esperando.

—Yo soy el inspector Louis Babin. Me acompaña el inspector Ricard Moulins, a quien ya conoce. Le tocó investigar el asunto del libro-bomba que recibió *monsieur* Rafael Mallo hace pocas fechas en esta misma casa. ¿Está el señor Mallo?

—No. Los miércoles en la tarde suele ir al club de ajedrez.

—Es igual. Esta vez con quien queremos hablar es con usted. Usted era la amiga del señor Larry Wagner y tenía la llave de su oficina. Incluso es mejor que esté sola, porque queremos hacerle algunas preguntas íntimas.

A Sarah se le aguaron los ojos súbitamente. La noticia de la muerte de Larry, que le habían comunicado el día anterior, la había golpeado como un mazazo.

—Ustedes dirán —dijo adoptando un tono y un ademán de total cooperación.

—¿Cree que hay alguna relación entre la bomba enviada a *monsieur* Mallo y esta muerte? Nos extrañó la coincidencia de que usted tuviera la llave de la oficina —preguntó con ansiedad el inspector Moulins.

Sarah tragó en seco. Larry Wagner, aparentemente, era un distribuidor de tractores. Ella no podía entrar en detalles confidenciales. A fin de cuentas, Larry y ella eran lo que se describía como "agentes encubiertos".

—No creo, pero no lo sé. Como no sabemos quién envió el libro-bomba, no hay manera de establecer la relación. Lo pensé por un momento y lo discutí con Rafael, pero ambos lo rechazamos.

—¿Desde cuándo conocía al señor Wagner? —ahora quien preguntaba era el inspector Babin.

Sarah se detuvo a pensar y desvió la mirada a la ventana del salón con un gesto involuntariamente melancólico.

—Hace unos diez años. Era amigo de mi difunto marido, Robert Blauberg.

—¿A qué se dedicaba su marido? —volvió a preguntar Babin, mientras anotaba los datos en una libreta estrecha, como la que suelen utilizar los periodistas.

—Era militar.

—Supongo que militar norteamericano, ¿no?

Sarah asintió con la cabeza

—¿De qué rama de las Fuerzas Armadas?

Sarah dudó antes de responder, pero optó por decir la verdad. Si se descubría hubiera generado otras dudas.

—Pertenecía a la inteligencia.

—Entonces, el señor Wagner ¿también perteneció a la inteligencia norteamericana durante la guerra?

—Probablemente, pero no le gustaba hablar de esas cosas. Sé que tras el fin del conflicto se licenció y dijo que nunca más participaría en guerra alguna. Se dedicaría para siempre al comercio —esta vez Sarah mintió.

Los inspectores Moulins y Babin se cruzaron una mirada que delataba la absoluta incredulidad de ambos ante lo que estaban escuchando.

—Perdone la pregunta, ¿cómo y cuándo murió su marido?

—Lo mataron en combate en Grecia. Fue en 1945.

—Ah, la batalla de Atenas —afirmó Moulins—. ¿Lo mataron los alemanes?

—No, los comunistas. Murió al principio de la Guerra Civil griega.

—Disculpe, señora Vandor, ¿y cómo entra el señor Rafael Mallo en su vida?

—Fue una relación previa que tuve. Dejé de verlo durante muchos años y luego nos reencontramos. Yo era viuda cuando reanudamos nuestra relación.

—¿Cree que el señor Wagner tenía enemigos capaces de matarlo?

Sarah pensó y mintió al responder.

—No creo. Era un hombre bueno. No tenía enemigos. Era sólo un representante comercial.

—Le voy a hacer una pregunta incómoda —advirtió Babin mirándola directamente a los ojos—. ¿Tuvo usted relaciones íntimas con el señor Wagner?

Sarah sonrió como un modo de comenzar a desmentir la premisa.

—No. Sólo fuimos amigos. Él fue el padrino de mi hija, Laura. ¿Por qué me lo pregunta?

Moulins y Babin volvieron a mirarse de una manera extraña.

—En casa de monsieur Wagner encontramos numerosas fotos suyas en una gaveta y el manuscrito de un libro de poemas de amor dedicado a usted.

Sarah se sorprendió genuinamente.

—¿Un libro de poemas dedicado a mí? —preguntó en un tono de desconfianza.

El inspector Babin sacó de su maleta un cuaderno con tapas azules, muy manoseado, y se lo entregó a Sarah. Ella lo abrió y la estremeció la dedicatoria: "A S… la mujer de mi vida".

—Puede ser cualquier otra mujer cuyo nombre comience por S —dijo de una manera poco convincente—. Jamás me dijo nada. Ni siquiera sabía que escribía poemas.

—No soy crítico literario, lo advierto, pero me parece que los poemas no son muy buenos —sentenció Moulins—, aunque dejan ver a un hombre enamorado. No creo que los haya dedicado a otra mujer cuyo nombre comience por S. Precisamente, hay uno titulado "Infierno en Andorra" donde pena porque teme que S haga el amor con otro hombre. ¿Ha estado usted en Andorra?

—Jamás —mintió Sarah—. Debe ser una extraña metáfora. Pero, qué tiene que ver eso con su muerte y conmigo —preguntó molesta.

El inspector Babin tomó la palabra.

—Es posible que lo hayan asesinado. No lo sabemos, pero es posible.

—¿Por qué piensan eso? —preguntó Sarah inquieta.

—Son datos circunstanciales. Cuando encontramos el cadáver olí su boca y creí percibir huellas de cloroformo. Pedí un análisis de sangre y, aunque de manera inconclusa, parece que encontraron trazos.

—O sea, que alguien lo adormeció y luego lo ahorcó —sentenció Sarah con una mirada de horror.

—No lo sabemos con certeza. Pero hay otro dato sorprendente: la caja fuerte estaba prácticamente vacía, pero había un revólver 38 cargado con cinco tiros.

Moulins intervino:

—¿Para qué ahorcarse si podía darse un tiro en la cabeza? Es muy extraño.

Babin matizó la información:

—Tampoco eso es concluyente. Algunos suicidas prefieren ahorcarse para no deformarse el rostro con un disparo. No es lo mismo darle un tiro a otro que dárselo uno mismo.

—Es cierto —acotó Moulins—. Pero no deja de ser muy extraño.

—¿Cree usted que *monsieur* Mallo podría haber matado al señor Wagner por celos? —le preguntó Babin a Sarah a bocajarro.

Sarah negó con la cabeza antes de responder y sonreír levemente.

—No creo. A Rafael Mallo no le pasaba por la cabeza que Larry Wagner tuviera el menor interés sentimental en mí. Además, Rafael no es una persona celosa, ni es capaz de cometer un crimen pasional. Eso es ridículo.

Moulins acompañó su comentario con un gesto de aprobación.

—En eso coincidimos. El señor Mallo me parece una persona sensata y controlada. Así actuó el día de la bomba.

El inspector Babin introdujo una observación en el mismo sentido.

—Si lo mataron, algo que no sabemos, el asesino no actuó irreflexivamente. En mis treinta años de detective jamás he visto un crimen pasional en el que el asesino lleve cloroformo y trate de disfrazar su crimen de suicidio. Por el contrario, suelen inculparse para que se sepa que han lavado su honor con sangre.

Los dos inspectores se pusieron de pie casi al unísono, como para marcharse. *Monsieur* Moulins le hizo una última y obligada pregunta en un tono ligeramente teatral que sorprendió a Sarah:

—¿Dónde estaban usted y Rafael Mallo la noche de la muerte de Larry Wagner?

Sarah se quedó pensando antes de responder.

—Es difícil responder esa pregunta con precisión. Casi todas las noches son muy parecidas. Creo que estábamos todos en casa. Yo ayudaba a Laura a hacer sus deberes escolares, y me parece que Rafael leía y escuchaba música clásica por la radio. Eso es lo que creo recordar.

ESTA ES ANNA, BAILARINA DE BALLET Y OTRAS COSAS

En el estudio, sentados en dos cómodas butacas que invitaban a las confidencias, muy cerca de la elegante chimenea donde crepitaban unos olorosos troncos de madera —era el lugar más grato del piso para sostener una conversación íntima—, Sarah y Rafael esperaban la llegada de un anunciado visitante norteamericano: el inevitable Carmel Offie. Lo acompañaría, decía el telegrama, una dama cuyo nombre no revelaban, quien sería la sustituta de Larry Wagner.

—Tardarán media hora —dijo Sarah consultando su reloj.

Rafael, mirándola intensamente, le respondió con una frase cargada de sensualidad:

—No me sorprende que Larry estuviera enamorado de ti —bromeó—. Cualquiera se enamora de ti. Eres muy bonita.

Sarah sonrió con la expresión de quien no cree una palabra de lo que está oyendo.

—Nunca me dijo nada —afirmó en un tono de duda—. Era un hombre muy contenido. ¿Qué crees que pasó? ¿Se suicidó o lo mataron? Me ha dolido mucho su muerte. Era algo que no me pasaba por la mente.

—Yo también lo sentí mucho. No sé si me quería, porque le notaba cierta hostilidad, aunque a mí el tipo me gustaba. Era una persona retraída, pero buena. Ahora pienso que su hostilidad estaba fundada en los celos.

—Nadie se mata por celos. Por celos la gente asesina, pero no suele quitarse la vida. Los celos producen cólera, no depresión.

—No sé. A veces pienso que un ser solitario puede aburrirse de vivir. En Cuba, entre nuestros vecinos, hubo un suicida al que mis padres conocían. Era un hombre casado, tenía una bella familia y supuestamente era feliz. Una tarde tomó un revólver y se mató sin revelar las causas.

—Tendría algún secreto, una frustración oculta.

—Seguramente, pero ni su viuda ni sus hijos pudieron explicar qué lo llevó a matarse. Les dejó por herencia una duda terrible que se pasaron la vida intentando despejar.

—Seguramente la mujer sabía o intuía algo, pero nunca lo dijo. A lo mejor se sentía culpable —afirmó Sarah.

—Es posible. Muchos años después todavía lloraba cuando hablaba de la tragedia y decía que nunca se perdonaría no haber descubierto los síntomas de vivir junto a un hombre desesperado.

—No creo que Larry fuera un hombre desesperado. Era raro, lo admito, y podía ser un poco neurótico, pero me resulta extraño que decidiera matarse.

—Eso es muy difícil de saber. Tampoco descarto que a Larry lo hayan matado los mismos que me enviaron el libro-bomba, pero ¿por qué? —se preguntó Rafael en voz alta.

—¿Los soviéticos? —indagó Sarah sin esperar, realmente, respuesta alguna.

—Puede ser. Son capaces de cualquier cosa, pero ellos lo hubieran hecho de otra manera. Tal vez lo hubiesen envenenado con alguna sustancia indetectable que hiciera parecer que había muerto de forma natural.

—¿Por qué harían algo así? Supongamos lo peor: la NKVD ha detectado que la CIA ha montado una operación para contrarrestar sus congresos por la paz. ¿Qué ganan eliminando a una persona fácilmente reemplazable?

—No puedo saberlo —afirmó Rafael Mallo—. Pero ellos le dan una gran importancia a la batalla de ideas. Si creen que se trata de una persona que puede estorbarles en la conquista intelectual del mundo, pueden decidir eliminarla.

—¿Crees que ya saben que el Congreso por la Libertad de la Cultura es la respuesta de la CIA a los congresos por la paz? Yo no estoy segura.

Rafael Mallo no respondió de inmediato. Prendió un cigarrillo Gitanes y automáticamente, sin venir al caso, como siempre le ocurría cada vez que fumaba, recordó al inspector Alberto Casteleiro, aquel maldito y socarrón policía gallego que lo martirizaba en el presidio.

—Los servicios soviéticos son demasiado sagaces para no haberse dado cuenta. A lo mejor quieren asustar a los norteamericanos dejándoles saber que el juego es muy peligroso. Es muy difícil conocer sus motivaciones reales.

—¿Oíste la puerta? Ya han llegado.

***

Carmel Offie presentó a su acompañante. Sólo dio su primer nombre: "Mi amiga se llama Anna", dijo. Luego agregó su apellido y una aclaración ociosa: "Anna Berlitz, como los de la academia de idiomas".

Anna Berlitz era una espigada mujer de unos treinta años con el cuerpo musculoso de una bailarina porque era, realmente, profesora de ballet en una pequeña y luminosa academia situada en el Barrio Latino, dedicada a la formación de niñas *ballerinas* con la esperanza de que, en el futuro, algunas de ellas se convirtieran en profesionales.

—Anna nos servirá de enlace con Washington y con la embajada norteamericana en París. Además de ser una gran bailarina, es una especialista en la cultura iberoamericana y tiene un doctorado en ciencias políticas por la Sorbona. Como saben, no es conveniente que ustedes visiten la sede. Los soviéticos rutinariamente retratan a todo el que entra y sale del edificio.

Anna asintió con una sonrisa mirando intermitentemente a Sarah y a Rafael.

—¿Qué pasó, realmente, con Larry Wagner? —preguntó Sarah.

Carmel alzó las cejas en un gesto universal de desconocimiento.

—No sabemos de manera concluyente. No tiene mucho sentido especular sobre el caso. La policía francesa le hizo una autopsia superficial. El forense escribió un informe breve y rutinario en el que establecía que la muerte se había producido por asfixia, por ahorcamiento. La cuerda le partió la tráquea y dos vértebras cervicales además de privarlo de oxígeno. No debe haber sufrido mucho tiempo. Para el forense era un caso de suicidio, como otros tantos, pero dejaba abierta la puerta de un homicidio al mencionar la existencia de trazos de cloroformo en el tracto respiratorio y en la sangre, pero no así en la orina. El problema es que a veces hay cloroformo en el ambiente. Hemos comprobado que cerca de la oficina existe una fábrica donde utilizan una sustancia derivada del cloroformo. Según "los amigos" franceses, no hay nada que pueda demostrar una cosa o la otra.

Carmel dijo "los amigos" mientras trazaba en el aire unas comillas imaginarias con los dedos.

—¿Cómo llegó el cadáver a Washington?

—La embajada se ocupó de los trámites. Es algo muy engorroso. Lo enterraron en Arlington. Al entierro sólo fueron su hermano, el que enseña en Columbia, su exmujer, una hondureña muy elegante, por cierto, y un puñado de conocidos. Tenía pocos amigos. Me conmovió mucho la ceremonia.

—¿Hubo una segunda autopsia? —indagó Sarah.

—No —dijo Offie—. El cadáver estaba muy deteriorado cuando llegó a Estados Unidos.

—¿Y ahora qué hacemos? —preguntó Rafael—. Hace ya tiempo que echamos a andar el Congreso por la Libertad de la Cultura en Berlín y tras eso hemos creado una docena de oficinas en Europa. ¿Cuál es el próximo paso?

—De eso he venido a hablarles. En Washington están de acuerdo con tu proposición, Rafael, de potenciar un frente cultural antisoviético en Iberoamérica, España incluida.

—Me parece fundamental —añadió Sarah—. Fue un fallo que Madariaga y Arciniegas fueran los únicos representantes en Berlín del mundo de habla hispana. Había que corregir esa limitación.

—En eso estamos de acuerdo. América Latina es el mayor bloque de países dentro de Naciones Unidas. En realidad, hubo otros dos invitados hispanos a Berlín, pero no acudieron como expositores, sino como público. Un cura independentista vasco y una aristócrata antifranquista.

—¿Quién dirigirá este sector iberoamericano dentro del Congreso?

—Respóndele tú, Anna —dijo Offie.

—Señor Mallo, yo leí sus informes y acabé por coincidir con su sugerencia: el hombre indicado es Julián Gorkin. Tiene los antecedentes perfectos. Como vivió en Moscú y fue agente de la Comintern, odia el estalinismo. Lo conocí personalmente y tuvimos varias largas entrevistas. Ya está aquí en París. Tiene su oficina muy cerca, pero no es conveniente que nos vean juntos.

—¡Buena selección! Coincidimos en Moscú y luego lo volví a ver en Cataluña durante la Guerra Civil, porque militaba en el POUM, y me pareció extraordinariamente inteligente y activo. Como dicen ahora, es un tipo *hiperkinético*. No se está quieto un minuto. También conoció y trató a Willi Münzenberg. Es el hombre ideal. Creo que trabajó en París junto a Koestler bajo la dirección lejana del alemán.

—En efecto —siguió Anna—. Trabajaron juntos en la década de los veinte. Pero hay más. Su fama aumentó tras descubrir al asesino de Trotsky. Julián Gorkin está vivo de milagro. Según me contó, los comunistas lo dejaron preso para que lo fusilaran los franquistas al terminar la guerra. Logró evadirse antes de que entraran los nacionales. Es tan antifranquista como antiestalinista.

—¿No hay el peligro de que Gorkin vaya a trabajar solamente con los extrotskistas como él? —preguntó Sarah con cierta preocupación.

Anna negó con la cabeza antes de responder.

—En modo alguno. Eso lo discutimos a fondo. Piensa crear un frente intelectual en el que se encuentren liberales, socialistas, excomunistas, exfalangistas. Todo lo que él llama el "arco democrático" antifranquista.

—¿Quiénes son esas personas? —preguntó Rafael Mallo.

Anna extrajo de su cartera un par de folios mecanografiados.

—La lista que compiló Gorkin es muy extensa. Me entregó y discutimos más de ochenta nombres. Comienza con sus compañeros del POUM: Víctor Alba, Ignacio Iglesias, Juan Andrade, Bartolomeu Costa-Amic, Joaquín Maurín. Son todas personas directamente agraviadas y perseguidas por el estalinismo que tienen una clara comprensión del marxismo porque comulgaron con esas ideas en su juventud.

—Usted mencionó también a exfalangistas. ¿Quiénes son?

—Dionisio Ridruejo, uno de los mejores prosistas actuales, fue miembro de la División Azul; Pedro Laín Entralgo, José Luis López Aranguren, Antonio Tovar. Hay muchos intelectuales decepcionados con el franquismo aunque hicieron la guerra en ese bando. Esos son los casos de los novelistas Camilo José Cela y Miguel Delibes, del ensayista Enrique Tierno Galván, del economista José Luis Sampedro. Hay también miembros prominentes del socialismo, como Luis Araquistáin, que pelearon a favor de la República. Pero tal vez la cantera más valiosa es la de los pensadores liberales, algunos católicos, como Julián Marías, el gran discípulo de Ortega y Gasset, y otros acaso menos religiosos, como María Zambrano, el arquitecto Fernando Chueca, José Ferrater Mora o Pablo Martí Zaro. El entorno de Ortega y Gasset puede ser determinante. Según Gorkin, y yo concuerdo con él, son los que tienen las ideas más claras. Quizás a estos liberales los animará la presencia de Salvador de Madariaga, con su enorme prestigio. Según Gorkin, y yo lo creo, ahí están algunas de las mejores cabezas de España.

—Aunque Ortega y Gasset no quería mucho a Madariaga —agregó Mallo en un tonillo malvado—. Como Madariaga era trilingüe, Ortega alegaba que era "un tonto en tres idiomas".

—Eso he oído —respondió Anna sin sonreír ante la maldad de la frase—, pero creo que era una cuestión de personalidad más que de ideología. Esas son riñas típicas de los intelectuales españoles. En su juventud Madariaga escribió algunos textos cercanos al fascismo, pero enseguida se decantó hacia el liberalismo. Cuando yo estudiaba en la Sorbona, antes de la Guerra, me tocó escribir un trabajo sobre las polémicas entre escritores en el Siglo de Oro. Eran tremendas. En esa cultura hay toda una tradición de cainismo literario.

—Por la composición tan variada del grupo me da la impresión de que Gorkin se propone hacer algo más que anticomunismo proamericano. ¿Estoy en lo cierto? —preguntó Rafael Mallo muy interesado en lo que escuchaba.

Anna vaciló antes de responder. Decidió darle su franca opinión.

—Por supuesto. Su idea es que la oposición española de todas las vertientes se conozca y colabore. Los únicos excluidos son los miembros del Partido Comunista porque responden a Moscú y no a España. Gorkin ve el Congreso como una oportunidad de crear un frente intelectual antifranquista. Madariaga coincide en el mismo objetivo. A Washington no le importa. No puede olvidarse que los americanos trataron de derribar a Franco tras la Segunda Guerra. Los ingleses, en cambio, lo apoyaron.

—Y qué piensan hacer en América Latina. ¿Le toca también esa responsabilidad?

—Sí. Se ha decidido que Gorkin también maneje a América Latina. Hay exiliados españoles en todos esos países. Piensa fundar revistas y pagar por las colaboraciones.

—¿Desde dónde? ¿Desde México acaso?

—No. Según él alega, y yo estoy de acuerdo, la capital intelectual de América Latina es París. Toda la operación se va a manejar desde París. Si se hace en México o en Buenos Aires, los demás países pensarán que es un asunto de esa nación y no querrán colaborar. Los países latinoamericanos viven de espaldas entre ellos.

—¿Y en quiénes están pensando para integrarlos al Congreso? —preguntó Mallo.

Anna sacó de su bolso un nuevo documento y lo examinó brevemente.

—Ahí el panorama es menos claro, pero se están barajando varios nombres. Son veinte países. Algunos tienen peso y otros apenas existen desde el punto de vista cultural. La tónica es la misma: en general, contaremos con gente procedente de la izquierda, aunque no siempre.

—¿Cómo quiénes?

Anna leyó algunos nombres.

—Bueno, en Colombia ya Germán Arciniegas está a bordo del proyecto. El mexicano Octavio Paz, el paraguayo Augusto Roa Bastos, los cubanos Jorge Mañach y Raúl Roa, los argentinos Francisco Romero y Jorge Luis Borges. En realidad, en Argentina se puede contar con todo lo que Gorkin llama "el Grupo Sur". La idea es, primero, crear comités en las principales capitales culturales de América Latina y, poco a poco, fundar comités en todos los países. Ése es el plan.

—¿Algo más? —preguntó Sarah.

—Volvamos a vernos el lunes próximo —le respondió Anna.

Viaje urgente a México y a Cuba

Fue una magnífica idea de Anna convocar la reunión con Sarah y Rafael en su pequeño despacho en la academia de ballet. ¿Qué visita más predecible y discreta a la institución que la de los padres de una alumna preocupados por su progreso? Laura, había sido realmente matriculada y se entretenía haciendo ejercicios en la barra frente a un espejo mientras los mayores conversaban tranquilamente y en voz baja.

—Hay un par de temas que deseo tratarles rápidamente —dijo Anna tras los besos y abrazos de rigor. Era obvio que no deseaba perder tiempo.

Sarah, sin embargo, la interrumpió:

—Antes de comenzar, Anna, te cuento que Laura está feliz con las clases. Dice que eres buena maestra y muy cariñosa con las niñas.

—Gracias, Sarah. Laura es una excelente alumna. Tiene condiciones para el baile. Mi exmarido decía que yo era muy cariñosa con las niñas ajenas porque no había tenido hijos propios.

—¿Exmarido? —inquirió Rafael impertinentemente.

Anna vaciló antes de responderle.

—Por decir esas cosas se convirtió en exmarido —respondió Anna sonriendo—. Estuve casada durante tres años con el profesor italiano Giacomo Sforza. El matrimonio no salió bien. Era un idiota bello y narcisista. Cuando nos divorciamos él regresó a Milán. Prefiero no hablar de eso.

—Sea por lo que sea, las niñas te adoran —dijo Sarah para alejar la conversación de los temas personales.

—Bueno: voy al grano. Madariaga y Gorkin tienen previsto un viaje a México y a La Habana. Van a crear comités locales del Congreso por la Libertad de la Cultura. En Washington desean una evaluación imparcial de esas reuniones. Quieren que tú, Rafael, los acompañes, aunque te sitúes en un segundo plano.

Las dos mujeres miraron a Rafael en espera de una respuesta.

—Por mi parte no hay inconveniente alguno —contestó rápidamente—. Puede ser muy interesante volver a mi país. Tengo alguna curiosidad.

—De acuerdo. Transmitiré tu mensaje. Y ahora voy al segundo aspecto de esta reunión. En Estados Unidos nos ha surgido un poderoso enemigo, o dos poderosos e inesperados enemigos que están relacionados: un senador republicano conservador, del que seguramente ya han oído hablar, y el FBI que lo alimenta incesantemente con informaciones sesgadas.

Rafael Mallo movió la cabeza como demostrando su incredulidad.

—El senador se llama Joseph McCarthy y fue electo por el estado de Wisconsin. Es abogado y exjuez. Peleó junto a los *marines* en la Segunda Guerra. Alcanzó el grado de capitán y lo condecoraron. Es un tipo inteligente, aunque quienes lo conocen lo califican de desagradable y totalmente alcoholizado.

—¿Oficial de infantería? Los *marines* son tipos duros —opinó Mallo dando a entender que estaban ante un enemigo peligroso.

—No. Era artillero de cola en la aviación de ese cuerpo. Hizo su campaña popularizando su sobrenombre *Tail-Gunner* Joe. Decía que en el senado hacía falta un artillero de cola disparándoles a los comunistas. Su condición de veterano de guerra le sirvió para derrotar al senador Robert La Follette acusándolo de estar rodeado de comunistas. La Follete milita en el Progressive Party, y eso se ha convertido en una mala palabra en Estados Unidos. Según dice el informe que recibí, existe un estado general de temor ante los avances de la URSS. Hasta Truman es acusado de ser blando con Moscú.

—¿Y qué hay de cierto en todo eso? —preguntó Mallo.

—Durante la elección, parece que el FBI, extraoficialmente, le pasó información a McCarthy sobre el jefe de despacho de La Follette, un abogado llamado John Abt que es, en realidad, un topo del Partido Comunista.

—Pero, ¿lo van a castigar por eso?

—No creo. Tendrían que probárselo. Sin embargo, desde la promulgación de la Ley McCarran ha subido mucho la temperatura anticomunista y se han multiplicado las acusaciones contra Truman. McCarthy dice que el Departamento de Estado, el Departamento de Comercio, los medios de comunicación, La Voz de América, Hollywood, y hasta la recién creada CIA, son nidos de comunistas y agentes del Kremlin. Amenaza con publicar unas listas de agentes comunistas que dice poseer.

—¿Por qué no lo hace? —preguntó Mallo intrigado.

—Según mis fuentes, porque en la lista hay comunistas, simpatizantes y no comunistas. McCarthy se puede meter en un interminable problema legal. Parece que la compilaron en el FBI con el compromiso de que no la divulgara, sino que la utilizara selectivamente. Es una lista muy arbitraria.

—¿Qué es la Ley McCarran? —preguntó Sarah intrigada.

Anna la miró con cierta condescendencia y le respondió en un tono que algo tenía de profesoral.

—Pat McCarran es un senador de Nevada que propuso, y se aprobó, una ley que les exige a fascistas, comunistas, y a todo aquel que quiera derrocar al gobierno de Estados Unidos por medio de la fuerza o el engaño, que se anoten como agentes de una potencia extranjera. En el Congreso existe un muy activo Comité de Actividades Antiamericanas dedicado a perseguir a estos militantes extremistas. Ya han hecho desfilar a numerosos artistas y algunos escritores. Truman estuvo radicalmente en contra de la ley. Decía que iba contra la esencia democrática y plural de Estados Unidos.

—Y si Truman no estaba de acuerdo, ¿por qué no vetó la ley? El presidente de Estados Unidos tiene esa facultad —apostilló Sarah.

—La vetó, pero el Congreso y el Senado revocaron el veto por una abrumadora mayoría. Casi todos los congresistas y senadores, demócratas y republicanos, votaron contra el criterio del presidente y se aprobó la Ley McCarran.

—O sea, que el macartismo tiene apoyo en Estados Unidos —afirmó Rafael Mallo en un tono en el que no dejaba entrever si estaba divertido, apesadumbrado o ambas cosas a la vez.

—Por supuesto. McCarthy no es una excepción en el Congreso. Es el reflejo de una actitud muy generalizada que está presente en los electores americanos. Los congresistas tienen que reelegirse cada dos años y la peor etiqueta que se puede padecer es la de "blando con el comunismo".

—¿Y qué tiene que ver todo esto con nosotros? —preguntó Mallo.

—A eso voy —respondió Anna—. Es posible que los soviéticos estén asesorando indirectamente a Joe McCarthy e incluso al FBI. Pueden haber llegado a la conclusión de que les conviene la estridencia anticomunista. Por lo menos, eso es lo que teme nuestra gente. Tal vez le están pasando información como si fueran gentes de derecha preocupadas por el destino del país. McCarthy dice que la CIA está infiltrada por los comunistas y pone como ejemplo a los participantes en el Congreso por la Libertad de la Cultura. Quiere abrir una investigación especial contra este proyecto. Afirma que está plagado de comunistas como Arthur Koestler y el propio Julián Gorkin. ¿Cómo sabía de nuestro contacto con Gorkin?

—¿McCarthy no entiende que los excomunistas, o trotskistas, son enemigos de Stalin? ¿No sabe que los mejores adversarios de Moscú son quienes se sienten estafados? —dijo Sarah genuinamente enfadada.

—Tal vez lo entiende, porque es una persona inteligente, pero cree que políticamente le conviene adoptar posiciones muy duras. Es un hombre joven, de cuarenta y pocos años, y se le ven aspiraciones presidenciales. Su caballo de batalla es el anticomunismo visceral.

—Como el nuestro —afirmó Rafael Mallo en un tono ligeramente cínico.

—El nuestro es mucho más sofisticado —le respondió Anna mirándolo a los ojos fijamente—. Un tipo como McCarthy puede ser muy peligroso para la supervivencia de la democracia.

A Sarah le pareció ver el brillo de la vehemencia en la mirada de Anna. Cuando Laura entró en la oficina, sudorosa y cansada, ya los tres estaban despidiéndose.

23

EL CEREBRO ES UN CAMPO DE BATALLA

N unca pensé volver a La Habana. Al salir de la prisión y tratar, desde París, de retomar mis contactos con el administrador de mis bienes en la Isla, interrumpidos durante tantos años, supe que me habían dado por muerto, las propiedades fueron asignadas al gobierno por la falta de pago de impuestos, y luego resultaron subastadas. Había unos nuevos propietarios de buena fe contra los que era inútil pleitear. Todo se había perdido.

Ya nada me ataba a Cuba, salvo un puñado de recuerdos cada vez más débiles y fragmentarios. Había pasado tanto tiempo, y eran tan intensas mis vivencias europeas, que hasta se me había olvidado la nostalgia cubana. No obstante, me gustó acompañar a Julián Gorkin y a Salvador de Madariaga a la Isla, tras participar como invitado en un congreso realizado en México, pero con el compromiso de que, una vez en Cuba, permanecería en la sombra, para que la policía de Batista, quien había dado un golpe militar en marzo de 1952, no deportara o vigilara a estos dos ilustres españoles.

Recorrí, eso sí, la vieja Habana de mi infancia, y volví a escuchar pregones hasta entonces ocultos en mis recuerdos: los maniseros con sus cucuruchos de papel, los chinos con sus frituras de carita, los dulces de coco, vendedores de mangos, amoladores de tijeras, billeteros que voceaban los números de la suerte, distintos periódicos —*La Marina, Prensa Libre, Informaciones, El Mundo,* la revista *Bohemia*—, expendedores de durofrío, una refrescante escarcha de hielo con colores y sabores vivos que me encantaba disfrutar durante mi infancia y que volví a rescatar a poco de llegar a la Isla.

Todo seguía intacto. La Habana era una ciudad moderna e iluminada, muy hermosa, mitad española, mitad americana, llena de brío comercial, aunque era visible la presencia de pordioseros, casi todos negros, algunos de ellos descalzos, que por las noches se guarecían en los portales para dormir entre cartones, como si la sociedad de ese país, fundamentalmente frívola, fuera indiferente al dolor ajeno.

Mi viejo colegio Belén, el de las calles Compostela y Picota, dirigido por los jesuitas, ya no estaba en el antiguo y enorme caserón en que yo estudié. Los curas habían construido un nuevo edificio en Marianao, no lejos del Tropicana, un famoso *cabaret* que en esos días tenía como estrella principal a Nat King Cole, un barítono negro de voz suave y prodigiosa que había puesto a escuchar a toda Cuba una hermosa balada sobre una prostituta a la que llamaban Mona Lisa.

Busqué las tumbas de mis padres en el cementerio de Colón, en el centro de El Vedado. Quise medir mis emociones ante sus restos, pero no sentí absolutamente nada. Allí estaban las lápidas, una junto a la otra, con sus nombres y fechas de nacimiento y muerte inscritos en mármol blanco: Antonio Mallo i Botet, 1873-1924. Mary Welch de Mallo, 1875-1924. ¿Por qué no me emocionó este inesperado reencuentro? No lo sé. Mientras vivían, nuestras relaciones siempre fueron extrañamente distantes. A mí me dolía no poder quererlos. Ellos, en cambio, parecían gozar de una impune indiferencia afectiva que nunca entendí del todo. Eran mis progenitores, nada más que eso. Pudiera pensarse que debía estarles agradecido por haberme traído al mundo, pero, como casi siempre sucede, no fui el producto del amor filial, sino del deseo carnal. En realidad, nada les debía.

La tumba que ni siquiera pude buscar fue la del canario Juan Miguel, el chófer de casa, aquel revolucionario bolchevique, elemental pero brillante, que me introdujo en el mundo de Lenin. No recordaba su apellido. Ni siquiera estaba seguro de haberlo sabido alguna vez. Para mí era sólo Juan Miguel, un tipo divertido que no sólo me encaminó por el sendero revolucionario, sino que me enseñó a rasgar una modalidad de la guitarra, el tres, que él tañía sorprendentemente bien y que yo apenas era capaz de tocar.

Como homenaje a su memoria (acaso lo más cercano a una figura paterna que tuve), o como una concesión a mis más intensos recuerdos infantiles, me fui a La Ceiba, cerca de La Habana, al sitio donde había visto a los primeros muertos de mi vida: tres negros (el abuelo y dos nietos), torturados y ahorcados durante la vergonzosa "guerrita de los negros", allá por 1912. Naturalmente, donde entonces había un pequeño bosque con un árbol del que pendían los tres cadáveres, hoy era un páramo de cemento. Había sido sustituido por un caserío de clase media baja en el que nadie sabía que ese sitio, hoy lleno de vida y bullicio, alguna vez había servido de silencioso escenario para ciertos crímenes estremecedores y, en cierta medida, inolvidables.

***

Los viajeros ilustres llegaron a La Habana en 1953 en una delicada misión, discretamente acompañados por Rafael Mallo. Se trataba de dos notables exiliados españoles antifranquistas procedentes de Europa vía México, donde acababan de copresidir, junto a Alfonso

Reyes, una sesión del Congreso por la Libertad de la Cultura: don Salvador de Madariaga, ensayista, novelista, exdiplomático, y Julián Gómez García, un valenciano cuyo seudónimo era Julián Gorkin, dramaturgo, periodista, trotskista, fundador del Partido Obrero de Unificación Marxista (POUM). Ambos les habían pedido al médico Julio Lavasti y al escritor Jorge Mañach que organizara una discreta reunión en La Habana con un grupo valioso de intelectuales cubanos "comprometidos con las ideas de la libertad", según dijeron en el enigmático telegrama que los había precedido.

Por petición de Julio a su hermana Mara, la reunión preparatoria se llevó a cabo en la galería de arte Hermanos Bécquer, en el Paseo del Prado de La Habana, y Mara Lavasti, la directora de la institución, y David Benda, su compañero sentimental, un gran pintor retratista de origen austriaco, fueron los anfitriones. Junto a Madariaga y Gorkin participaron, entre otros, de acuerdo con la lista confeccionada por Mara Lavasti, los escritores Jorge Mañach, Luis Baralt, Gastón Baquero, Raúl Roa, Leví Marrero, José Manuel Cortina, Anita Arroyo, Elena Mederos, Roland Simeón —compañero de Gorkin en el POUM durante la Guerra Civil española— y Pedro Vicente Aja, quien era escoltado por su jovencísima novia, la bella Olga, una exuberante muchacha rubia, intelectualmente precoz, que no debía exceder los diecisiete años.

La introducción, breve pero no exenta de cierto dramatismo, estuvo a cargo de Madariaga. Venían a pedir el apoyo de los intelectuales y artistas cubanos de más prestigio para afrontar la amenaza soviética contra la libertad en todo el mundo. Según el escritor, Moscú pasaba por un peligroso espasmo imperial que había llevado a la URSS a engullir a una docena de países europeos y a amenazar al resto. Los comunistas, dijo, "están decididos a dominar el planeta". En ese punto Gorkin tomó la palabra:

—El origen del Congreso por la Libertad de la Cultura, constituido en Berlín en 1950, está en la sensación de peligro que percibimos intensamente quienes, en el pasado, hemos formado parte del partido comunista. Como suele decir Arthur Koestler, uno de nuestros fundadores, al final sólo quedaremos ellos, los comunistas, y nosotros, los excomunistas, porque somos quienes conocemos al monstruo por dentro.

—¿Qué importancia puede tener lo que digan cuatro o cuarenta intelectuales y artistas? —preguntó Roland Simeón con un gesto que denotaba su escepticismo.

—Mucha. Estamos en medio de lo que los estrategas llaman "guerra fría". La ganará el bando que consiga conquistar moralmente a las grandes mayorías. La URSS ha desatado una inteligente campaña de propaganda que está logrando catequizar a una buena parte de la juventud europea. Los partidos comunistas de Italia y Francia son enormes. Moscú está logrando persuadir al mundo de que la URSS es el futuro noble de la humanidad. Yo sé que eso es falso. Yo estuve en la URSS lleno de ilusiones y en 1929 me expulsaron por denunciar al estalinismo.

—¿Cómo lo está logrando la URSS? ¿Cómo consigue embaucar a las masas? —preguntó Mañach, más por el afán de escuchar los matices de la respuesta que por el deseo de enterarse de lo que ya sabía de sobra.

—El plan original lo desarrolló Andrei Zhdanov sobre las líneas maestras del legado propagandístico de Willi Münzenberg. Zhdanov era consuegro de Stalin. Su hijo se casó con una hija de Stalin. Murió en 1948, pero dejó trazado el plan de actuación. Este personaje, enormemente inteligente, estuvo también tras los sucesos surgidos después del asesinato de Serguei Kirov. Kirov era un dirigente bolchevique crítico, mucho más popular que Stalin dentro de la clase dirigente. Stalin lo hizo matar en 1934 y luego utilizó esa muerte para acusar de la ejecución a quienes se le oponían en el partido. Así comenzaron los llamados procesos de Moscú, una purga que se llevó por delante a las mejores cabezas comunistas: Zinoviev, Kamenev, Bujarin, imputados todos como trotskistas, y luego a decenas de miles de gentes acusadas de no respaldar a Stalin. Ése es un mundo siniestro.

—El problema —dijo Mañach—es que ese escenario es muy lejano a Cuba. ¿Cómo convencer a los intelectuales cubanos que deben dar una batalla contra algo que apenas conocen y que les resulta tan distante?

—Ése es el reto —interrumpió Madariaga—. Es una ingenuidad pensar que Cuba o cualquier país del mundo está a salvo de un destino comunista. Para que los comunistas tomen el poder basta con que una minoría encabezada por un caudillo audaz dirija a una sociedad confundida que no sea capaz de entender lo que es el totalitarismo.

—¿Se puede explicar lo que es el totalitarismo a quienes no lo han vivido? —volvió a insistir Simeón en el tono escéptico que lo caracterizaba—. Los cubanos saben lo que son las dictaduras militares porque vivimos la de Machado, el posmachadato y ahora nuevamente Batista, pero eso tiene poco que ver con las dictaduras totalitarias.

—Exacto —intervino Gorkin—. El totalitarismo es otra cosa. Es estar gobernados por un caudillo y una pequeña camarilla que controlan absolutamente todas nuestras decisiones y nos convierten en unos peleles. Es la desaparición total del individuo, subsumido en una entelequia llamada *masa*, cuya voluntad supuestamente es interpretada por ese caudillo y por la oligarquía política que lo rodea.

—Y la clave para que esa pesadilla pueda implantarse es el control de la información —dijo Madariaga—. Los totalitarismos son sistemas dedicados a propagar una sola versión de la realidad y a ocultar todo aquello que la contradiga. El mensaje que ellos postulan siempre llega encharcado en una atmósfera de victoria que impide que una información distinta o crítica circule libremente. Son sistemas consagrados a uniformar a la sociedad, a estabularla. Convierten a las personas en un coro.

—Convierte a las gentes en papagayos o en focas amaestradas. Yo sé lo que digo porque fui comunista en mi juventud, algo de lo que me arrepiento profundamente —apostilló Raúl Roa, famoso por sus epítetos punzantes.

—De ahí la importancia de defender colectivamente la libertad —agregó Madariaga—. El riesgo que padecemos es también colectivo. Estamos ante un ataque contra las libertades concertado por Moscú, y debemos defendernos colegiadamente. Ése es el *leit motiv* del Congreso por la Libertad de la Cultura. A eso hemos venido a Cuba y por eso estamos recorriendo América Latina.

—Pero aquí hay una asimetría evidente —exclamó Simeón—. Moscú es un centro de poder que dirige una operación de propaganda, mientras nosotros somos grupos dispersos de artistas y escritores que tratamos de hacerle frente. Eso no va a funcionar.

Madariaga y Gorkin se cruzaron una mirada cómplice. Gorkin contestó.

—Estados Unidos nos ayuda. Los norteamericanos son conscientes de que la URSS ha desatado una campaña propagandística. El instrumento que usa Moscú son los llamados Consejos por la Paz. En el mundo hay sólo dos potencias, Estados Unidos y la URSS. Estados Unidos ha puesto en marcha diferentes iniciativas para frenar a los soviéticos. Con el Plan Marshall comprometieron 13,000 millones de dólares en la reconstrucción de Europa Occidental. Les ofrecieron ayuda económica a los satélites de la URSS, pero Moscú les ordenó que la rechazaran y creó el COMECON para concertar los esfuerzos económicos. Washington ha impulsado la OTAN y lanzó la OEA. Moscú creó el Pacto de Varsovia. En la clase dirigente americana prevalece la convicción de que hay que contener a los soviéticos. La defensa de la democracia, como establece la Doctrina Truman, es la visión de Washington.

—No lo creo —dijo Simeón—. Los gobiernos americanos se abrazan a todas las dictaduras latinoamericanas, tanto los demócratas como los republicanos. Son grandes hipócritas. Son amigos de Batista, de Trujillo, de Pérez Jiménez, de Somoza. Es una vergüenza. El anticomunismo sirve como coartada para cualquier infamia.

—Es verdad —dijo Madariaga—. Es una vergüenza. ¿Por qué lo hacen? ¿Por qué se abrazan a estas tiranías militares? Porque les parece útil que se muestren como anticomunistas. Los norteamericanos no ven a las dictaduras anticomunistas como un peligro para Estados Unidos, pero sí a los gobiernos procomunistas. Por eso la CIA contribuye a liquidar gobiernos de izquierda, pero no hace nada contra una dictadura de derecha. En el Congreso por la Libertad de la Cultura, sin embargo, estamos contra todas las dictaduras. Coincidir con Washington en un punto no significa que comulguemos en todo.

—¿Y el macartismo? —preguntó Simeón en tono crítico. También es vergonzoso el macartismo. Esa histérica persecución a la izquierda es algo lamentable. El clima de delación creado en Hollywood da la peor imagen posible de Estados Unidos.

—Insisto. Nosotros, dentro del Congreso por la Libertad de la Cultura sí vamos a combatir a los comunistas y a las dictaduras de derecha. Ya lo estamos haciendo. También vamos a combatir el macartismo. Nuestro compromiso es con la libertad y la democracia, no con la intolerancia —agregó Gorkin.

—¿Con dinero americano? —otra vez Simeón enseñó su veta irónica.

—Con dinero americano —dijo Gorkin resueltamente—. No existen "los americanos" como una entidad única. Los americanos son mucha gente. Los hay encallecidos que confunden el pragmatismo con la falta de principios, pero también los hay mucho más coherentes. Los hay que se sienten cómodos con la izquierda democrática. Estos son los que respaldan nuestros esfuerzos.

Madariaga volvió a tomar la palabra. Esta vez adoptó un tono más enérgico.

—Es verdad que el gobierno norteamericano se entiende con las dictaduras anticomunistas y eso es una pena, pero Washington no es una dictadura. No es posible hacer una equivalencia entre la URSS y Estados Unidos. Estados Unidos salvó al mundo de la pesadilla de los nazis. La URSS es una dictadura que intenta crear gobiernos a su imagen y semejanza. Los grandes aliados de Estados Unidos son democracias como Inglaterra o Francia. Después de la Segunda Guerra, Estados Unidos dedicó miles de millones de dólares y todos sus esfuerzos en convertir a Alemania y Japón en verdaderas democracias. La URSS, en cambio, transformó a los países que controla en satrapías dirigidas por comunistas locales que funcionan como empleados del Kremlin. Hay una diferencia fundamental entre las dos superpotencias.

Gorkin remató el argumento:

—Además, a nosotros nos interesa defender la libertad, y Estados Unidos, con todos los defectos que le imputemos, y tiene muchos, nos está ayudando a lograr esos fines porque coincide con los del país. Sería absurdo rechazar esa ayuda. ¿Con qué y cómo nos vamos a enfrentar a la URSS? ¿Qué otro país en el mundo le dedica el menor esfuerzo a defender la libertad fuera de sus fronteras?

—¿Cómo se financia el Congreso por la Libertad de la Cultura, todos esos viajes, las costosas revistas que publican en Londres y en París? Eso cuesta mucha plata —preguntó Simeón.

Madariaga y Gorkin volvieron a intercambiar miradas cómplices. Gorkin respondió.

—El dinero lo ponen los sindicatos americanos, la Fundación Ford, la Fundación Fairfield. Son varios donantes.

Roland Simeón sonrió displicentemente y volvió a intervenir.

—Bueno, ellos dan el dinero, pero ¿quién o quiénes les da a ellos ese dinero? Hasta donde sé, las fundaciones americanas no suelen tener motivaciones ideológicas, y, si las tienen, no dedican dinero a defender sus posiciones en la arena internacional. No existe la filantropía democrática.

Gorkin le respondió con una expresión fulminante.

—Debería existir. Pero, supongamos que es el gobierno americano. Supongamos, incluso, que es la CIA. ¿En qué cambia la situación? ¿No financia Moscú por medio de la NKVD los Consejos por la Paz y los Festivales de la Juventud? ¿No adiestra, paga y disciplina a los partidos comunistas locales? ¿No paga la URSS ese circuito editorial que publica en veinte idiomas las obras de los autores que quiere consagrar? ¿Quién le dio el Premio Stalin de la Paz al brasilero Jorge Amado? Se supo que hubo otros nominados. Se barajaron los nombres del mexicano Lázaro Cárdenas, el chileno Pablo Neruda, el cubano Nicolás Guillén. ¿De dónde sale el dinero para las campañas de desprestigio contra todo aquel que se aparta del guion, como les ha sucedido a Aram Khachaturiam, a Serguei Prokófiev, cuya música, ni después de muerto, es permitida? Todas esas son costosas operaciones de propaganda internacional, a favor y en contra. ¿Hay alguien en la prensa occidental que descalifique todas esas operaciones encubiertas de los servicios secretos comunistas?

—Para los demócratas es muy grave perder la independencia y mostrarse controlados por los gobiernos —habló con preocupación Leví Marrero, un brillante historiador y geógrafo que, hasta ese momento, se había mantenido en silencio.

Gorkin volvió a la carga.

—A nosotros no nos controla nadie. Más peligroso que perder la independencia es no perder la ingenuidad. Todos mis compañeros del POUM saben de lo que son capaces los estalinistas. Durante la Guerra Civil española torturaron y asesinaron a Andrés Nin y a cientos de militantes de nuestro grupo. La mitad de los soldados soviéticos que fueron hechos prisioneros por los nazis, y estamos hablando de decenas de miles de personas, cuando regresaron a la URSS fueron exterminados por órdenes de Stalin acusados de haberse pasado al enemigo. La URSS es una máquina paranoica dedicada a triturar enemigos reales e imaginarios, y se propone imponer ese modelo en todo el planeta.

El pintor David Benda, aunque no tenía pensado hablar, pidió la palabra.

—Creo que los señores Madariaga y Gorkin tienen razón. A los totalitarios hay que detenerlos antes de que sea demasiado tarde. Como saben algunos de los presentes, cuando yo era niño vivíamos confiados en que algo tan absurdo como el nazismo no podía triunfar en Alemania. Incluso, en mi primera adolescencia estuve convencido de que los austriacos éramos demasiado refinados y cultos para dejarnos arrastrar por la locura hitlerista. Al final, Europa completa fue precipitada en el horror de la guerra. Cuando terminó el conflicto volví a Viena y lo que encontré fue terrible. Si el futuro del mundo es lo que yo vi en el comportamiento de las tropas rusas, créanme que no vale la pena llegar a ese punto. Es mejor morir antes.

David hizo una pausa. Miró directamente a Madariaga y a Gorkin, y cerró su intervención con una frase muy clara:

—Si mi colaboración sirve de algo, cuenten con ella.

Mara Lavasti, la compañera de David Benda, fue la primera que aplaudió. Luego se sumaron todos, uno a uno. Con esos aplausos se cerró la discreta sesión. Poco después se creó el comité cubano del Congreso por la Libertad de la Cultura.

24

EL TRAJE DE ANNA MANCHADO DE SANGRE

A Rafael Mallo le sorprendió que Sarah no lo estuviera aguardando en el aeropuerto tras su regreso de Cuba. Llegó cansado a su confortable apartamento parisino. Allí lo esperaba Laura ilusionada.

—¿Me has traído algún regalo?

Rafael le respondió con desgana, agotado, pero fingiendo entusiasmo para no desilusionar a la niña:

—Por supuesto, amor, una muñeca de trapo hecha en Cuba, vestida de esclava colonial, y un ajedrez mexicano.

—¿Cómo es un ajedrez mexicano? —preguntó Laura.

Rafael se llenó de paciencia:

—Las blancas son figuras españolas y las negras aztecas. Tenemos que estrenarlo cuanto antes.

—Debemos hablar —lo interrumpió Brigitte, correcta, como siempre, pero escasamente cariñosa, también como siempre.

—Por supuesto —le respondió Mallo con una sonrisa que ignoraba el tono gélido de la abuela de Laura—. ¿Dónde está Sarah?

—Tuvo que hacer un viaje relámpago, pero me dejó esta carta para usted.

Brigitte no renunciaba a tratarlo de *usted* en todas las circunstancias. Ya Rafael se había acostumbrado a esa buscada distancia surgida del uso del pronombre.

—¿Qué dice? —preguntó mecánicamente mientras la abría.

—No sé. Me dio el sobre cerrado, pero me pidió que se la entregara en cuanto llegase.

Rafael Mallo se dio cuenta de que era algo importante y se sentó a leerla:

Mi muy querido Rafael,

Llevabas menos de tres semanas fuera de casa y me parecía que había pasado una eternidad. No puedes imaginarte cuánto te necesito. Tenemos tantas cosas de qué hablar.

No pude esperarte en París porque ha surgido un asunto muy importante y he debido trasladarme a Andorra por unos días. Enseguida te explico. Voy a necesitar tu ayuda.

Pero antes de contarte por qué he tenido que viajar, quiero decirte que estoy aterrada. Anna ha desaparecido. Nadie sabe nada de ella en la academia y yo recibí por correo su traje de baile manchado de sangre. Me llegó en una bolsa sin ningún otro mensaje ni remitente. Me lo dejaron en la puerta del apartamento, como para probar que estaba a merced de los asesinos. Lo he dejado oculto en el armario de la habitación.

Sí, creo que la han matado. Naturalmente, fuera de los amigos en Washington (que me han ordenado que permanezca en silencio en lo que ellos investigan), no le he dicho a nadie que me han hecho este siniestro envío. Bueno, sólo a Brigitte, pues a Laura le hemos contado que su maestra está de vacaciones. No quiero que la policía francesa continúe asociándonos con actos de violencia. La bomba que te enviaron y el extraño suicidio de Larry Wagner son suficientes. Me temo lo peor.

Y ahora paso a lo de Andorra. Durante tu ausencia, parece que ha desertado en España un agente clave de los servicios del Este y ha solicitado entrevistarse con los norteamericanos. Provisionalmente, lo han llamado Charlie. La embajada de Estados Unidos en París me ha pedido que le haga el primer *debriefing* para saber si la información que trae tiene suficiente entidad como para otorgarle asilo. A veces son charlatanes que carecen de importancia o falsos desertores que pretenden penetrarnos a nosotros. Me han advertido que la persona habla inglés con algunas dificultades y no domina el francés ni el español. Creo que es húngaro (no han querido aclarármelo), pero su lengua de trabajo es el ruso.

Me encantaría que me acompañaras. Tu dominio del ruso me será muy útil. Los españoles han escogido la masía de Andorra para la entrega del personaje. Ya conocen el *chalet* y saben que es una de nuestras casas de seguridad más convenientes. Está alejado y es discreto. El primer contacto con Charlie será en un par de días, con lo cual tienes tiempo para viajar por tren a Tolosa y desde la estación tomar un autobús hasta Andorra. Yo me vine en el auto por si luego decidimos trasladar a Charlie a París o se lo devolvemos a los españoles. Eso dependerá de nuestra evaluación. Regresaríamos juntos.

Pero hay algo más, Rafael, muy privado e íntimo. Te necesito físicamente. Esta escapada a Andorra es una buena excusa para queremos con pasión. En Andorra nos reencontramos hace ya unos años y todavía me excita recordar ese momento. Los dos sabemos que la rutina se ha instalado en la pareja y tenemos que terminar con esta deriva. Yo siempre he sentido una intensa atracción física por ti y sé que te sucede lo mismo.

Ven pronto, amor mío. Te amo y te deseo como nunca,

tu Sarah.

***

Rafael viajó a Andorra intrigado y, por qué no, excitado. Las horas de tren y autobús le sirvieron para repasar su propia y azarosa vida, sus relaciones con Sarah, el extraño mundo en el que había transcurrido su existencia, tan lleno de sobresaltos y sorpresas. ¿Había tenido sentido? No hubiera sido mejor una existencia serena, municipal y espesa, como calificaban en la Cuba de su juventud las biografías tranquilas. ¿Qué más podía depararle la vida?

El reencuentro con Sarah fue, sin duda, grato. El preámbulo aunque corto, resultó apasionado. Sarah lo esperaba olorosa, recién duchada, hermosa, enfundada en una bata blanca de algodón que dejaba imaginar su desnudez. Rafael colocó su maletín en un rincón, se aseó y regresó a la habitación. Era la misma de su primer encuentro con Sarah en la masía de Andorra. Un cuarto limpio, austero, con la cama de matrimonio cubierta por una finas sábanas de hilo blanco. Rafael vio sobre la mesa de noche las cadenillas y las esposas para los juegos sexuales. No dijo nada, pero sonrió levemente. No tuvo duda de que Sarah se proponía revitalizar a su manera los lazos que unían a la pareja. De alguna forma, seguía siendo la Sarah de siempre, ardiente, imaginativa, o *kinky*, como ella se autocalificaba en la intimidad.

—Bésame —le pidió Sarah en voz baja, seductora.

Rafael la tomó de la mano y se colocó junto a ella frente al gran espejo situado en la pared. Le quitó la bata para ver reflejada la imagen de Sarah de espalda, desnuda, con aquellas nalgas tan hermosas, y esa cintura tercamente estrecha pese a los años transcurridos desde sus primeros encuentros amorosos. Le dio la vuelta, para que ambos pudieran contemplarse en el espejo mientras él le mordía el cuello y la masturbaba. Sarah comenzó a jadear de placer.

—Acostémonos —le dijo Sarah—. Y átame. Quiero hacer el amor esposada, indefensa. Sabes que eso me excita. Es como entregarme doblemente.

Rafael, poniendo cuidado en no lastimarla, sin dejar de besarla intermitentemente, le colocó las esposas y las cadenillas para sujetarla con las piernas y los brazos abiertos a la cabecera y a los pies de la cama, hasta dejarla como una deseosa y ardiente X humana que se arqueaba de placer con cada caricia de sus dedos, de su lengua sobre y dentro de su sexo, hasta que la penetró profundamente y ambos, al unísono, alcanzaron, le pareció, un orgasmo intenso y prolongado.

Una vez que él la desató y tras descansar abrazados por un rato, Sarah, con la cabeza colocada sobre el brazo de Rafael, mientras los muslos yacían trenzados, le habló con voz melosa:

—Ahora me toca a mí. Voy a esposarte. Lo deseo mucho.

Rafael sonrió. Su goce, en realidad, no derivaba de la inmovilidad y la indefensión, sino de complacer a Sarah, a quien la estimulaban estos juegos amorosos suavemente sadomasoquistas que a él, secretamente, lo dejaban indiferente.

—Claro, Sarah. Ahora te toca a ti. Átame.

Sarah lo besó en los labios, lo miró con una expresión de amor, y procedió a sujetarlo a las cuatro esquinas de la cama. Una vez terminada la operación, inesperadamente, en lugar de acariciarlo se puso de pie, y en un tono evidentemente sardónico le dijo algo que sorprendió totalmente a Rafael:

—Vamos a jugar, pero no al sexo. Esto se acabó. En realidad, jugar no es la palabra adecuada. Te voy a revelar ciertas cosas muy importantes, pero quería hacerlo de manera que no pudieras evadirte ni agredirme. Te quería así: totalmente incapaz de defenderte o de matarme, como seguramente hubieras intentado. Hoy la indefensión, la tuya, no es para gozar, sino para sufrir. Quería ser yo quien pudiera decirte todo esto mirándote a la cara.

Por unos segundos Rafael pensó que lo que acababa de oír era parte del juego, pero enseguida comprendió que era mortalmente serio.

—No entiendo el juego, Sarah. Desátame. No me gusta lo que estás haciendo. No le veo la gracia. Hace un momento me jurabas que estabas disfrutando. ¿Qué es lo que pasa?

—No hay gracia alguna, Rafael, lo que voy a decirte es muy grave. Puedes gritar si lo deseas, que nadie te va a oír. Estamos absolutamente solos y aislados, al menos por un par de horas, para poder contarte todo lo que mereces oír y yo quiero decirte.

—¿De qué coño me estás hablando, Sarah? ¿Para qué me invitaste a follar? ¿No era eso lo que querías?

—Te invité, entre otras razones, para saber qué sentía realmente por ti. Ya lo sé y me espanta. Me das asco. Te invité para darte esta despedida. Te invité para despedirme de ti. No podría dormir tranquila si no te digo directamente, y mirándote a la cara, todo lo que deseo decirte.

—¿Te has vuelto loca? Te exijo que me desates.

—No, no te voy a desatar. Tú no puedes exigirme nada. Estuve a punto de volverme loca, e incluso creo que me hubiera gustado volverme loca, pero no ha sido así. He preferido aceptar y comprender la verdad.

—¿De qué verdad estás hablando, Sarah? ¿Qué carajo estás diciendo?

—Quizás este nombre te saque de dudas, Rafael. ¿Te dice algo el nombre de Ariadna Makarenko?

Rafael Mallo cambió de color y vaciló, pero alcanzó a dar una respuesta a media lengua.

—Por supuesto, Sarah. Es la periodista ucraniana que conocí en Francia, en 1939, cuando escapé de España, y con la que tuve un breve *affaire*. Ya te lo había contado. ¿Qué pasa con ella? No me diga que estás celosa. Me han dicho que está en París.

—No seas cínico. Tú sabes que está en París, porque era tu amante y la veías con frecuencia. Lo reconoces ahora para comenzar a fabricar alguna mentira.

—¿Qué mentira? ¿Por qué voy a fabricar una mentira? Hablemos con ella para que te aclare cualquier duda.

—Ya lo hice, Rafael. Ariadna estaba en París. Ya no. A esta hora vuela rumbo a Washington. La conocí. Es una mujer bonita y decidida. Lo ha contado todo. Aunque te parezca raro, me ha simpatizado.

Rafael Mallo cambió otra vez de color. Se retorció, trató de zafarse inútilmente. Sarah extrajo de su bolso una pequeña pistola y le apuntó a la cabeza.

—Tranquilízate, Rafael. Si lograras desatarte te mataría.

—¿Serías capaz?

—Claro que sería capaz. Es lo que deseo.

—Estás celosa. Esa mujer es una experta fingiendo. ¿Qué mentiras te contó?

—Hoy la experta en fingir he sido yo. ¿Sabes, Rafael, que he debido fingir los orgasmos? En realidad, tenía ganas de vomitar cuando me tocabas o me penetrabas. Tú no eres el único que sabe simular. Yo también sé mentir y hoy he disfrutado mucho engañándote. Quería hacerlo. Necesitaba engañarte para vengarme de tus mil embustes y simulaciones. Engañarte era mi manera de desquitarme.

Sarah lo miró con desprecio, fue hasta el armario de la habitación, sacó un maletín, y de él extrajo un voluminoso informe que muy bien excedía de las doscientas páginas. Comenzó a hablar muy lentamente.

—Al día siguiente de tu partida rumbo a México y Cuba, Ariadna hizo contacto con Anna, en la academia de baile. Se presentó sin avisar y en un estado de ansiedad que infundía pena. Lloraba a mares.

Rafael Mallo frunció el ceño preocupado. Sarah continuó:

—Quería hablar. Eligió la academia de Anna para desertar de los servicios de inteligencia soviéticos, en los que trabajaba desde hacía años. No se entregó a las autoridades francesas, sino a nosotros, los norteamericanos, porque dijo sentirse más segura en manos de Washington que en las de París. Su meta era volar a Estados Unidos y encontrar allí paz y refugio.

—¿Qué les contó? —Sarah, por primera vez, percibió un tono de derrota en las palabras de Rafael.

—Ariadna dejó de ser una agente de la NKVD y, de paso, dejó de ser tu amante. No sólo yo estoy asqueada de ti. Ella también te detesta.

—No era mi amante. Me daba servicios sexuales, que es otra cosa. Yo no la amaba.

—Por eso te tengo tanto asco. No me lo niegues. Era tu amante. No me digas que no significaba nada para ti porque no es verdad. Algo significaba, no sé exactamente qué, porque tú eres una bestia incapaz de amar, pero no eras indiferente a ella.

—Yo no soy una bestia. Yo soy un ser humano que, como todos, utiliza el sexo para vivir. No me jodas, Sarah. Tú has hecho lo mismo.

—¿Te ofende lo de bestia? No me importa. Oirás otras cosas. Se vieron en México, hace unos años, y luego se mudó a París para estar cerca de ti. Nos lo ha contado.

—Ariadna es una mentirosa. Tú también. Estás inventando el testimonio de ella.

—No, Rafael, Ariadna no es una mentirosa. En este informe están sus palabras. Ariadna sabe muchas cosas de mí que tú le dijiste. Yo me limito a leer y citar su informe. ¿Por qué le contaste aspectos de nuestra intimidad, hijo de puta?

Rafael permaneció callado.

—Te burlabas de mí cuando hacías el amor con ella —había una emoción triste en la voz de Sarah—. Eres un tu tipo despreciable. Le dijiste que me gustaba que me ataras a la cama. Le dijiste que te parecía una manera estúpida de hacer el amor, pero te sometías a ella para convencerme de que me querías cuando, realmente, me detestabas.

—Es verdad, Sarah. Eres una enferma sexual. Nunca me han gustado estos juegos estúpidos.

—Ya ves, ahora tú estás atado a la cama gracias a este juego estúpido. Los juegos estúpidos a veces son útiles. ¿Sabes que cuando te burlabas de mí la alejabas a ella? ¿Crees que una mujer inteligente, y Ariadna lo es, no sentiría repugnancia por alguien que se mofa de otra mujer con la que se acuesta? Ella se fue dando cuenta de que tú eres un monstruo.

—Ella sí es monstruosa. ¿Te dijo que su función en los servicios soviéticos era prestarle respaldo genital a los agentes. ¡Así le llamaba! Respaldo genital.

—¡Cállate, imbécil, y escucha! No, no me cuentes la vida de Ariadna. La conozco. Ella me la ha relatado. Está aquí en estos papeles. Sí, desde los 19 años era una agente soviética. La reclutaron en la universidad. Me contó, llorando, que sus primeras tareas consintieron en acostarse con diplomáticos extranjeros para sacarles información. Ya sé que su vida está llena de mierda, pero la tuya también, y probablemente la mía. La diferencia es que ella se ha arrepentido, como yo me he arrepentido de mis errores de juventud, pero tú no. Tú vives feliz y orgulloso de la mierda que te cubre.

—¿Cuánto le pagaron para que se pasara al enemigo? Ustedes los gringos lo compran todo a precio de saldo.

—¡No, Ariadna no se ha pasado al enemigo por dinero, como acabas de decir! Ha desertado porque está harta de vivir una doble vida, de engañar a los demás mientras vive llena de dudas.

—Ella ha sido cómplice de muertes. ¿No te lo ha dicho?

—Sí, es verdad, también está cansada de ver matar y de ser cómplice de esas muertes. Me contó que a su padre lo fusiló Stalin tras regresar de la Guerra Civil española.

—Seguramente se vendió al enemigo. En la URSS no fusilaban por gusto.

—¡No, Rafael, no lo merecía! No seas vil. Sí, sé que ella justificó la muerte de su padre. Me lo dijo. Pero también me dijo que lo hizo para proteger a su madre. Como nos dijo que, cuando te sacamos de la cárcel española, lo primero que hiciste fue ponerte en contacto con los soviéticos. Y lo primero que ellos hicieron fue encargarle a Ariadna que te vigilara.

—Siempre me lo figuré, Sarah. Es parte de nuestro trabajo. No los culpo.

—Ariadna se enamoró de ti, Rafael, como yo me enamoré de ti, pero ella sabía todo lo que yo ignoraba. La horrorizó tu frialdad para matar.

—No me gusta matar. Lo he hecho porque no me quedaba más remedio.

—¡No lo niegues! Ariadna no era una asesina. Tú sí. En lugar de matar a Anna, como le habías ordenado que hiciera en tu ausencia, y que me mandara a mí su traje de baile ensangrentado para continuar asustándome y desestabilizándome emocionalmente, decidió romper para siempre con su pasado de crímenes y delaciones, y nos lo ha relatado todo. Ese traje de baile que encontraste en el armario está manchado con sangre de pollo, no de Anna.

—¿Y tú se lo creíste? —había sarcasmo en sus palabras.

—Claro que se lo creí. Decía la verdad. Se lo ha contado todo a Anna y, a veces, a mí, cuando me sentía con fuerzas para escuchar tantas infamias.

—Ella era una asesina, no yo.

—No me grites que nada tenías que ver con ella porque eso es mentira. ¡Cállate y escucha! Ella y tú espiaban para Moscú y ella, además de ser tu amante, te espiaba a ti y le contaba a la NKVD todo lo que yo hacía, incluidos los detalles más personales de nuestra vida íntima.

—Ella mintió para que ustedes la protegieran. ¿No te das cuenta?

—Aquí está la copia de su nauseabunda declaración. Eres el mayor canalla que he conocido en mi vida. Aquí está el testimonio de tus infamias. Tú, asesino, preparaste el libro-bomba que mató a Matías Landrián, y luego te mandaste tú mismo otro artefacto similar para crear la sensación de que nosotros, y especialmente tú, estábamos en la mira de Moscú, y para preparar la ejecución de Larry Wagner, que era tu verdadero objetivo.

—Sí, es verdad —aceptó Rafael Mallo desafiante, pero luego siguió conciliador—. El libro que envié a nuestra casa no podía estallar porque el detonador estaba defectuoso.

—Eso ya lo sé. Ariadna lo aclaró. El libro-bomba que te enviaste nunca hubiera estallado. Pero lo grave es que mataste a un hombre que había sido tu amigo sólo para crear una historia verosímil que te convirtiera en una víctima y alejara cualquier sospecha de ti.

—Matías Landrián no había sido mi amigo. Lo conocí y traté durante la guerra española, pero siempre me pareció un idiota sentimental. Sí, murió, pero no sufrió nada. Una explosión y se fue al carajo. Su vida no sirvió de nada, pero su muerte me resultó útil. No podrán probar que yo lo maté.

—¿Probarlo? Eso da igual, porque sabemos que es cierto y pagarás por tu crimen. No te perdono, además, hijo de puta, que nos hayas asustado con la supuesta explosión, que nunca hubiera ocurrido.

—Las asusté, pero no corrieron peligro.

—¡Cállate, miserable! Tú asesinaste a Larry Wagner y trataste, ambiguamente, de hacerlo pasar como un suicidio. Y ya sabemos por qué. Nos lo explicó Ariadna. Estabas obsesionado con él. Te diste cuenta, de alguna manera, o te imaginaste, que Larry sospechaba de tu lealtad y pensaste que, eventualmente, iba a revelar sus inquietudes a Washington.

—Larry Wagner era un fanático. Está bien muerto. Ariadna disfrutó matándolo.

—¡Tú eres el fanático! Ariadna lo contó con detalles. Ariadna no lo mató. Sólo fue testigo de la muerte. Tuviste que amenazarla. Ella no quería. Estaba aterrorizada. No perdiste tiempo y al anochecer fuiste a su oficina, donde sabías que lo encontrarías, entraste con mi llave, lo sorprendiste trabajando. Lo amenazaste con una pistola en la sien, después lo narcotizaste con cloroformo para que no gritara y se defendiera. Luego lo ahorcaste con la soga que llevabas preparada para que pudiera pasar como un suicidio. Primero lo ahorcaste y luego lo colgaste. Ésa fue la secuencia del crimen. Parece que los ahorcados que viste en tu niñez te marcaron para siempre, loco de mierda —continuó Sarah.

Rafael le respondió a gritos:

—¿Qué coño querías? Esto es una guerra. Larry me hubiera asesinado a mí si hubiese tenido que hacerlo.

—¡No grites! Bueno, al menos ya admites que eres un asesino. ¿Ves? Sigues siendo el mismo tipejo sectario de cuando tenías veinticinco años y pensabas que el mejor norteamericano era el que estaba muerto.

—Larry se merecía morir.

—Larry no se lo merecía. Era una buena persona. No simpatizaba contigo, tal vez porque intuía que eras un hijo de puta, pero lo ahorcaste porque eres un sádico.

—¡A mí no me gusta matar!

—Sí, te gusta matar. Eres un maldito asesino. ¿Sabes lo que nos contó Ariadna? Veamos, aquí, lo que revela en la página 76: "Antes de caer preso en manos de los franquistas, Rafael Mallo le hizo su último servicio a Stalin: él fue quien mató a su amigo y mentor Willi Münzenberg".

Rafael Mallo cabeceó extrañamente antes de responder:

—Se había desviado. No entendió que la URSS tenía que pactar con Alemania para salvar la revolución. Yo cumplí órdenes.

Sarah ignoró sus palabras.

—¡Qué tremenda revelación! No hacías otra cosa que elogiar su talento y la amistad que te unía a él, y resulta que fuiste tú quien lo asesinó. ¿Ahora me vas a decir que lo merecía? Sigue diciendo el informe: "Stalin estaba indignado con la ruptura de Münzenberg con la URSS y con los ataques personales que había recibido en la revista *Die Zukunft* (El Futuro), dirigida por el alemán, donde lo criticaban ferozmente por haber pactado con los nazis la división de Polonia, y dio la orden de que la NKVD lo buscara y ejecutara. Stalin temía que Münzenberg pudiera convertirse en un nuevo Trotsky.

—Sí, eso fue lo que ocurrió. Münzenberg comenzó a atacar a Stalin y a compararlo con Hitler —admitió Mallo desafiante.

Sarah continuó hojeando el informe:

—"En ese momento —dice Ariadna— Rafael y Willi estaban refugiados en el sur de Francia y, tan pronto los ejércitos alemanes atacaron por el norte, debieron, como todos los extranjeros, concentrarse en algunos puntos decididos por el gobierno en París".

—Fue una casualidad que coincidiéramos.

—Sí, te convertiste en el asesino más próximo. Esto fue lo que pasó según Ariadna. Óyelo bien: "Rafael averiguó que Münzenberg estaba en Chambaran, no lejos de Lyon, y sobornó a un joven pelirrojo austriaco, apellidado Baum (no recuerdo el primer nombre), delincuente común que había huido a Francia tras atracar un banco, para que lo convenciera de que abandonaran el campamento, que apenas tenía vigilancia, para marchar a Marsella y de ahí navegar hasta el norte de África. Pero Baum, por un puñado de francos, entregó a Münzenberg a Rafael en un bosquecillo, no lejos de Saint-Marcellin. Ahí Rafael Mallo hizo exactamente lo mismo que repetiría años después con Larry Wagner. Mientras Baum le apuntaba a Münzenberg con una pistola, Rafael lo ahorcó de un árbol y dejó el cadáver colgado para que lo devoraran los carroñeros".

—Münzenberg se volvió un traidor a la causa. No fue un asesinato. Fue una necesaria ejecución revolucionaria. Tú nunca has entendido nada.

—¿Ahora vienes con eso? No, Rafael, Münzenberg no era un traidor a la URSS. El traidor a la URSS y a la especie humana, que acaba de morir, el pasado 5 de marzo de este bendito 1953, era Joseph Stalin. El traidor eres tú. Münzenberg fue un fanático, como tú y yo, hasta que se quitó la venda, como me la quité yo, pero no tú.

—Yo no tengo vendas, Sarah. Yo tengo convicciones.

—¿Qué no tienes venda? El traidor eras tú, que decías admirar a Münzenberg y te ofreciste para ejecutarlo. Tú eres un miserable psicópata dedicado al crimen y a la traición desde que eras muy joven, y la gente como tú no tiene redención ni cura. Tu placer está en matar. Eso es lo que te gusta.

—¿Para ti no significa nada la lealtad, Sarah?

—¡Esto es el colmo! No me vengas con el cuento de la lealtad. ¿Lealtad a qué? ¿A una cadena de asesinatos? ¿Sabes a lo que tú tienes lealtad, hijo de puta? A los servicios policíacos, a tus compañeros criminales, a tus cómplices. Tú no tienes principios ni emociones reales. Sólo tienes instintos tribales y adrenalina. Eres un adicto a la adrenalina.

—Estás jugando al psicoanálisis, Sarah. Eso es psicología barata. No sabes de qué coño estás hablando.

—No, Rafael, no estoy jugando al psicoanálisis ni a la psicología barata. Oyendo a Ariadna y leyendo su informe he comprendido muchas cosas. Eres un enfermo.

—Ahora resulta que soy un enfermo —respondió Rafael con ironía.

—¿Quieres saber por qué, según Ariadna, tus padres no te querían? Ella llegó a esas conclusiones oyéndote a ti. Te voy a leer un párrafo de la página 9, casi al principio del informe: "Rafael se quejaba de las relaciones que tenía con sus padres, pero me contó que se agriaron desde su niñez cuando degolló al perrito de la familia porque sus ladridos no lo dejaban dormir. Él suponía que degollar un perro eran cosas de niños traviesos, pero su padre, que era médico, y su madre, ambos personas inteligentes y bien formadas, seguramente advirtieron que el pequeño Rafael era un monstruo carente de empatía".

—¡Era sólo un perro de mierda! Cuando se lo conté a Ariadna se reía. ¿No te relató esa parte? ¿No te dijo que le había parecido graciosa la historia?

—No. Pero escribió lo siguiente: "El padre lo golpeó con su correa severamente para tratar de despertar al ser humano, pero lo que logró fue aumentar los rasgos del psicópata. Rafael es un psicópata en toda la extensión de la palabra, que podía jugar con su mascota y luego matarla sin el menor sentido de culpabilidad". No, no era un perro de mierda, Rafael. Es natural que tus padres te juzgaran por la forma en que tratabas a tu mascota. Era un síntoma de cómo te ibas a relacionar en el futuro con la gente.

—Me parece ridículo que me juzguen por la anécdota del cabrón perro —había algo de sorpresa en las palabras de Rafael.

—Nunca has querido a nadie, Rafael, porque la gente como tú es insensible. Algunas de estas *cualidades* te debió ver tu amigo, ¿cómo se llama?, Fabio Grobart, cuando te recomendó vivamente a los servicios soviéticos, que entonces dirigía su compatriota polaco Félix Dzerzhinski. Porque, desde entonces, en los años veinte, fuiste enviado a servir a la GPU, como cuenta Ariadna en su informe, y no hay mejor destino para los psicópatas que los servicios de inteligencia de las dictaduras.

—Yo era un muchacho idealista —protestó Rafael.

—Mentira. No fuiste a Moscú como un comunista militante a luchar por la causa del marxismo-leninismo, sino como un espía para hurgar en la vida de tus camaradas y de los simpatizantes. Más que un comunista, Rafael, eras un policía malvado. Siempre has tenido alma de policía malvado.

—Fue la tarea que me pidieron, Sarah, y la desarrollé lo mejor que pude —Rafael volvió a desafiar a Sarah.

—Ya lo sé. Me lo contó Ariadna. Fue así como te cruzaste en mi camino. Me dolió muchísimo saberlo. No acudiste a la presentación de mi libro *Al final de la noche* por curiosidad literaria. Ni siquiera tenías la más puta idea de quién era Virginia Porter, la poeta que me dijiste que admirabas sólo porque sabías que yo apreciaba su talento. Habías leído su nombre en el *dossier* sobre mí que te entregaron. Para ti yo era un caso, un *dossier*. Tu misión era enamorarme.

—Sí, fue un sacrificio por la patria del proletariado —dijo Rafael adoptando una entonación burlona.

—Sí, juega ahora al cinismo. Te viene muy bien. Te voy a leer lo que escribió Ariadna: "Tan pronto llegó a París, Rafael Mallo, siguiendo las instrucciones que traía de La Habana, hizo contacto en el club de ajedrez con un oficial de la GPU que le pidió un informe sobre los surrealistas, personas de las que sospechaban pese a ser de izquierdas, o quizás precisamente por eso".

Rafael Mallo sonrió antes de reaccionar.

—Es verdad, a los amigos soviéticos les inquietaban los surrealistas. Les parecían unos idiotas revoltosos. Y lo eran. Vanidosos y revoltosos, convencidos de que el mundo giraba en torno a sus estupideces.

—Sigo leyendo. "A Moscú nunca le han gustado las izquierdas independientes. La función de Rafael Mallo era hacerse amigo de muchos de estos escritores y artistas e informar sobre sus creencias políticas y sobre la opinión que tenían de la URSS. Les preocupaban, básicamente, André Breton y su grupo".

—Breton era un idiota antisoviético con más talento para el escándalo que para la literatura —le gritó Rafael.

—No era eso lo que me decías antes. Me asegurabas que lo admirabas. Pero es aquí donde entro yo. Escucha, canalla, lo que escribió tu amante Ariadna: "Al mismo tiempo, la GPU tenía puesta su mira en un viejo y aristocrático diplomático inglés nombrado Sir William Vandor, muy cercano al Secret Intelligence Service, casado con una joven poeta norteamericana llamada Sarah. Según nuestros servicios, el matrimonio tenía una licenciosa vida conyugal que podía calificarse como *libertina*. Dado que Rafael era apuesto, hablaba varios idiomas y era poeta, debía acercarse a la señora Sarah Vandor y tratar de establecer una relación íntima con ella para averiguar qué se traía exactamente entre manos Sir William, puesto que la política exterior inglesa era una de las prioridades de Moscú. El objetivo de Rafael era conocer las actividades de Sir William Vandor y, de ser posible, reclutar a su mujer. Como se divorciaron de inmediato, los planes cambiaron".

—Veo que Ariadna tiene buena memoria —masculló Rafael resignado, pero exhibiendo una cínica sonrisa.

—Fue así como llegaste a mi vida, Rafael. No te interesaba yo, y mucho menos mi poesía, sino lo que mi marido hacía para los británicos. Y yo fui tan idiota que me enamoré de ti.

—Yo también me enamoré de ti —dijo Rafael tratando de tender puentes con Sarah.

Sarah lo miró con desprecio.

—No, no me jodas diciéndome que tú también te enamoraste de mí. Eso no ocurrió nunca. La gente como tú jamás se enamora. Eso no es verdad. Por eso no querías que me divorciara de mi marido. Por eso no querías que nos reuniéramos en Madrid. Apenas te servía si ya no estaba casada con William. Yo estaba ciega. Tú no me amabas. Tú cumplías una misión en mi lecho.

—Así fue al principio, Sarah, pero luego me enamoré de ti.

—¿Sí? Fíjate que cosa más terrible dice la declaración de Ariadna: "Rafael Mallo, medio en serio o en broma, afirmaba que una de las tareas más desagradables que ha debido llevar a cabo por defender la causa del socialismo es unirse a Sarah Vandor, quien le parecía una mujer insoportable y fatua, con ínfulas de escritora, aunque era, en realidad, una persona inestable y ridícula, vanidosa y tonta, adicta a prácticas sadomasoquistas que a él, realmente, le molestaban".

—Todo eso lo inventó esta hija de puta.

—No lo inventó. Es lo que tú decías. Pero esa hiriente descripción ni siquiera es lo peor.

—Te juro que lo inventó.

—¡Cállate, imbécil, y déjame seguir! Da igual cuanto grites. Nadie te escuchará.

—En realidad, te mataría si pudiera —le dijo Rafael en un tono en el que la amenaza se mezclaba con la frustración.

—No, no me puedes matar. Sé que lo harías si pudieras, pero no puedes. Yo sí pudiera matarte. Jamás te perdonaré lo que opinabas de mi hija Laura y de su abuela Brigitte: "Rafael Mallo, aunque reconocía que, en general, no le gustaban los niños, reservaba los peores comentarios contra Laura, la hija de Sarah, a quien calificaba de antipática y pegajosa, burlándose él mismo de cómo la conquistó jugando infantilmente a los caballitos. Sin embargo, los peores epítetos los reservaba para Brigitte, la abuela de la niña, una persona a la que calificaba como "una vieja judía, agria y despótica, que no podía perdonar que un hombre se acostara con la que fue mujer de su hijo", un militar norteamericano que, según él, a juzgar por los comentarios de Sarah, debió ser muy soso en la cama".

—¡Nunca he dicho nada de eso, Sarah! Te lo juro.

—¿Que nunca has dicho nada de eso? ¿Lo inventó Ariadna? ¿Piensas que debo creerte a ti y no a Ariadna, una mujer decidida a contar todo lo que sabe para cambiar de vida y salvarse? ¿Por qué Ariadna iba a inventar algo así? No, Rafael, le creo a ella.

—Estás de parte de ella porque ahora me odias.

—Sí, quizás simpatizo con ella porque también te odia. Tú detestabas a mi hija, rechazabas a Brigitte, me despreciabas a mí, te burlabas de Bob. Tú formabas parte de mi familia y de mi vida sólo como una repugnante labor de inteligencia. Pero ni siquiera creo que lo que nos hiciste fueron las peores acciones de tu miserable existencia.

—¿Qué más contó esa traidora? —había en la pregunta una mezcla de preocupación y desprecio.

—Sí, voy a seguir hasta el final. No obstante, déjame decirte algo que nunca te conté, y me encanta hacerlo ahora, que estás atado y desnudo en esa cama, con el pene ridículamente flácido y escondido, porque estás muerto de miedo: Bob siempre fue mucho mejor amante que tú. ¿Lo entendiste? ¡Mil veces mejor amante que tú! Quiero que lo sepas porque supongo que eso hiere tu miserable orgullo, ya que supongo que no tienes corazón. Sigo con el relato.

—No sigas. ¡No me interesa oírte!

—¡No, cállate, me tienes que oír aunque no quieras! Claro que me tienes que oír. Ariadna contó que tu primera tarea, cuando vivías en Moscú, era estar cerca de Andrés Nin y hacerte su amigo y confidente para que la GPU contara con un ojo y una oreja puestos dentro de las actividades de Nin, un hombre bueno que te creyó su amigo.

—Nin era un enemigo de la URSS.

—Nin no era un enemigo de la URSS. Detestaba a Stalin, que es otra cosa. Pero tal vez esto que descubrí es peor.

—¿Qué otra mentira te contó esa miserable?

—Contó, además, algo terrible: cuando viajaste a México fue para llevarle a Vittorio Vidali la orden de que ejecutara a Julio Antonio Mella porque lo calificaban de trotskista y de oponerse en México a la línea del Partido Comunista.

—Mella era un hombre valioso, pero no era capaz de trabajar en equipo. Su vanidad lo convirtió en un obstáculo. Las revoluciones son así, Sarah, y no lo entiendes porque eres una burguesita idiota.

—No te importó que Mella hubiera sido tu amigo o tu compatriota. Vidali lo asesinó con la complicidad de Tina Modotti, que también era su amante, como lo era de Mella, y luego tú le serviste de coartada contando que cuando ocurrió el crimen Vidali cenaba contigo en un restaurante.

—Vidali era un camarada valioso. Mella era un divisionista. No acabas de entender que vivir o morir es menos importante que nuestra causa.

—¿Cómo se puede llegar tan bajo, Rafael?

—Tú no entiendes nada. La revolución exige sacrificios. Es una obra que vale más que todos nosotros.

—No me grites. ¡Te he dicho que te calles! Todavía tengo algunas cuentas pendientes que cobrarte. Por el informe de Ariadna Makarenko supe que no fuiste a la Guerra Civil española por idealismo, como me dijiste. Fuiste por cuenta de Moscú a espiar a tus supuestos amigos del POUM, y me arrastraste a esa aventura insensiblemente. Tus amos soviéticos te encomendaron esa tarea.

—Sí. Servía a los soviéticos. No eran mis amos. Eran mis camaradas, mis amigos —las palabras de Rafael denotaban orgullo.

—En Barcelona repetiste el mismo modelo de transmisión de información, como has hecho aquí en París: ibas al club de ajedrez y allí veías a los contactos de la GPU. Tú trataste de matar al poeta cubano Juan Breá Landestoy la noche que intentaste atropellarlo con un coche en una calle oscura de Barcelona. ¿Cómo se puede ser tan hijo de puta?

—Breá y su mujer eran dos trotskistas de mierda. Ser buenos poetas no los ponía a salvo de la justicia revolucionaria.

—Hablabas maravillas de él y de su mujer Mary Low, y no te tembló la mano cuando te ordenaron matarlos. Pero tal vez lo más repugnante de todo, Rafael, fue tu participación en el asesinato de Andrés Nin.

—¡Eso no fue así!

—¡No me lo niegues, carajo que yo sé que es verdad! Ahora caen juntas todas las piezas del rompecabezas. Recuerdo como a los tres nos llevaron encapuchados hasta la checa de Alcalá de Henares. Eso no lo olvidaré nunca. Tú me contaste que te obligaron a declarar contra Nin y que lo hiciste para salvarme la vida. ¡No es verdad, sinvergüenza! Tú sugeriste que detuvieran a Nin para comenzar a descabezar al POUM y pediste que me incorporaran a la causa para librarte de mí. Tú participaste en las torturas contra Nin. Tú fuiste uno de los interrogadores. Uno de los que le arrancó la piel. Uno de los que lo asesinó, y luego uno de los que idearon la ridícula historia de que era un colaborador de la Gestapo.

Rafael Mallo dio un grito de desesperación.

—¡Sí, me tenías harto! Con Nin era otra cosa: había que eliminarlo y borrar al POUM de la faz de la tierra.

—Le hiciste eso a Nin, Rafael, a tu amigo, pero lo que me hicieron a mí fue parecido aunque no me quitaran la vida.

—No llores, Sarah. Desátame. Huyamos. Estamos a tiempo.

—¿Qué no llore? ¡Claro que estoy llorando! ¿Cómo no voy a llorar? Lloro de rabia, de dolor, de desesperación. Por supuesto que no te desataré. Según Ariadna, no querías que me asesinaran, pero sí que me torturaran y me humillaran tanto como para hacerme huir para siempre de España y de tu vida.

—Eso pasó hace mucho tiempo, Sarah. ¿Para qué hablar de eso?

—¿Mucho tiempo? Para mí acaba de suceder. Lo tengo presente día y noche. Cuando supiste que, después de golpearme, o de *ablandarme*, como decían aquellos tres salvajes, me habían ultrajado con un palo que me introdujeron por el ano y la vagina, dijiste algo espantoso que aparece en el informe: "A lo mejor disfrutó —afirmó— porque le encantaba el sadomasoquismo".

—¡Mentira! ¡Yo no dije eso! —se defendió Rafael sin convicción.

—¡No lo niegues, hijo de puta, no niegues que lo dijiste! Eres la más vil de las ratas. Como el trabajo de los espías no tiene límites ni fronteras, el informe de Ariadna termina con tus últimas actividades: ahora, por medio de los contactos de la NKVD en Estados Unidos, nutres de información al senador McCarthy sobre los comunistas y excomunistas reclutados por el Congreso por la Libertad de la Cultura.

Rafael recobró algo de compostura.

—¿Y qué hay de malo en informar a otros americanos? —preguntó en un tono cínico—. ¿No es así como nos ganamos la vida?

—Tu tesis, que acabó siendo la del Kremlin, es que a Moscú le conviene ese anticomunismo estridente porque, disfrazado de chauvinismo americano, es una prueba de la intolerancia de Estados Unidos y un modo de echar a perder nuestros esfuerzos en la batalla ideológica contra la NKVD.

—Es verdad: le dije a Moscú lo que pensaba. Mi lealtad es a la causa de Lenin. Eso ya lo sabes.

—Tu lealtad a Moscú no te redime de nada. Tu única lealtad es a la traición.

—Mátame de una vez si crees que soy un traidor. Acabemos esta farsa.

—No te mato, Rafael, porque yo no soy una asesina. No te mato, además, porque hay otras personas que pueden hacer ese trabajo mucho más eficientemente y sin violar las leyes.

Rafael Mallo comenzó a reír:

—Entonces, finalmente, vendrá un asesino y me liquidará…

Sarah lo miró fijamente a los ojos antes de responderle:

—Dentro de unos minutos llegará el inspector Alberto Casteleiro a detenerte y regresarte a Montjuich. Anna Berlitz se lo explicó todo. Él no ha desechado tu sentencia de muerte. La conserva como oro en polvo. Recuerda que, oficialmente, tú escapaste de una prisión española. No puedes imaginarte qué feliz lo hizo el relato de Ariadna Makarenko. Pronto habrá una alimaña menos en el mundo.

Rafael respondió muy despacio:

—No tengo miedo a morir. No me importa. Hace años, en Montjuich, me cansé de pasar miedo.

—Ése es también un rasgo de los psicópatas. Yo tampoco tengo miedo a que te maten.

—Te confieso algo: tal vez deseo morir —dijo Rafael y, extrañamente, parecía sincero.

Sarah salió de la habitación con paso rápido. Antes de cerrar la puerta miró por última vez a Rafael Mallo. Le pareció sentir cierto vacío emocional, como si aquel hombre al que dejaba atado fuera un perfecto desconocido.

***

El comisario Casteleiro entró en el cuarto casi renqueando. Desde la ventana, despidió a Sarah con la mano mientras ella subía a su auto. Ambos sonreían en la distancia. Mallo no pudo evitar constatar que el comisario estaba bastante más deteriorado y cojo que cuando lo dejó de ver a fines de 1947. Los seis años pasados habían sido devastadores.

Finalmente, el comisario se dirigió a su antiguo y ahora reencontrado prisionero:

—Bueno, bueno, señor Mallo, mi viejo enemigo, tiene usted un aspecto lamentable en esa cama, desnudo y esposado —le dijo Casteleiro con aquella socarronería tan suya, tan de gallego irónico.

—La vida es así, señor comisario —respondió Rafael resignado—. Perdemos y ganamos.

El comisario Casteleiro prendió un cigarrillo y dijo:

—La muerte también es así, señor Mallo. Siempre supuse que tras su fachada de intelectual idealista se escondía un peje grande.

—¿Y ahora que hará, señor comisario?

Casteleiro se encogió de hombros como quien debe someterse a un destino inexorable.

—Finalmente, señor Mallo, se cumplirá la sentencia. Ésas son mis instrucciones. Como consuelo, le cuento que ya no tendrá que escribir otra vez su biografía. La señora Anna Berlitz me ha dado una copia de las declaraciones de Ariadna Makarenko. Por fin lo conozco íntimamente, señor Mallo. Vivimos en tiempos de canallas.

ADENDA
LOS INFORMES DE ALFIL

INFORME SOBRE EL CONGRESO MUNDIAL DE INTELECTUALES CELEBRADO EN POLONIA ENTRE EL 25 Y EL 28 DE AGOSTO DE 1948

Reina:

Hice bien en llegar a Breslau o Wroclaw, como escriben los polacos, unos días antes del comienzo del Congreso. Tal vez eligieron esta ciudad por estar entre las más alemanas de toda Polonia, en la Baja Silesia, o por ser una especie de encrucijada eslavo-germánica. En todo caso, en el hotel donde nos hospedamos coincidí con una nutrida delegación soviética, cuyos nombres más conspicuos eran el poeta Ilia Ehrenburg y los novelistas Mijaíl Shólojov y Aleksandr Fadeiev. Como había tenido contactos con Ehrenburg en Moscú, y luego en España durante la Guerra Civil, a donde él acudió como corresponsal, aunque era un agente de inteligencia, pudimos hablar un buen rato antes de comenzar las intervenciones oficiales.

Según Ilia, a quien amistosamente llamábamos Liuba, Shólojov era el gran escritor de la Rusia actual y el favorito de Stalin, quien no sólo le había dado en 1941 el premio que lleva su nombre, sino que había ordenado la impresión de millones de ejemplares de *El Don apacible* para repartir en el sistema escolar como muestra del realismo socialista, una gran novela que recoge mejor que ninguna otra la historia y tradiciones de los cosacos. Aleksandr Fadeiev, en cambio, le parecía un fraude, y un tipo de carácter histérico, alcohólico inveterado, un *apparatchik* que había pedido la prisión y la muerte de su amigo el poeta Osip Mandelstam cuando éste cayó en desgracia. Él, seguramente, sería el portavoz de todas las consignas del Congreso.

Pero la información más interesante que me dio, o que le saqué durante la conversación, es cómo se había llegado al Congreso de Breslau. La secuencia fue ésta:

Primero, en septiembre de 1947 Moscú enterró la Comintern, la Internacional Comunista, y creó el Cominform, el Buró de Información Comunista. Esto sucedió en Polonia ante los representantes de nueve países: Yugoslavia, Bulgaria, Rumania, Francia, Checoslovaquia, Hungría, Italia, Polonia y la URSS, que dirigía y manejaba la organización a su antojo.

Es importante que se entienda que los Partidos Comunistas no son entidades autónomas locales, sino instrumentos del Partido Comunista de la Unión Soviética. La función de estos grupos es apoyar la línea de Moscú, no discutirla.

También es vital saber que los partidos comunistas locales tienen dos tipos de cuadros: los que funcionan dentro del partido y los que dependen directamente de los servicios de inteligencia soviéticos. Estos últimos tienen una conexión directa con Moscú. Ehrenburg les llama "nuestros obispos", aludiendo a la lealtad y la comunicación directa de la jerarquía católica con el Vaticano, donde quiera que se encuentren.

Segundo, la decisión más importante tomada por el Cominform fue seguir la estrategia de comunicación de Willi Münzenberg, aunque éste llevara unos cuantos años muerto de forma inexplicada. El objetivo inmediato era crear una atmósfera de terror contra una nueva guerra desatada por Estados Unidos y los otros poderes imperiales: Inglaterra y Francia. Para la URSS, había que demonizar la Doctrina Truman y liquidar sus dos caballos de batalla, la OTAN y el Plan Marshall. Para esos fines, se crearía el Comité Internacional de Intelectuales en Defensa de la Paz.

Tercero, el Comité no se nutriría solamente de miembros de los partidos comunistas, sino también de simpatizantes y de gentes genuinamente horrorizadas con la experiencia de la reciente guerra. A los congresos serían invitadas personas de otras militancias, siempre que tuvieran una actitud que Ilia Ehrenburg calificaba como "progresista". París sería elegido como ciudad sede del Comité.

La tónica del Congreso la estableció Aleksandr Fadeiev. Habló como presidente o representante de los escritores e intelectuales de la URSS y calificó de "hienas miserable al servicio del capitalismo y de los monjes guerreristas" de Washington a quienes se opusieran a los propósitos benéficos de los obreros del campo socialista y a todas las personas de buena voluntad en el planeta, gentes amantes de la paz y la concordia. Era la clara estrategia de los dos mundos diseñada por Münzenberg, a cuyo servicio Fadeyev recurría asumiendo un lenguaje durísimo, lleno de insultos y descalificaciones.

Lo aplaudieron delirantemente. Y quienes más lo aplaudían fueron casi todos los miembros de la copiosa delegación norteamericana (más de treinta personas), en la que se destacaban los escritores Howard Fast del Partido Comunista y Albert E. Khan, miembro prominente del Partido Progresista en el que comenzaba a militar el veterinario Henry Wallace, exvicepresidente de Estados Unidos durante el tercer gobierno de Roosevelt, quien aspiraba a suceder a Truman en la Casa Blanca (era la esperanza de la URSS), aunque la figura que más les llamó la atención a los soviéticos fue el polémico astrónomo Harlow Shapley, precisamente porque parecía ser un ingenuo simpatizante más allá de toda sospecha. Exactamente el tipo de *fellow traveler* que Münzenberg invariablemente recomendaba reclutar. Siempre se refería a ellos como el "club de los inocentes". (Le causaban mucha gracia).

La estrategia de convocar a intelectuales admirados como focos de atracción de la prensa funcionó espléndidamente. La presencia del premio nobel Frédéric Joliot-Curie, yerno de Marie Curie (incorporó al suyo el apellido de su esposa) fue un auténtico bombazo publicitario. Joliot-Curie, además de ser un genio en materia de física y química, muy admirado por su amigo Albert Einstein, y además de haber luchado contra los nazis en la Resistencia, es un disciplinado militante comunista que comparte con la URSS la información científica de que dispone). Junto a él, el artista plástico hispanofrancés Pablo Picasso y el dramaturgo alemán Bertolt Brecht acapararon el interés de los medios de comunicación. Pocas veces se ven juntas tantas luminarias. El objetivo era transparente estimular la presencia de otras personas valiosas en los sucesivos congresos que se realicen.

No todos los asistentes, naturalmente, aceptaron sin discutir los planteamientos esenciales de los organizadores del evento. El profesor Bryn J. Hovde defendió a Estados Unidos sin encontrar el menor eco entre los participantes. Al extremo de que el escritor británico Julian Huxley, Director General de la UNESCO, también presente, calificó la Conferencia como "un burdo ejercicio de propaganda comunista". Sin embargo, los organizadores, quizás con razón, percibieron el acto como un triunfo en toda la regla y se prepararon para los otros dos próximos congresos: el de Nueva York, que era el más importante, porque se llevaría a cabo en el corazón del imperio, y el de París, cabeza de la Europa Occidental de aquellos tiempos.

Créanme, que es muy importante frenar esta marea.

Alfil

***

INFORME SOBRE LA CONFERENCIA CIENTÍFICA Y CULTURAL PARA LA PAZ MUNDIAL CONVOCADA POR EL CONSEJO NACIONAL DE ARTES, CIENCIAS Y PROFESIONES, CELEBRADO EN EL HOTEL WALDORF ASTORIA DE NUEVA YORK, DEL 25 AL 27 DE MARZO DE 1949.

Reina:

Llegué a Nueva York una semana antes del evento y me hospedé en el Waldorf Astoria. Ya lo habían hecho numerosos participantes y, con un poco de experiencia, era posible detectar la presencia de unos cuantos agentes de la NKVD deambulando por los pasillos y buscando conversación en los restaurantes, bares y ascensores del hotel.

El tiempo previo a la convención lo dediqué a estudiar los papeles que había recibido y a revisar toda la documentación compilada anteriormente.

Una de las circunstancias diferentes de este evento es que ya Andrei Zhdanov, fiel discípulo de Münzenberg y punto de partida de esta "ofensiva de la paz", no lo monitorea desde Moscú. Me lo contó una corresponsal de *Pravda*, convencida de que yo era uno de sus camaradas porque hablaba ruso: murió el año pasado, probablemente de un infarto provocado por el alcohol. (Stalin le advirtió que le sucedería si no dejaba de beber). Probablemente Laurenti Beria asumirá sus funciones, lo cual (ésta es una conclusión mía, no de ella) es una mala noticia para todos. Beria, a quien conocí en Rusia, es peor que Zhdanov. Es más bruto y más cruel.

La primera andanada que encontré fue una carta abierta firmada varios meses antes por algunos intelectuales soviéticos, dirigida a sus pares norteamericanos, en la que se les alentaba a luchar contra los instintos belicosos del imperialismo yanqui y del gobierno norteamericano, asegurándoles que las intenciones de Moscú eran absolutamente pacíficas. La lista de firmantes era encabezada por Mijaíl Shólgov, a quien no le habían hecho mella las vagas acusaciones de plagiario que sus enemigos hicieron circular anónimamente. Inmediatamente, la carta fue respondida con entusiasmo por algunos escritores comunistas norteamericanos, como Howard Fast.

Era la forma de comenzar a calentar los motores de la prensa.

Como ya había escrito, es obvio que estamos ante lo que podemos llamar "una ofensiva de la paz", realizada en múltiples escenarios, en el más puro espíritu estratégico de Münzenberg. La reunión de Breslau en Polonia inició la operación, pero el primer plato es este congreso que se llevó a cabo en Nueva York, mientras el segundo es el que se realizará en París dentro de apenas un mes. Es obvio que Moscú tiene mucha prisa y que no escatimará ni un rublo para lograr sus objetivos.

¿Cuáles son esos objetivos? Son, por lo menos, cinco:

Primero, tratar de evitar el Plan Marshall y el establecimiento de la OTAN. En cuanto al Plan Marshall, la perspectiva de una Europa Occidental económicamente fuerte es percibida como un contratiempo para la URSS. De acuerdo con el razonamiento del Kremlin, lo conveniente es una Europa débil y dependiente, neutralizada por el temor al Ejército Rojo, como sucede con Finlandia. De ahí la urgencia de Moscú. Ambos planes ya han sido anunciados detalladamente por las autoridades de Estados Unidos. La URSS intenta crear un estado de opinión que haga imposible el desembolso de las sumas de dinero que promete el Plan Marshall y genere resistencia a la OTAN. La idea fuerza o matriz de opinión que se intenta sembrar es que la OTAN no disminuye, sino multiplica el peligro de guerra.

Segundo, movilizar a los intelectuales y artistas norteamericanos que ellos califican como "progresistas", en la acreditada tradición de "resistencia civil a la autoridad injusta" presente en autores clásicos del país como Henry David Thoreau. El propósito de hacer la gran convención en Nueva York es "nacionalizar" el proyecto para que no parezca una imposición extranjera. No tratarán de reunirlos para defender el comunismo, en lo que no tendrían éxito, sino para evitar la guerra.

Tercero, descalificar sutilmente el modelo cultural norteamericano, contraponiendo de manera tácita el que se genera en la URSS. La idea fundamental es que el "Soviet way of life" es éticamente superior al "American way of life".

Cuarto, apoyar, sin decirlo, las líneas maestras de la diplomacia soviética. Es útil recordar que la planificación centralizada de Moscú no es sólo una cuestión económica. Cada acción de sus servicios de inteligencia, como esta "ofensiva de la paz", está enmarcada dentro de unas coordenadas más amplias.

Quinto, utilizar cada conferencia como punto de partida del próximo acto que se lleve a cabo. Las conferencias forman parte de un plan general más complejo que incluye publicaciones, entrevistas de prensa y nuevos reclutamientos. Para ellos, cada evento es una oportunidad de aumentar la cantidad y la calidad de los participantes. De acuerdo con la teoría de Münzenberg, los actos de esta naturaleza debían convertirse en un estímulo subliminal para los que no habían sido invitados. Le llamaba a este mecanismo "el factor de envidia jerárquica". Para ser realmente alguien en la vida intelectual era fundamental ser invitado a estas reuniones internacionales.

Los organizadores de la conferencia del Waldorf Astoria conocían a la perfección estos mecanismos psicológicos. ¿Quiénes eran? Por lo que pude averiguar, el Independent Citizens Committee of the Arts, Science, and Professions, promotor esencial de la conferencia, era una invención segregada por la sección cultural del Daily Worker, el diario del Partido Comunista.

Observen la secuencia: primero, los comunistas crean una institución con fines impecables, dedicada a promover el avance de las ciencias y las artes, y la separan del Partido Comunista e, incluso, del Daily Worker. En este caso, se trataba del mencionado ICCASP Segundo, afilian a muchas personas notables y respetadas que, de buena fe, desean promover esas actividades. Tercero, utilizan esos nombres para convocar a actividades partidistas cuyos objetivos coinciden con los de Moscú. Por eso Willi Münzenberg siempre subrayaba la importancia tremenda que tenían los directorios nutridos por nombres importantes, invariablemente consignados en los encabezamientos de las cartas. A este fenómeno le llamaba "el efecto imán de los membretes".

Por eso, entre los convocantes de esta conferencia están algunas de las personas más notables del mundo científico, literario, artístico y musical. Las encabeza nada menos que Albert Einstein, pero junto a él están Arthur Miller, Norman Mailer, Thomas Mann, Leonard Bernstein, Aaron Copland, Langston Hughes —el extraordinario escritor negro—, el actor José Ferrer y los guionistas de cine Dalton Trumbo y Lillian Hellman.

Debo hacer la observación de que el nombre de Lillian Hellman es anatema para los trotskistas. En 1937, cuando el filósofo John Dewey pidió que se hiciera una investigación independiente sobre los procesos de Moscú, ella estuvo entre los 88 intelectuales norteamericanos que firmaron una carta que tácitamente respaldaba la persecución de los estalinistas contra los dirigentes comunistas acusados por Stalin de ser trotskistas. Un caso muy diferente al de Einstein que, si bien no quiso apoyar a Dewey en su intento de lograr un juicio justo para Trotsky y para las personas acusadas de trotskistas, basó su abstención alegando que, para él, Stalin y Trotsky eran dos gánsteres nada recomendables.

El caso utilizado para exonerar a la URSS de cualquier vestigio de intolerancia y persecución fue el del compositor Dimitri Shostakovich. Se sabía que durante la purga de los años 36 y 37 muchos de los amigos y parientes del músico habían sido fusilados y encarcelados acusados de trotskistas; y era notorio que el propio Stalin se había burlado de su ópera *Lady Macbeth*, acusándola de vulgar y formalista, un tipo de música que no contribuía a la felicidad y a la productividad de los proletarios. Incluso, más recientemente, Zhdanov había condenado su música, junto a la de Serguei Prokófiev y Aram Khachaturiam, por seguir la influencia perniciosa del Occidente capitalista, de manera que fue una sorpresa verlo en la conferencia del Waldorf Astoria, lo que, en principio, se interpretó como un signo de pluralidad.

Pero no fue así. Shostakovisch convocó a una rueda de prensa para notificar que, realmente, "Stalin y el Partido tenían razón cuando le censuraban sus composiciones decadentes, juicio estético que ya compartía en su totalidad". En rigor, estábamos ante una versión sin sangre de los procesos de Moscú, donde los acusados se acusaban de delitos que no habían cometido. Ello explicaba que hubiera desaparecido de la circulación su Cuarta Sinfonía, y que escribiera, en cambio, una Quinta dentro de los parámetros del realismo socialista.

Sorprendido por esa posición tan indigna, el compositor Nicolás Nabokov, también de origen ruso y primo del escritor Vladimir Nabokov, le preguntó si esa conversión estética e ideológica lo llevaba a descalificar la obra de Igor Stravinski, quien fuera en el pasado una de sus referencias musicales más respetadas. Shostakovisch, con voz entrecortada y a punto de llorar, le dijo que sí, "que el Partido Comunista tenía razón en sus juicios". Naturalmente, esa declaración tan cobarde le sirvió a Nabokov para afirmar que era evidente que estaban en presencia de un hombre amordazado por el miedo.

La persona elegida como presidente del congreso fue Harlow Chapley, astrónomo y especialista en la vida de las hormigas, un hombre de modales suaves, asociado a la Universidad de Harvard, con una gran reputación entre los científicos americanos porque había sido capaz de establecer la posición del Sol y de la Tierra dentro de la Vía Láctea, lo que debe haber sido una garantía de ecuanimidad para personas como Einstein, quien prestaba su nombre y prestigio al evento. Desde la conferencia de Breslau, en la que Chapley había participado, los hábiles organizadores decidieron pedirle que sirviera como gran director del evento. ¿Quién podría dudar de su integridad?

La persona que dudó fue el filósofo Sydney Hook, profesor de la Universidad de Nueva York. Como se trataba de un marxista desengañado, experto en las técnicas de manipulación de los comunistas, a cuyo partido perteneció, ofreció leer un trabajo crítico para poner a prueba la objetividad del evento. Naturalmente, como lo conocían, y como sabían que no tenía miedo, le negaron la palabra, pese a su prestigio académico, e incluso afirmaron que jamás había propuesto una colaboración. Los organizadores no estaban dispuestos a darle la tribuna a ninguna persona que cuestionara al régimen soviético.

Hook, que era un polemista formidable capaz de organizar sus pensamientos de manera imbatible, decidió entonces tomar una habitación en el Waldorf Astoria y montar en esos mismos días una especie de contra-congreso para denunciar que se trataba de una operación de propaganda generada por el Kremlin. Finalmente, una institución llamada Freedom House, situada a pocas calles del hotel, fundada durante la Segunda Guerra por Eleanor Roosevelt para promover la democracia, esposa del querido presidente muerto pocos años antes, le abrió sus puertas para que llevaran a cabo la actividad. Se adhirieron, mediante telegramas, personas muy notables como Bertrand Russell, T. S. Eliot, Max Eastman, Arthur Koestler y el historiador Arthur Schlessinger, Jr.

No hay duda de que la labor de Sydney Hook contribuyó a desenmascarar las verdaderas intenciones de los organizadores de la conferencia del Waldorf Astoria, pero, objetivamente, fue una victoria propagandística para Moscú, aunque la revistas *Life* y *Time* criticaron severamente a los participantes, y con el evidente ánimo de avergonzarlos por ser "antiamericanos", hasta publicaron la lista parcial de quienes acudieron.

En todo caso, durante tres días, unas 650 personas, incluidos algunos premio nobel, aportaron una visión muy negativa de Estados Unidos frente a la percepción idílica de la Unión Soviética. El acto, además, tal y como lo reportaron muchos medios de prensa, sirvió para fortalecer a la *intelligentsia* de izquierda procomunista y animó a otros miembros del mundo académico a compartir esos sesgados puntos de vista.

La estrategia de los dos mundos diseñada por Willi Münzenberg, el de la luz, afincado en la Unión Soviética, y el de las tinieblas, en Estados Unidos, se impuso otra vez en la opinión pública.

Desde mi perspectiva, Moscú está ganando esta batalla.

Alfil

***

INFORME SOBRE EL CONGRESO MUNDIAL DE LOS PARTIDARIOS DE LA PAZ CELEBRADO EN PARÍS Y PRAGA ENTRE LOS DÍAS 20 Y 24 DE ABRIL DE 1949.

Reina:

Esta vez los organizadores eligieron el lugar intelectualmente más respetable de París para llevar a cabo su congreso: la Salle Pleyel, el gran auditorio situado en el número 252 de la Rue du Fauburg Saint-Honoré. El sitio en el que han interpretado sus obras grandes músicos como Stravinski, Debussy o Manuel de Falla.

Pero no sólo fueron razones de prestigio lo que motivó que el Congreso se llevara a cabo en la Salle Pleyel. Hay pocos sitios que puedan sentar cómodamente a 1.785 invitados procedentes de 72 países. El auditorio cuenta con 2400 butacas. Naturalmente, sólo se llenó en el acto de apertura y en la clausura. Durante las sesiones habituales conté un promedio de unos 375 asistentes, más un contingente de periodistas de distintos sitios que se acercaba a las 200 personas.

Desde que se entraba en el recinto la propaganda antiamericana y prosoviética era muy notable, y, a mi juicio, contraproducente. Como telón de fondo colocaron una gran banderola que decía: "Hitler nos pidió que atacáramos a la Unión Soviética y nos resistimos. Ahora Truman nos pide que ataquemos a la Unión Soviética y también nos resistiremos". La comparación era demasiado burda.

Además del congreso de París, hubo otro paralelo en Praga con los visitantes extranjeros a los que el gobierno francés les negó la visa de entrada por considerarlos agitadores. Concretamente, 384 personas volaron a Checoslovaquia desde distintos puntos y se congregaron en el Palacio de Convenciones de la Cámara de Comercio e Industrias. Los dos congresos estuvieron unidos por teléfono, radio y avión a un considerable costo para los organizadores. Moscú, que pagaba la factura, no pareció quejarse.

Las críticas al gobierno francés por prohibir el ingreso de estas personas al país se dividieron entre el primer ministro, Henri Queuille, y el ministro de Relaciones Exteriores, Robert Schuman. Les llamaron "lacayos del imperialismo yanqui", "lamebotas de Truman" y "agentes de las multinacionales que saquean a los obreros de todo el mundo". Creo que odian más a Schuman que a Queuille. Lo acusan de "europeísta", dándole a esa palabra una connotación guerrerista.

El gobierno francés se limitó a responder que el Congreso no era otra cosa que un costoso acto de propaganda comunista manejado y financiado desde Moscú, convocado por dos organizaciones que son frentes del Partido Comunista: el Comité Internacional de Intelectuales en Defensa de la Paz y la Federación Internacional de Mujeres Democráticas.

Otro síntoma clarísimo que apuntaba en esa dirección fue la elección del presidente del Congreso: el premio nobel Frédéric Joliot-Curie, miembro prominente del Partido Comunista y, además, director del Comité Francés de Energía Atómica. Joliot-Curie, en su discurso inaugural, aseguró que Estados Unidos se proponía destruir a la Unión Soviética para borrar el mal ejemplo de un país en el que había desaparecido la explotación de los obreros. Lo aplaudieron delirantemente.

Pero el mayor de los aplausos no fue para este discurso, sino para la noticia de que China acababa de ganar definitivamente la guerra civil y Mao Zedong ya era el virtual líder del país. Cuando se informó de este hecho, los asistentes se pusieron de pie y aplaudieron, mientras algunos se abrazaban alegremente. Alguien dijo que no parecía propio que en un congreso por la paz se saludara una victoria militar, pero el comentario fue acallado por los silbidos y los gritos de "¡Fuera, fuera!", coreados por la mayor parte de los asistentes.

Los delegados soviéticos, presididos por el enérgico Aleksandr Fadeiev, secretario general de la Federación de Escritores de su país, el gran apparatchik de la intelligentsia rusa, constituían el mayor grupo tras la delegación francesa. Afortunadamente, estaba con él Ilia Ehrenburg, quien también lanzó unos encendidos ataques contra Estados Unidos, pero, en privado, y con la ayuda de una botella de buen vodka, fue muy crítico de la situación en la URSS, y especialmente de las campañas antijudías que Stalin había desatado en el país.

A propósito de este inevitable personaje, estrella de todos los eventos en que se necesitara a un defensor del rol de la URSS en el mundo, un periódico recordó que, en una oportunidad, André Breton, durante un congreso de escritores, había abofeteado a Ilia Ehrenburg cuando éste aseguró que el surrealismo era un invento de los servicios secretos norteamericanos. El artículo, publicado en *Le Fígaro*, concluía diciendo que acaso ésta era una buena oportunidad de volver a golpear a Ehrenburg, aunque los camaradas franceses también merecían algún castigo físico.

Los ánimos, en efecto, estaban caldeados. Para desgracia de los organizadores del Congreso, pocas semanas antes de comenzar el evento, los tribunales franceses fallaron a favor del desertor soviético, capitán Víctor Kravchenko. El militar, dirigido por un notable abogado llamado Georges Izard, había demandado por difamación a la publicación comunista *Les Lettres Françaises* cuando ésta divulgó la supuesta información de que el libro *Yo escogí la libertad*, cuyo autor era Kravchenko, no sólo estaba infestado de mentiras sobre la represión comunista, sino que, en realidad, había sido escrito por los servicios de inteligencia de Estados Unidos.

Como en el libro se contaba que la URSS estaba llena de prisioneros políticos internados en campos de concentración, el juicio giró en torno a esas revelaciones de Kravchenko. Los comunistas franceses trataron de demostrar que Kravchenko mentía y trajeron numerosos testigos que dieron fe de la supuesta falsedad de esa acusación. Incluso, la exmujer rusa de Kravchenko, invitada a París para que diera su testimonio, declaró que éste no sólo era un loco y un mentiroso patológico, sino, además, era un pobre impotente incapaz de mantener una erección durante los muy espaciados coitos que intentó realizar con ella.

La intelectualidad de izquierda francesa se lanzó contra Kravchenko. Jean Paul Sartre declaró que, por definición, "todo anticomunista era un perro". Sin embargo, el testimonio que decidió el juicio a favor del desertor fue el de una excomunista alemana, Margaret Buber-Neumann, exesposa de Rafael Buber, hijo del filósofo israelí Martin

Buber, posteriormente unida al comunista alemán Heinz Neumann. A Heinz lo arrestaron y fusilaron en la URSS en 1939 cuando Stalin y Hitler pactaron el desguace de Polonia en beneficio de los dos países, lo que dio origen a la Segunda Guerra.

Tras apresar a Heinz, Margaret fue también encarcelada en un durísimo campo de prisioneros, en Karaganda, y luego los soviéticos la entregaron a los nazis para que la exterminaran, como hicieron con numerosos comunistas alemanes. Milagrosamente, Margaret sobrevivió y declaró en el juicio que las cárceles de los comunistas soviéticos eran tan malas o peores que las de los nazis, algo sobre lo que podía opinar porque las conocía a ambas desde dentro. En las dos había visto morir de hambre, frío y palizas a cientos de personas de todas las edades, desde niños hasta ancianos desvalidos.

(Se da la circunstancia de que, quien firma este informe, conoció y trató a Babette Gross, la hermana de Margaret y mujer de Willi Münzenberg, nombre que salió a relucir en el juicio cuando Margaret, con gran convicción, defendió a los excomunistas que habían roto con el estalinismo al extremo de perder la vida).

La delegación norteamericana al congreso fue también muy nutrida, pero sólo una persona tenía alguna notoriedad para la audiencia extranjera y francesa, el dramaturgo Arthur Miller, quien había tenido un éxito extraordinario con su obra *Todos eran mis hijos*, dedicada a Elia Kazan.

Cuando un periodista de *L'Humanité* le preguntó si ésa era su última pieza teatral, declaró que no. Acababa de estrenar *Muerte de un viajante*, un intenso drama que podía inscribirse dentro de la crítica a las vidas sin contenido que suelen presentarse en el capitalismo.

Dentro de la delegación americana fue conmovedor el testimonio del cantante negro Paul Robeson. Contó su experiencia en Universidad de Rutgers, donde era el único estudiante negro y tuvo que luchar contra el racismo para poder formar parte del equipo de fútbol americano.

La descripción de la segregación racial imperante en Estados Unidos fue impactante, a lo que agregó, con gran eficacia, cómo se alejó de la carrera de Derecho que seguía en Universidad de Columbia para integrarse con sus hermanos de raza en la gloriosa experiencia musical de Harlem.

Desde el punto de vista propagandístico, una de las decisiones más importantes del Congreso fue crear una serie de premios a las mejores películas u obras literarias que representaran el punto de vista de las masas oprimidas que luchan por la paz y una revista que se publicaría en varios idiomas. Simultáneamente, establecieron un comité permanente que representará a los cincuenta países integrados en la organización, claramente controlado por Moscú.

Hubo un aplauso cerrado, todos puestos de pie, al pintor comunista hispanofrancés Pablo Picasso cuando mostró lo que, a partir de ese momento, sería el símbolo de los congresos por la paz: una paloma. La blanca paloma de la paz.

La última de las decisiones fue celebrar el próximo congreso en México, en el mes de septiembre de este mismo año de 1949. Según el poeta francés Louis Aragon, ya habían conquistado Estados Unidos y Europa. Era el momento de desembarcar en América Latina.

Me temo que, en efecto, están conquistando el mundo.

Alfil

***

INFORME DE ALFIL SOBRE EL CONGRESO CONTINENTAL AMERICANO POR LA PAZ, CELEBRADO EN MÉXICO, D.F., ENTRE LOS DÍAS 5 Y 10 DE SEPTIEMBRE DE 1949.

Reina:

La ofensiva arrecia. Es clarísima la intención de Moscú de conquistar intelectualmente todo Occidente. Dentro de ese esquema, le llegó su turno a América Latina, Brasil incluido, y, de paso, a España.

Comenzaron por México, el país más poblado de habla hispana y uno de los mayores. Sólo Argentina lo supera en tamaño —Brasil es de habla portuguesa, pero cae dentro del esquema, como luego se verá.

El Congreso Continental Americano por la Paz se celebró en el anfiteatro deportivo Arena México y, en su momento de mayor esplendor, contó con la presencia de unos 1.500 delegados.

La picassiana paloma de la paz fue el símbolo del evento, y en los carteles que presidieron el acto se podía leer una frase de aliento: "Ganaremos la paz si luchamos por ella".

Tuve algunas dificultades para que aceptaran mis credenciales, pero la mediación de Nicolás Guillén, uno de los delegados cubanos que me conocía, sirvió para franquearme las puertas. Debo admitir que Nicolás es un hombre simpático.

Vale la pena subrayar la diferencia: el congreso de Nueva York se llevó a cabo en un hotel de lujo; el de París, en una gran sala de conciertos; el de México, en un estadio deportivo. De acuerdo con los organizadores, cada sitio parece responder a la mentalidad social predominante.

Paradójicamente, el gran carpintero de este evento esencialmente antiyanqui, fue un magnífico artista plástico de origen norteamericano: Pablo O'Higgins, a quien conocí brevemente en Moscú a principios de los años treinta, cuando lo invitaron a tomar unos cursos de formación artística, aunque la verdadera intención era reclutarlo como agente de influencia.

Pablo, nacido en Utah, pero formado en México y enamorado de la cultura mexicana, era la persona más fiable para realizar la labor, precisamente porque continuaba siendo ciudadano norteamericano y no tenía los rasgos apasionados de Siqueiros. Se le veía como un muralista notable, con un temperamento poco dado a la hostilidad, que transmitía cierta sensación de ecuanimidad. Casi nadie en México sabía o le importaba que colaborara con el *Daily Worker*, el muy estalinista diario de los comunistas de Estados Unidos.

El primer acierto de O'Higgins fue escoger como presidente del Congreso a un escritor universalmente respetado: el doctor Enrique González-Martínez, médico, diplomático y poeta valioso, lo que en México significa mucho más que en Estados Unidos. Podía haber seleccionado a Diego Rivera, otra figura emblemática, pero su colega muralista, como le sucedía a Siqueiros, estaba demasiado señalado por su signo ideológico. Pese a sus clarísimas intenciones, estos congresos intentan revestirse de una cierta imparcialidad.

Recuerden la premisa de Münzenberg: "Al frente de la nave siempre debe colocarse a una persona más allá de toda sospecha, para que pueda conducirnos al puerto que nosotros decidamos".

Como González-Martínez (el guión entre las dos palabras lo utiliza para darles distinción a unos apellidos vulgares a fuerza de ser muy corrientes) es un hombre muy mayor, de casi 80 años, resultaría fácil manipularlo, lo que, en efecto, sucedió.

Decenas de intelectuales y artistas mexicanos decidieron participar o respaldar el Congreso. Los más notables eran los pintores Diego Rivera y David Alfaro Siqueiros, pero la figura más interesante fue el sabio polígrafo Alfonso Reyes, un intelectual alejado de cualquier extremo político, pero políticamente ingenuo.

No podía faltar Vicente Lombardo Toledano, brioso líder sindical mexicano, una persona muy afín a Stalin, quien acababa de fundar el Partido Popular junto al educador Narciso Bassols, para enfrentarse a lo que ellos llamaban "el creciente aburguesamiento del PRI".

La estrella del evento fue el poeta chileno Pablo Neruda, aunque hubo otros nombres chilenos que resonaron por los altavoces: el del médico Salvador Allende y el de la poeta Gabriela Mistral, diplomática en activo de su país, cuyo reciente Premio Nobel, otorgado en 1945, le confería un enorme prestigio.

Los organizadores, que evidentemente deseaban focalizar el Congreso en Neruda, tuvieron el buen gusto de escenificar "Que despierte el leñador", un fragmento del *Canto General* dedicado a estimular las raíces revolucionarias de Estados Unidos, dado que en el Congreso siempre quisieron dejar muy claro que los enemigos de la paz eran el gobierno norteamericano y sus cómplices capitalistas, pero no la virtuosa sociedad de ese país. El leñador a que se refiere Neruda, en su extraordinario poema es, por supuesto, Abraham Lincoln.

El propósito de potenciar la presencia y las ideas de Neruda, por lo que pude saber durante el Congreso, era combatir el anticomunismo inspirado por Estados Unidos, entonces presente en casi toda América Latina. Neruda, como tantos comunistas chilenos, se había exiliado porque el presidente de su país, Gabriel González Videla, quien había alcanzado el poder con el apoyo de los comunistas, una vez colocado en esa posición, había dictado una ley ilegalizando el partido de los marxistas, lo que sirvió para excluirlos de los sindicatos y de otras estructuras de poder. De alguna manera, combatir fieramente a González Videla era sinónimo de estigmatizar el anticomunismo, como si fuera una expresión del fascismo inspirada y dirigida por Washington.

Las alocuciones, las entrevistas y el tono adoptado por Neruda me parecieron de un sorprendente extremismo. Si en Nueva York y París se buscaba alguna forma de alianza aun con los escritores menos comprometidos con Moscú, en México, sin embargo, Neruda llegó a atacar a Ernest Hemingway, a John Steinbeck, a T. S. Eliot, e incluso a Jean-Paul Sartre, por no adoptar posiciones frontalmente antiamericanas y prosoviéticas. En cambio, alabó ilimitadamente a los novelistas comunistas Graciliano Ramos, Jorge Icaza y Miguel Ángel Asturias, lo que se interpretó como una reivindicación del realismo socialista.

Hubo jugosos chismes de pasillo. El que sigue me lo contó Nicolás Guillén, quien, en privado, no apreciaba demasiado el verso libre de Neruda, antipatía estética que era mutua. Pese a la frenética actividad política y propagandística del autor de *Canto General*, más conocido por sus *Veinte poemas de amor y una canción desesperada*, versos que a Guillén, con gran ironía, le parecían "unos bellísimos boleros", tuvo tiempo de abandonar a su mujer, la pintora argentina Delia del Carril, veinte años mayor que él, para juntarse, otra vez, con Matilde Urrutia, con quien había sostenido un ardiente *affaire* tres años antes. La afinidad ideológica con Delia (ella se había hecho comunista en Francia, muchos años antes, por influencia de su maestro Fernand Léger), y su apasionante vitalidad, no alcanzaron para sostener una relación conyugal que parecía agotada.

La delegación norteamericana fue la mayor: unas cuatrocientas personas, en las que predominaban los comunistas y radicales afiliados al *Progressive Party*. Entre los más notables participantes, estuvo Linus Pauling, quien fue elegido como uno de los vicepresidentes, aunque el nombre más aplaudido fue el del actor cómico Charlie Chaplin (a quien percibían como norteamericano pese a su nacimiento en Gran Bretaña), quien mandó un caluroso mensaje de apoyo.

Otro nombre muy importante fue el de Thomas Mann, asociado a la delegación de Estados Unidos, pese a su origen alemán. El hecho de haber obtenido el Premio Nobel en 1929 por sus narraciones, y muy especialmente por *La montaña mágica*, le confería un especial prestigio. Sin embargo, la comidilla del Congreso era el reciente suicidio de Klaus, hijo del novelista, torturado por su homosexualidad.

Allí me contaron que las desviaciones sexuales, las depresiones y el suicidio formaban parte de la vida cotidiana de la pobre familia Mann. Dos de sus hermanas se habían suicidado, una de ellas, al parecer, por las relaciones incestuosas que mantuvo con Heinrich, el hermano mayor de Thomas. En cuanto al laureado novelista, parece que era bisexual y le gustaban los muchachos jóvenes. (Si lo cuento, es porque cualquier análisis político no puede prescindir de los detalles personales más truculentos).

Un norteamericano, sin embargo, cuyo nombre no alcancé a retener, generó el único incidente que vale la pena recordar, cuando se le ocurrió criticar a la URSS de la misma manera que criticaba a su propio país. Según él, el imperialismo soviético, muy presente en Europa y China, amenazaba la paz tanto, al menos, como el de Washington. Tan pronto dijo esto, se produjo una rechifla general, lo acusaron de ser un agente provocador infiltrado por el FBI y lo expulsaron de la Arena. Dos fornidos policías mexicanos lo escoltaron hasta la salida, más para protegerlo de la cólera general que para forzarlo a irse.

Entre los participantes, fue notable la presencia de Dolores Ibárruri, *la Pasionaria*, nombrada presidente de honor del Congreso, una comunista española de corte estalinista, a quien conocí en Moscú mucho tiempo atrás. El hecho de que se destacara su presencia indica que los expertos de la URSS ven a América Latina y a España como un ámbito único en el que van a actuar simultáneamente.

Debo mencionar a Luis Carlos Prestes, "el Caballero de la Esperanza", como le llamó el novelista Jorge Amado, su correligionario político, también nombrado presidente honorífico del Congreso, un teniente del ejército brasilero que protagonizó una larga, heroica e inútil insurrección, lo que se traduce en un mensaje clarísimo: la Unión Soviética, pese a su campaña en pro de la paz, no rechaza ningún camino, incluido el de la violencia.

Me dio cierto placer saludar a Lázaro Peña y a Juan Marinello, ambos miembros de la delegación cubana. Casi toda la conversación giró en torno a la muerte de Sandalio Junco en Sancti Spiritus, ciudad situada en el centro de Cuba. Sandalio, un líder sindicalista, negro y trotskista, amigo mío y de Mella en México, y de Andrés Nin en Moscú, fue asesinado en un atentado perpetrado en 1941 por los estalinistas del Partido Socialista Popular (el de los comunistas cubanos), en el que también resultó gravemente herido Charles Simeón, compañero de Junco.

La persona que dirigió el comando fue Armando Acosta, pistolero del Partido. Cuando le pregunté a Lázaro Peña por qué habían matado a Sandalio y herido a Charles, me explicó que la muerte de Trotsky en México había estimulado a los sectores más radicales y prosoviéticos, comenzando por Fabio Grobart. Junco, como antes Mella, simpatizaba con Trotsky y les llevaba a los trabajadores un mensaje antiestalinista que no podía quedar impune. El día en que lo "ajusticiaron" (utilizó esa palabra), se había atrevido a hablar en un homenaje póstumo a la figura de otro revolucionario antiestalinista llamado Antonio Guiteras. Me sorprendió que Lázaro, también un líder sindical negro, estuviera de acuerdo con el asesinato de Sandalio Junco.

Una última observación que me veo obligado a hacer: pese a que este Congreso estuvo más desorganizado que los de Nueva York y París, algo que puede atribuirse al estilo de vida latinoamericano, es evidente que la moral de los estalinistas es altísima. Tienen moral de victoria. Si no se hace algo por frenarlos, dominarán el mundo.

Alfil

***

INFORME DE ALFIL SOBRE EL CONGRESO POR LA LIBERTAD DE LA CULTURA, CELEBRADO EN BERLÍN ENTRE LOS DÍAS 26 Y 30 DE JUNIO DE 1950

Reina:

Celebro que hayan decidido que evaluara nuestro evento. Definitivamente, fue un acierto elegir Berlín para el primer Congreso por la Libertad de la Cultura. Tras la amarga experiencia con el totalitarismo nazi, no hay pueblo más ávido de libertad que el alemán, y no hay ciudad que simbolice mejor esa necesidad espiritual que Berlín, especialmente tras el bloqueo impuesto por Moscú, heroicamente derrotado gracias al puente aéreo montado por Estados Unidos con el auxilio de los aliados.

Esa sensación comencé a sentirla tras aterrizar en el aeropuerto Tempelhof de Berlín, donde nos esperaba un cartel que decía: "Welcome to the Cultural Airlift". Para ellos, era una forma de respaldo moral, tras el respaldo material que habían recibido, y era una forma, también, de ser parte activa en la defensa de la democracia, algo muy importante porque entre muchos alemanes todavía existe un hondo complejo de culpabilidad por las atrocidades cometidas durante la Segunda Guerra Mundial.

El ataque de Corea del Norte a Corea del Sur la víspera del Congreso fue providencial. Si la fecha se hubiera planeado no hubiera resultado tan eficaz para potenciar la reunión. La radio y los diarios no hablaban de otra cosa. Fue un hecho que galvanizó a los participantes en el Congreso y transmitió la urgencia con que se debe defender la libertad en el mundo.

Se sabía que las relaciones entre las dos Corea se habían tensado tras la negativa de Pyongyang a participar en las elecciones realizadas en 1948 por Seúl, pero nadie pensaba que se atreverían a atacar, aunque lo hicieron tras la retirada previa de los contingentes militares norteamericanos. También, para todos fue una sorpresa el agresivo comportamiento del nuevo gobierno chino. Mao había ganado la guerra en noviembre de 1949, y apenas seis meses más tarde se embarcaba en esta aventura coreana.

En Berlín repugnó esa conducta. El físico teórico austriaco Hans Thirring, siempre dentro de su espíritu pacifista, que había escrito una conferencia en la que invitaba a ser comprensivos con los puntos de vista soviéticos, tras el ataque de los norcoreanos, respaldados por Moscú y por China, la desechó y la sustituyó por un texto en el que llamaba a resistir con todas las fuerzas el embate de los comunistas.

Cuando pregunté, discretamente, a algunos de los participantes, de quién había sido la iniciativa de organizar el Congreso, para entender cómo nos percibían o cuánto sabían, escuché algo que nos conviene se lo atribuyen al escritor socialista francés David Rousset, sobreviviente de Buchenwald, quien ha puesto en circulación una nueva palabra para referirse a los campos de prisioneros en la URSS: gulag. El Partido Comunista de Francia lo ha acusado de mentir y él los ha demandado. Será un pleito como el que ganó Kravchenko.

En definitiva, es muy bueno que no se sepa que el gobierno de Estados Unidos está detrás de este esfuerzo o que ésta es una de las primeras actividades de la CIA. Eso le daría municiones innecesarias al enemigo. Si algún día se sabe es probable que se destruya la organización. También ha sido extremadamente conveniente que al frente de la institución haya varios presidentes de honor universalmente respetados: el italiano Benedetto Croce, el inglés Bertrand Russell, el norteamericano John Dewey, el alemán Karl Jaspers y el francés Jacques Maritain. Son venerables figuras intelectuales cercanas a posiciones liberales o de izquierda. Una parte sustancial de los ciento cincuenta invitados especiales, los centenares de asistentes y la prensa que ha seguido el evento han venido imantados por los nombres de estos famosos intelectuales. Ése es el camino.

Es notable, sin embargo, la ausencia de la cultura iberoamericana. Sólo dos personas de este origen tuvieron alguna presencia relevante en el evento: el español Salvador de Madariaga, escritor, exministro y exdiplomático de la Segunda República, fundador en 1947 de la Internacional Liberal, y el notable escritor colombiano Germán Arciniegas, a quien algunos mencionan como un posible premio nobel. También vi, aunque su nombre no figuraba oficialmente, a la joven española Carmen de Guterbay, una inquieta exiliada antifranquista de origen aristocrático con la que algunas veces he conversado en París, y al cura independentista vasco Alberto Onaindía. No había más.

Las tres lenguas del Congreso fueron el inglés, el francés y el alemán. A mi juicio, debieron invitar como presidente de honor, y creo que hubiera aceptado y hubiese hecho algún aporte inteligente, al liberal antifranquista José Ortega y Gasset. Está a la altura de los escogidos. Escuché algunas protestas por su ausencia, pero sospecho que no hay demasiado interés por España o por Hispanoamérica, ese olvidado segmento de Occidente.

(Creo, Reina, que hay que corregir ese error tan pronto sea posible).

La inauguración fue en el teatro Titania-Palast, construido en 1928 para albergar a 2,000 asistentes. El vestíbulo es una joya del *art déco* que milagrosamente no fue destruida por los bombardeos y hasta hace poco estaba bajo el control del ejército norteamericano. Me pareció una magnífica ironía que este edificio, donde Goebbels exhibía sus películas de propaganda, hoy esté al servicio de quienes batallan contra el totalitarismo.

Me gustó el discurso inaugural que pronunció Arthur Koestler y el tono sosegado con que lo dijo. Fue claro y enérgico, repitiendo que no había espacio para la neutralidad en un mundo que podía ser conquistado por un régimen dictatorial como el de la URSS. Por la intensidad de los aplausos, creo que una buena parte de los centenares de asistentes simpatizaron con sus palabras más que con el texto menos agresivo que leyó el italiano Ignazio Silone.

Dada la escasez de espacios para reunirse en este todavía devastado Berlín, una de las sesiones más interesantes se llevó a cabo en la Universidad Libre. Se trataba de la cuestión negra en Estados Unidos. Si el gran tema era la libertad y el respeto por las libertades, ¿cómo obviar la segregación racial en Estados Unidos? La posición más crítica de ese panel estuvo a cargo de George Schuyler, el periodista negro que edita el *Pittsburgh Courier*, un conservador que originalmente fue comunista.

Creo que a todos nos convienen las duras críticas que le hizo al racismo norteamericano. Si queremos que el Congreso por la Libertad de la Cultura tenga credibilidad, no puede dedicarse solamente a combatir a la

URSS y a condenar al comunismo. Mientras más duro critique a Estados Unidos, más peso y legitimidad adquirirán sus denuncias contra Moscú y el estalinismo. Espero que en Washington entiendan esta circunstancia.

En el mismo sentido, resultó inteligente escuchar al noruego Haaken Lie defender el modelo socialdemócrata de su país y recomendar que las naciones capitalistas hagan reformas en las que tengan en cuenta los intereses de los trabajadores. El Congreso por la Libertad de la Cultura debe mantenerse en esta línea de izquierda crítica si quiere tener alguna influencia en el debate de las ideas.

La participación norteamericana fue notable, pero no abrumadora. Sidney Hook intervino en dos oportunidades, y cuanto dijo fue sensato. El sindicalista Irving Brown estuvo muy atinado y su presencia fue un buen mensaje subliminal. En Europa no es frecuente que los dirigentes sindicales suscriban posiciones anticomunistas.

Naturalmente, el norteamericano que más interés despertó fue el actor Robert Montgomery, conocido en Alemania por algunas de sus películas. Durante los días del Congreso exhibieron en Berlín *Ride the Pink Horse*, un film entretenido, pero poco memorable. Montgomery es un hombre que irradia simpatía.

Noté que los organizadores habían puesto buen cuidado en invitar a unas cuantas víctimas de las recientemente creadas Repúblicas Socialistas Democráticas, me imagino que por sugerencia de Melvin Laski.

Fue útil ver y escuchar a Nicolay Andreyev, el crítico literario ruso exiliado en Inglaterra, al escritor polaco Josef Czapski, superviviente de los campos de presos políticos soviéticos y a su compatriota Jerszy Giedroyc, ahora radicado en París. La idea debió ser mostrar que las víctimas del estalinismo no estaban en Occidente, sino en los propios países donde se había entronizado el comunismo.

A todos ellos, y al conjunto de los asistentes, les pareció excelente que el músico Nicolás Nabokov, primo del novelista Vladimir Nabokov, fuera elegido secretario general del Congreso por la Libertad de la Cultura. Los rusos saben cómo pelear en ese terreno.

Debo decir que el Congreso cerró con broche de oro: el manifiesto que escribió y leyó Arthur Koestler, luego firmado por la totalidad de los presentes. Me gustó especialmente la segunda consideración consignada en el texto: "La libertad se define ante todo por el derecho del hombre a sostener y expresar sus propias opiniones y en especial las opiniones que difieren de las de sus gobernantes. Privado del derecho a decir no, el hombre se convierte en un esclavo".

Willi Münzenberg siempre insistía en que cada evento debe dejar un breve texto, una consigna, una imagen que sirva para mantenerlo vivo permanentemente, como hicieron nuestros adversarios en París con la picassiana paloma de la paz. El manifiesto tiene esas características. Hay que reproducirlo y difundirlo intensamente.

Mi impresión final: estamos en el camino correcto. Ésta es la batalla que hay que dar.

Alfil

ÍNDICE ONOMÁSTICO

Abt, John (1904-1991). Comunista estadounidense.

Acosta, Armando (1920-2009). Comunista cubano acusado del asesinato del trotskista Sandalio Junco.

Ageloff, Sylvia (1910-1995). Militante trotskista estadounidense.

Aja, Pedro Vicente (1921-1962). Filósofo cubano.

Alba, Víctor (1916-2003). Político y escritor español.

Alekhine, Alexander (1892-1946). Ajedrecista ruso. Campeón mundial en 1927.

Alemán Valdés, Miguel (1900-1983) Expresidente de México.

Alfaro Siqueiros, David ✦ **Siqueiros, David Alfaro**

Allende, Salvador (1908-1973). Expresidente de Chile.

Alsop, Joseph (1910-1989). Periodista estadounidense.

Amado, Jorge (1912-2001). Escritor brasileño.

Andrade, Juan (1898-1981). Trotskista español, miembro del POUM.

Andreyev, Nicolay (1873-1932). Artista plástico ruso.

Apollinaire, Guillaume (1880-1918). Poeta francés.

Aragon, Louis (1897-1982). Escritor francés.

Araquistáin, Luis (1886-1959). Escritor y político español.

Arciniegas, Germán (1900-1999). Ensayista y político colombiano.

Arévalo, Juan José (1904-1990). Político guatemalteco.

Aron, Raymond (1905-1983). Filósofo y sociólogo francés.

Arroyo, Anita (1915-1995). Ensayista cubana.

Artaud, Antonin (1896-1948). Escritor francés.

Asturias, Miguel Ángel (1899-1974). Escritor guatemalteco. Premio Nobel de Literatura.

Ávila Camacho, Manuel (1897-1955). Militar y político mexicano.

Babel, Isaac (1894-1940). Escritor soviético fusilado por Stalin.

Bakunin, Mijaíl (1814-1876). Anarquista ruso.

Baliño, Carlos (1848-1926). Marxista cubano.

Baquero, Gastón (1914-1997). Escritor y periodista cubano.

Baralt, Luis (1892-1969). Dramaturgo cubano.

Bassols, Narciso (1897-1959). Ideólogo mexicano de tendencia socialista.

Batista, Fulgencio (1901-1973). Expresidente y dictador de Cuba.

Beach, Sylvia (1887-1962). Editora estadounidense.

Beauvoir, Simone de (1908-1986). Escritora y feminista francesa.

Ben Gurion, David (1886-1973). Exprimer ministro israelí.

Bernstein, Leonard (1918-1990). Compositor y pianista estadounidense.

Betancourt, Rómulo (1908-1981). Expresidente venezolano.

Blavatsky, Helena (1831-1891). Ocultista y teósofa rusa.

Blum, Léon (1972-1950). Socialista francés.

Bonaparte, Napoleón (1769-1821). Militar y emperador francés.

Borges, Jorge Luis (1899-1986). Escritor argentino.

Borkenau, Franz (1900-1957). Ensayista austriaco.

Breá Landestoy, Juan (1905-1941). Marxista cubano.

Brecht, Bertolt (1898-1956). Dramaturgo y poeta alemán.

Breton, André (1896-1966). Poeta surrealista francés.

Brown, Irving (1911-1989). Sindicalista estadounidense.

Buber-Neumann, Margaret (1901-1989). Militante comunista alemana.

Buber, Martin (1878-1965). Filósofo austriaco de origen judío.

Buber, Rafael (1900-1990). Escritor de filiación comunista, hijo del filósofo Martin Buber.

Bujarin, Nikolai (1888-1938). Marxista ruso.

Bullitt, William (1891-1967). Escritor y diplomático estadounidense.

Buñuel, Luis (1900-1983). Cineasta español.

Cagney, James (1899-1986). Actor estadounidense.

Calder, Alexander (1898-1977). Escultor estadounidense.

Camus, Albert (1913-1960). Escritor francés nacido en Argelia. Premio Nobel de Literatura.

Capablanca, José Raúl (1888-1942). Ajedrecista cubano. Campeón mundial en 1921.

Cárdenas, Lázaro (1895-1970). Expresidente de México.

Carril, Delia del (1884-1989). Pintora argentinochilena.

Carrington, Leonora (1917-2011). Pintora y escritora mexicana de origen inglés.

Cela, Camilo José (1916-2000). Escritor español. Premio Nobel de Literatura.

Chambers, Whittaker (1901-1961). Escritor y editor estadounidense, comunista en su juventud.

Chaplin, Charlie (1889-1977). Actor y cineasta de origen inglés.

Chiang Kai-shek (1887-1975). Militar y gobernante chino.

Chueca, Fernando (1911-2004). Arquitecto y ensayista español.

Codovilla, Victorio (1894-1970). Comunista argentino y agente soviético.

Cole, Nat King (1919-1965). Músico y cantante estadounidense.

Companys, Lluís (1882-1940). Político de origen catalán, exministro español.

Contreras, Carlos (seudónimo de Vittorio Vidali) (1900-1983). Italiano, agente soviético.

Cooper, Gary (1901-1961). Actor estadounidense de origen inglés. Ganador de tres premios Oscar.

Copland, Aaron (1900-1990). Compositor norteamericano.

Cortina, José Manuel (1880-1970). Político y periodista cubano.

Cossío del Pomar, Felipe (1889-1981). Pintor peruano.

Costa-Amic, Bartolomeu (1911-2002). Editor e impresor de origen catalán.

Croce, Benedetto (1866-1952). Filósofo y político italiano.

Czapski, Josef (1896-1993). Pintor y escritor polaco.

Dalí, Salvador (1904-1989). Pintor español.

Darío, Rubén (1867-1916). Poeta nicaragüense.

Daudet, Alphonse (1840-1897). Escritor francés.

Delibes, Miguel (1920-2010). Escritor español.

Dewey, John (1859-1952). Filósofo y pedagogo estadounidense.

Díaz, Porfirio (1830- 1915). Militar y expresidente de México.

Domínguez, Oscar (1906-1957). Pintor surrealista español.

Dos Passos, John (1896-1970). Escritor estadounidense.

Duchamp, Marcel (1887-1968). Artista francés.

Dzerzhinski, Félix (1877-1926). Comunista polaco fundador de la Checa (policía secreta bolchevique).

Eastman, Max (1883-1969). Escritor y político estadounidense.

Ehrenburg, Ilia (1891-1967). Escritor soviético.

Einstein, Albert (1879-1955). Físico alemán. Premio Nobel de Física.

Eisenstein, Serguei (1898-1948). Cineasta soviético de origen judío.

Eisler, Gerhart (1897-1968). Comunista alemán.

Eliot, T. S. (1888-1965). Poeta inglés. Premio Nobel de Literatura.

Eluard, Paul (1895-1952). Poeta francés.

Ernst, Max (1891-1976). Surrealista francés de origen alemán.

Etchábarre, Mika (1902-1992). Militante izquierdista de origen argentino.

Fadeiev, Aleksandr (1901-1956). Escritor ruso.

Fast, Howard (1914-2003). Escritor comunista estadounidense.

Faulkner, William (1897-1962). Escritor estadounidense. Premio Nobel de Literatura.

Ferrater Mora, José (1912-1991). Filósofo y escritor español.

Ferrer, José (1912-1992). Actor puertorriqueño. Recibió un premio Oscar.

Figueres, José (1906-1990). Expresidente de Costa Rica.

Fischer, Louis (1896-1970). Periodista estadounidense.

Fisher, Ruth (seudónimo de Elfriede Eisler) (1895-1961). Comunista austroalemana. Evolucionó hacia el anticomunismo.

Flores Magón, Enrique (1877-1954). Periodista y político mexicano.

Franco, Francisco (1892-1975). Militar y dictador español.

Freud, Sigmund (1856-1939). Intelectual austriaco de origen judío, padre del psicoanálisis.

Gaitán, Jorge Eliécer (1903-1948). Político colombiano.

García Lorca, Federico (1898-1936). Poeta español.

Gaulle, Charles De (1890-1970). Militar y expresidente de Francia.

Gautier, Théophile (1811-1872). Escritor francés.

Gide, André (1869-1951). Escritor francés. Premio Nobel de Literatura.

Giedroyc, Jerszy (1906-2000). Escritor y político polaco.

González Videla, Gabriel (1898-1980). Expresidente de Chile.

González-Martínez, Enrique (1871-1952). Poeta mexicano.

González, Julio (1876-1942). Escultor español.

Gorki, Máximo (1868-1936). Escritor y político ruso.

Gorkin, Julián (1901-1987). Periodista y político español.

Gracián, Baltasar (1601-1658). Escritor español del Siglo de Oro.

Graham, Philip (1915-1963). Editor estadounidense.

Grau, Ramón (1881-1969). Expresidente de Cuba.

Gris, Juan (1887-1927). Pintor cubista español.

Grobart, Fabio (1905-1994). Militante de origen polaco cofundador del Partido Comunista de Cuba.

Gross, Babette (1898-1990). Periodista alemana, esposa del activista comunista Willi Münzenberg.

Guggenheim, Peggy (1898-1979). Mecenas estadounidense.

Guillén, Nicolás (1902-1989). Poeta cubano.

Guiteras, Antonio (1906-1935). Revolucionario y político cubano.

Gurdjieff, George (1872-1949). Místico y compositor de origen armenio.

Haya de la Torre, Víctor Raúl (1895-1979). Político y pensador peruano.

Hellman, Lillian (1905-1984). Dramaturga estadounidense.

Hemingway, Ernest (1899-1961). Escritor estadounidense. Premio Nobel de Literatura.

Hillenkoetter, Roscoe H. (1897-1982). Militar estadounidense, uno de los directores de la Agencia Central de Inteligencia (CIA).

Hiss, Alger (1904-1996). Alto funcionario estadounidense acusado de espiar para los soviéticos.

Hitler, Adolf (1889-1945). Dictador nazi alemán nacido en Austria.

Hook, Sidney (1902-1989). Filósofo estadounidense.

Hoover, Edgar (1895-1972). Primer director de la Oficina Federal de Investigaciones (FBI) de Estados Unidos.

Hovde, Bryn J. (1896-1954). Historiador estadounidense.

Hughes, Langston (1902-1967). Escritor estadounidense.

Hugo, Víctor (1802-1885). Escritor francés.

Hull, Cordell (1871-1955). Político estadounidense. Secretario de Estado entre 1933 y 1944.

Huxley, Julian (1887-1975). Biólogo y escritor británico.

Ibárruri, Dolores (1895-1989). Llamada la Pasionaria. Dirigente comunista española.

Icaza, Jorge (1906-1978). Novelista ecuatoriano.

Iglesias, Ignacio (1912-2005). Comunista español.

Izard, Georges (1903-1973). Político y escritor francés.

James, Henry (1843-1916). Escritor norteamericano.

Jasper, Karl (1883-1969). Psiquiatra y filósofo alemán.

Joyce, James (1882-1941). Escritor irlandés.

Junco, Sandalio. Líder trotskista cubano.

Kamenev, Lev (1883-1936). Revolucionario ruso.

Kazan, Elia (1909-2003). Cineasta y escritor estadounidense y de origen griego.

Kennan, George F. (1904-2005). Diplomático, escritor y consejero gubernamental estadounidense.

Kennedy, John F. (1917-1963). Expresidente de Estados Unidos.

Khachaturiam, Aram (1903-1978). Compositor soviético de origen armenio.

Kahlo, Frida (1907-1954). Pintora mexicana

Khan, Albert E. (1912-1979). Periodista norteamericano comunista nacido en Inglaterra.

Kirov, Sergei (1886-1934). Funcionario soviético.

Koestler, Arthur (1905-1983). Escritor de origen húngaro.

Kravchenko, Víctor (1905-1966). Militar y escritor soviético que se refugió en Estados Unidos.

Kristol, Irving (1920-2009). Fundador del neoconservadurismo en Estados Unidos.

La Follette, Robert (1855-1925). Político estadounidense.

Laín Entralgo, Pedro (1908-2001). Historiador y antropólogo español.

Lam, Wilfredo (1902-1982). Pintor cubano.

Lasker, Emanuel (1968-1941). Ajedrecista alemán. Campeón mundial en 1894.

Lasky, Melvin (1920-2004). Intelectual estadounidense de la izquierda antisoviética.

Lie, Haaken (1905-2009). Político noruego.

Lombardo Toledano, Vicente (1894-1968). Político marxista mexicano.

López Aranguren, José Luis (1909-1996). Filósofo español.

Low, Mary (1912-2007). Escritora de origen australiano.

Lugones, Leopoldo (1874-1938). Escritor argentino.

MacArthur, Douglas (1880-1964). Militar estadounidense. Comandante de las Fuerzas Aliadas en el Pacífico durante la Segunda Guerra Mundial.

Machado, Gerardo (1871-1939). Expresidente y dictador de Cuba.

Madariaga, Salvador de (1886-1978). Historiador y pacifista español.

Magriñat, José. Presunto responsable del asesinato de Julio Antonio Mella

Magritte, René (1898-1967). Pintor surrealista belga.

Maiakovski, Vladimir (1893-1930). Poeta y dramaturgo ruso.

Mailer, Norman (1923-2007). Escritor estadounidense.

Mandelstam, Osip (1891-1938). Poeta ruso de origen judíopolaco.

Mann, Thomas (1875-1955). Escritor alemán.

Mañach, Jorge (1898-1961). Ensayista cubano.

Mao Zedong (1893-1976). Líder comunista chino.

Marías, Julián (1914-2005). Filósofo español.

Marinello. Juan (1898-1977). Político y escritor cubano.

Maritain, Jacques (1882-1973). Filósofo francés.

Marrero, Leví (1911-1995). Historiador cubano.

Marshall, George (1880-1959). Militar estadounidense jefe del Estado Mayor durante la Segunda Guerra Mundial.

Martí Zaro, Pablo (1920-2000). Político y escritor español.

Martí, José (1853-1895). Escritor y político. Apóstol de la independencia de Cuba.

Martínez Villena, Rubén (1899-1934). Escritor cubano.

Mauriac, François (1885-1970). Escritor francés. Premio Nobel de Literatura.

Maurín, Joaquín (1896-1973). Maestro, teórico marxista español, preso político durante el franquismo.

McCarthy, Joseph (1908-1957). Senador estadounidense por el Partido Republicano

Mederos, Elena (1990-1981). Líder cívica y política cubana.

Mella, Julio Antonio (1903-1929). Revolucionario cubano.

Menzhinski, Vyacheslav Rudolfovich (1874-1934). Comisario soviético de origen polaco.

Mercader, Ramón (1913-1978). Agente hispanosoviético, asesino de Trotsky.

Merleau-Ponty, Maurice (1908-1961). Filósofo francés.

Miller, Arthur (1915-2005). Dramaturgo estadounidense.

Mistral, Gabriela (1889-1957). Poeta y feminista chilena. Premio Nobel de Literatura.

Modotti, Tina (1896-1942). Activista y fotógrafa italiana.

Monnier, Adrienne (1892-1955). Poeta y editora francesa.

Montgomery, Robert (1904-1981). Actor y cineasta estadounidense.

Münzenberg, Willi (1889-1940). Activista comunista de origen alemán.

Mussolini, Benito (1883-1945). Dictador italiano.

Nabokov, Nicolás (1903-1978). Compositor y escritor ruso.

Negrín, Juan (1892-1956). Político español.

Neruda, Pablo (1904-1973). Poeta chileno. Premio Nobel de Literatura.

Neumann, Heinz (1902-1937). Comunista alemán.

Nin, Andrés (1892-1937). Político marxista de origen catalán fundador del POUM.

O´Higgins, Pablo (1904-1983). Pintor muralista estadounidensemexicano.

Offie, Carmel (1909-1972). Alto funcionario de la CIA.

Oliveira Salazar, Antonio de (1889-1970). Exprimer ministro de Portugal.

Onaindia, Alberto (1902-1988). Eclesiástico y periodista de origen vizcaíno.

Orlov, Alexander (1895-1973). Espía y militar soviético vinculado al asesinato de Andrés Nin.

Ortega y Gasset, José (1883-1955). Filósofo español.

Orwell, George (1903-1950). Escritor inglés.

Ouspensky, Peter (1878-1947). Místico y escritor ruso.

Pauling, Linus (1901-1994). Bioquímico e investigador estadounidense.

Paz, Octavio (1914-1998). Escritor mexicano. Premio Nobel de Literatura.

Pellat, Solange (1858-1940) Grafólogo francés.

Peña, Lázaro (1911-1974). Sindicalista cubano.

Péret, Benjamin (1899-1959). Poeta surrealista francés.

Pérez Jiménez, Marcos (1914-2001). Militar y expresidente de Venezuela.

Pérez, José Miguel (1896-1936). Político español.

Perón, Juan Domingo (1895-1974). Militar y expresidente de Argentina.

Pershing, John (1860-1948). Oficial del ejército de Estados Unidos.

Picabia, Francis (1879-1953). Pintor francés.

Picasso, Pablo (1881-1973). Pintor español.

Pound, Ezra (1885-1972). Poeta estadounidense.

Prestes, Luis Carlos (1898-1990). Militar y comunista brasileño.

Prío, Carlos (1903-1977). Expresidente de Cuba.

Prokófiev, Sergei (1891-1953). Compositor y pianista ruso.

Queuille, Henri (1884-1970). Exprimer ministro de Francia.

Ramos, Graciliano (1892-1953). Escritor y periodista brasileño

Reagan, Ronald (1911-2004). Expresidente de Estados Unidos.

Reed, John (1887-1920). Escritor y activista comunista estadounidense.

Reyes, Alfonso (1889-1959). Escritor y diplomático mexicano.

Ridruejo, Dionisio (1912-1975). Escritor y político español.

Ríos, Fernando de los (1879-1949). Ideólogo socialista español.

Rivera, Diego (1886-1957). Pintor muralista mexicano.

Roa Bastos, Augusto (1917-2005). Escritor paraguayo.

Roa, Raúl (1907-1982). Intelectual y político cubano.

Robeson, Paul (1898-1976). Artista y activista de los derechos civiles estadounidense.

Romero, Francisco (1891-1962). Filósofo argentino.

Roosevelt, Theodore (1858-1919). Expresidente de Estados Unidos.

Roquentin, Antoine de. Personaje protagonista de la novela *La náusea*, de Jean-Paul Sartre.

Rousset, David (1912-1997). Escritor y político francés.

Russell, Bertrand (1872-1970). Filósofo y escritor británico. Premio Nobel de Literatura.

Sacco, Nicola (1891-1927). Anarquista de origen italiano.

Sampedro, José Luis (1917-2013). Escritor y economista español.

Sartre, Jean-Paul (1905-1980). Filósofo y escritor francés.

Schlesinger, Arthur (1917-2007). Historiador estadounidense.

Schuman, Robert (1886-1963). Político francés de origen germano.

Schuyler, George (1895-1977). Escritor y periodista estadounidense.

Sedov, León (1906-1938). Militante trotskista de origen ruso.

Senghor, Leopold Sedar (1906-2001). Poeta y expresidente de Senegal.

Shapley, Harlow (1885-1972). Astrónomo estadounidense.

Shólojov, Mijaíl (1905-1984). Escritor y político soviético.

Shostakovich, Dimitri (1906-1975). Compositor ruso del período soviético.

Silone, Ignazio (1900-1978). Escritor italiano y marxista crítico.

Simeón, Charles. Revolucionario cubano de origen trotskista. Murió exiliado en USA.

Sinclair, Upton (1878-1968). Escritor estadounidense. Premio Pulitzer.

Siqueiros, David Alfaro (1896-1974). Pintor mexicano.

Somoza, Anastasio (1925 -1980). Dictador nicaragüense.

Spender, Stephen (1909-1995). Poeta británico.

Stalin, Josef (1878-1953). Dictador soviético de origen georgiano.

Stasova, Helena (1873-1966). Revolucionaria de origen ruso. Asistente de Stalin.

Steinbeck, John (1902-1968). Escritor estadounidense. Premio Nobel de Literatura.

Stravinski, Igor (1882-1971). Compositor ruso.

Stroessner, Alfredo (1912-2006). Dictador paraguayo.

Tanguy, Ives (1900-1955). Pintor surrealista francés.

Tareeva, Olga. Bailarina rusa, esposa de Andrés Nin.

Tavernier, René (1915-1989). Poeta francés.

Thirring, Hans (1888-1976). Físico austriaco.

Thomas, Norman (1884-1968). Político socialista y Ministro presbiteriano en Estados Unidos.

Thoreau, Henry David (1817-1862). Escritor y filósofo estadounidense.

Tierno Galván, Enrique (1918-1986). Político y ensayista español.

Tovar, Antonio (1911-1985). Filólogo e historiador español.

Trotsky, León (1879-1940). Revolucionario ruso de origen judío.

Trouard, Louis-François (1729-1794). Arquitecto francés.

Trujillo, Rafael L. (1891-1961). Dictador dominicano.

Truman, Harry (1884-1972). Expresidente de Estados Unidos.

Trumbo, Dalton (1905-1976). Cineasta estadounidense.

Unamuno, Miguel de (1864-1936). Escritor y filósofo español.

Urrutia, Matilde (1912-1985). Cantante y escritora chilena, tercera esposa de Pablo Neruda.

Vanzetti, Bartolomeo (1988-1927). Anarquista estadounidense de origen italiano.

Varo, Remedios (1908-1963). Pintora surrealista hispanomexicana.

Vidali, Vittorio (1900-1983). Militante comunista italiano y agente soviético.

Wallace, Henry (1888-1965). Exvicepresidente de Estados Unidos.

Weisz, Chiqui. Fotógrafo húngaro de origen judío fallecido en 2007, esposo de la pintora Leonora Carrington.

Welles, Sumner (1892-1961). Diplomático estadounidense, fue enviado especial en Cuba.

White, Harry Dexter (1892-1948). Economista y alto funcionario estadounidense acusado de ser un agente soviético.

Williams, Tennessee (1911-1983). Dramaturgo estadounidense.

Wisner, Frank (1909-1965). Alto funcionario de inteligencia estadounidense.

Wright, Richard (1908-1960). Escritor estadounidense.

Yagoda, Génrij (1891-1938). Jefe de la policía secreta de la Unión Soviética.

Zambrano, María (1904-1991). Filósofa y ensayista española.

Zayas, Alfredo (1861-1934). Expresidente de Cuba.

Zhdanov, Andrei (1896-1948). Político estalinista, impulsor del llamado realismo socialista.

Zinoviev, Grigori (1883-1936). Líder comunista ruso.